吹毛剣

楊令伝読本

北方謙三 編著

集英社文庫

吹毛剣——楊令伝読本　目次

吹毛剣

楊令伝読本

序　文

十五巻ある『楊令伝』を読むのに、どれほどの時を要するのか、私にはよくわからない。少なくとも、書くのにはかなりの歳月が必要だった。本書は、私には、その歳月をふり返る機会を与えてくれる。読めば、さまざまなことが胸に去来するのだ。ただ、書くほどの時をかけない読むという行為の、どういうところに役立つのだろうか。まず、記憶の一助になるような気がする。無理に記憶せずとも、本書を開けば解《わか》ることは少なくないはずだ。年表、地図なども、もし再読いただけるのなら、多少の指標の役割は果たせるかもしれない。そんなものは無駄だ、と考えられる読者の方が、おられるに違いないというのも想像に難《かた》くない。

私は本書を、厨房《ちゅうぼう》の書と位置付けている。私という料理人がいて、大鍋《おおなべ》、大フライパンに、せっせと料理を作る。皿を磨《みが》いてくれる人がいて、それに盛り付ける人もいる。皿を運び出していく人もいる。声が飛び交っている。囁《ささや》きや、呟《つぶや》き、たまには怒鳴り声が聞こえたりする。物を作り、届ける現場から、小説には書かれていない声が聞こえ、書かれていないものが見えたりする。十五巻が終わった後に、つまりは厨房のその雰囲気を、多少なりともお届けしようというのが、本書である。別の角度から、ちらりと『楊令伝』をお楽しみいただければ、幸甚である。

北方謙三

楊令伝クロニクル

——エッセイ＆対談＆書評

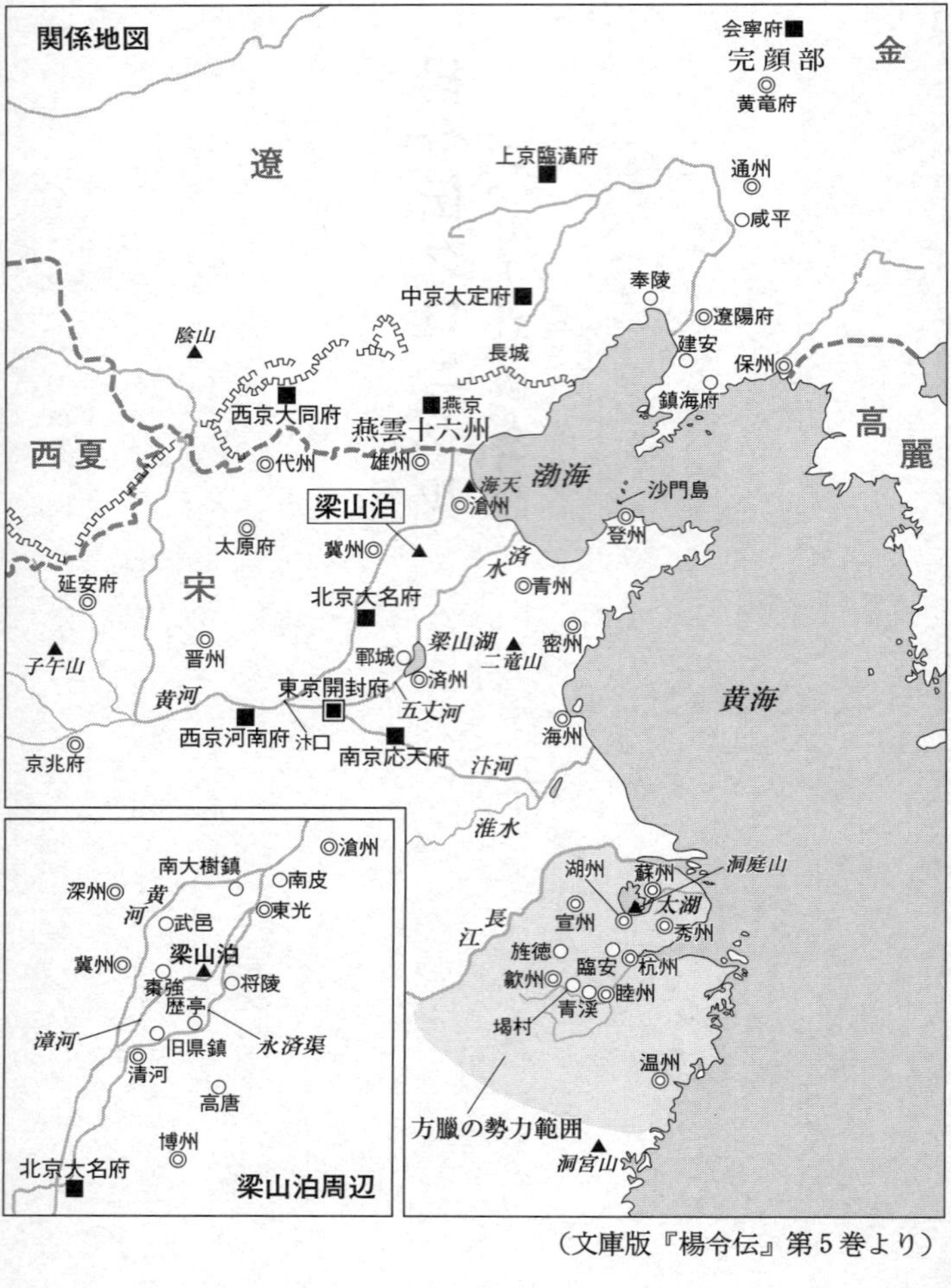

（文庫版『楊令伝』第５巻より）

楊令伝――アジアを見渡すスケール

岡崎由美

明《みん》代に成立した中国長編小説『水滸伝』が日本にやってきたのは、江戸の初めごろである。中国語のままでは読めないから、原文に返り点、送り仮名をつけたものや、いわゆる「書き下し文」にしたもの、さらには時代設定や登場人物を日本に置き換えた「翻案」が出版され、『水滸伝』は江戸時代に大変なブームになった。明治時代になると初めての口語訳が出版され、様々な日本語訳のラッシュとなり、また「翻訳」を離れ、新たに語り直したリライトも続々と出版されている。

こういう長い経緯があるので、北方さんが『水滸伝』を手がけると聞いたとき、初めは、またリライトが出るのだな、という程度にしか思わなかった。しかし、実際に読んでみると、これはリライトなどとは全くコンセプトの異なる、いわば原作が出来上がる前の混沌《こんとん》状態に立ち返って、一から俺が水滸伝を書いてやる、という大変挑戦的で大胆な力技ではないか。

リライトというのは、従来たいてい「『水滸伝』は面白いが、講談調の原文は却《かえ》って読みづらいし、筋が複雑で登場人物も多いから、現代の日本人にもわかるように語り直そう」というコンセプトのもと、構成を変えたり、ストーリーを改編したり、人物像を工夫するなどの加工を行うものだった。ところが、北方『水滸伝』は、「山東《さんとう》の宋江《そうこう》の乱」を俺ならこういう小説に料理する、というところから出発しているのである。

原作の『水滸伝』のネタは、北宋《ほくそう》の宣和《せんな》元年（一一一九）から宣和三年（一一二一）に「宋江三十六人」と称される盗賊団が華北《かほく》地方で暴れまわった史実であるが、史実として記録されているのは、ほぼこれだけ、「そういう乱があった」程度で、これに長い時間を経て、山ほど尾ひれがついて、『水滸伝』は出来上がっている。つまり、史実が発端とはいえ、一〇〇％に近く虚構の物語だといってよい。この反乱が、南宋《なんそう》ごろには寄席《よせ》講釈の演目になり、「青面獣《せいめんじゅう》（楊志《ようし》）」「花和尚《かおしょう》（魯智深《ろちしん》）」「武行者《ぶぎょうじゃ》（武松《ぶしょう》）」といった英雄好漢の独立した銘々伝として語られた。またモンゴルの元《げん》王朝の時代には、燕青《えんせい》や李逵《りき》を主人公とした芝居が作られている。このように『水滸伝』は、「宋江三十六人」とだけしか記録されていないメンバーのキャラクターを一人ずつ作り上げていく一席読みきり講談から始まり、それが百八人の英雄好漢を擁する長編小説へまとめられていく過程で、遼《りょう》征伐だの田虎《でんこ》征伐だの王《おう》慶《けい》征伐だの方臘《ほうろう》征伐だの軍記的物語が増殖し、そして明末に金聖嘆《きんせいたん》が、今度はこの四つの征伐話をきれいさっぱりちょんぎってしまった。

要するに、これらの物語すべてが『水滸伝』であり、これらの物語の作り手すべてが『水滸伝』の作者であるといえる。北方さんが切り込んだのは、まさにこのプロセス、物語の世界観を構築し、登場人物を創作し、ストーリーを組み立てていく、という創作の原点の部分なのである。

従って、原作のストーリーとここが違う、といった個別の比較をすることはほとんど意味がない。もっと根本的な世界観からして独自のものなのである。

例えば、原作（あえて「原作」という）では、発祥が独立した銘々伝であったため、それぞれの事情でアウトローにならざるを得なかった男たちが、そこここで偶発的に知り合い、誘い合って梁山泊《りょうざんぱく》へ集まってくるわけだが、北方水滸伝では、世直しを志す男たちが、その志によって同志を募り、着々と準備を重ね、計画的に梁山泊の組織化を進めていく。この組織化に重要な役割を果たすのが花和尚魯智深である。冒頭から諜報《ちょうほう》活動とオルグの使命を担って登場したときには、正直なところ意表を突かれた。晁蓋《ちょうがい》が梁山の初代頭目王倫《おうりん》を倒して、梁山泊再生の基盤を作ったところも、計画されたクーデターであって、晁蓋らによるかの有名な生辰綱《せいしんこう》（蔡京《さいけい》への賄賂《わいろ》代わりの誕生祝）強奪事件も、梁山泊奪取計画の一部、という伏線が作られている。

つまり、たまたま「義」によって集まった英雄好漢が、天界の九天玄女《きゅうてんげんじょ》から「替天行《たいてんぎょう》道《どう》」の天書を授かった宋江のもとで反乱集団にまとまるという原作の世界観に対して、「俺たちの手で腐った世の中を変えたい」という自発的な志を持った男たちの、周到にして果断な世直しの闘いが新たなテーマなのである。「世直し」というより「革命」に近い世界観なのだ。

このあたりは、盗賊集団というより、清代《しん》の洪門天地会《こうもんてんちかい》といった秘密結社のイメージをも彷彿《ほうふつ》とさせる。それは、原作にはあまり描かれていない「地下活動」——諜報や資金の調達、人材育成などが詳細に描写されていること、また、梁山泊に対峙《たいじ》する朝廷の機関として、「青蓮寺《せいれんじ》」なる秘密組織が設定されていて、「敵」の所在と闘争の構図が明確であることとも関わるだろう。

キャラクターやストーリーもこうしたオリジナルな世界観から発したものなので、原作と違って当然である。むろん、原作は短編から長編にまとめられる過程での、異なる人物伝承による不整合などもあり、「宋江の人格が一貫しない」、「なぜ宋江が頭目たりえるのか」といった疑問は早くから示されてきた。また、中国古典小説の常として、登場人物は物語の中での役割や機能に基づく相互関係によって位置付けられていることがあり、例えば『三国志演義《さんごくしえんぎ》』の劉備《りゅうび》、『西遊記《さいゆうき》』の三蔵法師《さんぞうほうし》、『水滸伝』の宋江など、人徳はあるが頼りなさそうな「無能のリーダー」とか、『三国志演義』の張飛《ちょうひ》、『楊家将《ようかしょう》』の孟良《もうりょう》と焦賛《しょうさん》、『説岳』の牛皐《ぎゅうこう》、『説唐《せっとう》』の程咬金《ていこうきん》、そして『水滸伝』の李逵など「道化的な暴れ者」といったキャラクターの系譜が、個別の作品を超えて見受けられる。

北方水滸伝のキャラクターは、革命に命を懸け華々しく散る男たちの、内面から立ち上がってくる人格が描かれていて、これも原作とどこが違う、ここを変えたという問題ではなく、人物設定という考え方そのものが異なる、北方版オリジナルである。そして、北方さんらしく、ハードボイルドな味わいがある。こうしたキャラクターの中でも突出しているのが、正真正銘のオリジナル・キャラクター楊令《ようれい》、続作『楊令伝』の主人公である。幼くして、過酷な体験に幾度もさらされる少年だ。盗賊に荒らされた村で、家族を惨殺され、声を失う。青面獣楊志の養い子となるが、養父楊志も青蓮寺に襲われ、楊令を守って討ち死にする。再び声を失う楊令。さらに宋《そう》軍と決戦のすえ、崩壊する梁山泊で宋江の最期《さいご》に立ち会った楊令は、「俺は生きる！」と湖へ飛び込む。これが『水滸伝』の終章であった。身近な人間の壮絶な死に様を何度も目《ま》の当たりにした楊令は、どうなったのか。

それから三年、梁山泊の残党が青蓮寺の目を逃れて、再び組織の復活に着手するところから『楊令伝』は始まる。とはいえ、第一巻で話の軸となるのは、通臂猿侯健《つうびえんこうけん》の遺児侯真《こうしん》と小李広花栄《しょうりこうかえい》の遺児花飛麟《かひりん》といえよう。侯真は朴訥《ぼくとつ》で一見不器用に見えながら、隠れた武芸の天分を武松に見出《みいだ》され、燕青に武芸を仕込まれる。そして武松、燕青、侯真は女真《じょしん》族の金《きん》国へ赴くことになるが、そこで剽悍《ひょうかん》な女真のゲリラ集団を率い、青鶻鬼《せいこつき》あるいは幻王《げんおう》と呼ばれる人物のうわさを耳にする。これが楊令なのか、と気を揉《も》ませる展開だ。

一方、花飛麟は若くして優れた武芸の使い手であるが、人とコミュニケーションがうまく取れず、顧大嫂《こだいそう》、孫二娘《そんじじょう》が預かる隠里で兵士の訓練に当たったものの、指揮者失格の烙印《らくいん》を押され、地下活動に回される。そこで請け負った任務が、霹靂火秦明《へきれきかしんめい》の未亡人と遺児を子午《しご》山《さん》の王進《おうしん》のもとへ送り届けること。しかし、その途中で不注意から刺客に襲われるという失態を演じ、子午山では、楊令に武芸を仕込まれた張平《ちょうへい》に腕比べを挑んで敗れ、花飛麟のプライドは地に落ちる。顔良し、腕良し、家柄良しのエリートだが、人間的にはかなり危なっかしい、先の展開が楽しみなキャラクターである。

『楊令伝』第一巻は、この侯真と花飛麟を交互に描きながら、梁山泊残党の各地での活動が織り込まれていく。物語のスケールはますます壮大になり、遼、金、宋さらには西夏《せいか》や日本まで視野に入れて、アジアを俯瞰《ふかん》するようなワイドスコープになっている。沙門島《さもんとう》で李俊《りしゅん》と共に海外交易を担当する瓊英《けいえい》（張清《ちょうせい》の妻）は、日本との交易を計画する、やり手の女実業家だ。いずれ日本も舞台になるのだろうか。

ご存知の通り、『水滸伝』の時代背景は宋の徽宗《きそう》皇帝の末期、中国の北には契丹《きったん》族の遼国があり、宋の建国初期から燕雲《えんうん》十六州の領土を巡って対峙している。その背後に女真族が台頭し、部族を統合した完顔《かんがん》阿骨打《アクダ》が皇帝を称して、国号を金としたのは、宋江の乱が起こる少し前、一一一五年のことである。また、宋の西にはタングート系の西夏があり、これもしばしば国境を侵した。

実に興味深いことに、宋江が宋に降《くだ》ったのが一一二一年という史実に基づくなら、その三年後は一一二四年ということになるが、この年、西夏が金に降り、翌一一二五年、宋と金の同盟により遼が滅ぶ。しかし、宋と金は戦後の領土処理で決裂し、一一二六年、金が宋の都開封《かいほう》を陥落させ、宋も滅ぶ。前年に退位した徽宗と即位したばかりの欽宗《きんそう》は、捕虜となり連れ去られた。歴史に知られた「靖康《せいこう》の難」である。皇族の一人康王《こうおう》が杭州《こうしゅう》に遷都して宋を復興し、南宋時代が始まるが、華北の広大な土地は金の領土となる。

すなわち、『楊令伝』の舞台は、次々に国が滅び、地勢図が大きく塗り替えられていく時代なのである。この中で楊令は、同志の死に様ばかりか、国と時代の終焉《しゅうえん》をも看取《みと》ることになるのか。今後の展開が待ち遠しい。

（「青春と読書」二〇〇七年五月号）

吹毛剣の行方

吉田伸子

あの楊令が帰って来る！

北方水滸のファンが、一日千秋の思いで待ちわびた『楊令伝』の刊行が遂《つい》にスタートするのだ！

北方水滸の最終巻である十九巻のラスト、宋江から今ひとたびの命を与えられた楊令が、鬼となり魔人となって童貫《どうかん》の首を奪《と》る、と官軍の幕僚に宣言した楊令が、いよいよ帰って来るのだ。

思えばその時、楊令が身に帯びていたのは、吹毛剣《すいもうけん》であった。そう、楊家《ようか》の男たちに代々受け継がれてきた、あの宝刀である。となると、吹毛剣は、『楊令伝』の中でも、常に楊令とともにあるに違いない。楊令とともに物語を生きていくに違いない。

ならば。『楊令伝』の刊行に際し、歴史音痴である私が知っておかなければならないのは、小説における「剣」に関することである。そう思った。そもそも「剣を佩《は》く」という表現があること自体知らなかった私である。いや、もっと知らなければいけないことは沢山あるのだろうが、とりあえずは剣だ、剣、とそう思った。

ところが。悲しい哉《かな》、剣に関して何をどう知ればいいのか、それすら分からないという体たらく。小説を読み解く最低限の知識として、剣について知りたいだけなのに、どこから手をつけていいのか分からない。困った。どうしよう。と、ふと思い出したのが、某氏である。時代小説、歴史小説に詳しい氏であるならば、きっとこの悩める子羊（には見えないけれど）を導いてくれるであろう。というわけで、私にとって時代小説、歴史小説の師匠ともいえる某氏へ、教えを乞《こ》うてみた。以下は、私と師匠との会話の一部である。


——師匠、吹毛剣ってご存知ですよね？

何をまた急に。君の言う吹毛剣とは、どの吹毛剣のことですか？

——へ？　吹毛剣といったらあの吹毛剣、楊家の男たちが受け継いできた、今は楊令が佩いている、あの有名な吹毛剣のことに決まってるじゃないですか！

あぁ、その吹毛剣ですか。楊令ということは、君が言っているのは「北方水滸」ですね。

——その吹毛剣、って、吹毛剣といえば「北方水滸」に決まっているじゃないですか！

こほん。君は「北方水滸」以外に「水滸伝」を読んだことがないから知らないでしょうが、そもそも岩波文庫の『水滸伝』では、楊志の剣には吹毛剣という銘はついていないんですよ。単なる「宝剣」となっているんです。「吹毛剣」という銘がつくのは、「吉川水滸」です。つまり、吹毛剣と命名したのは、吉川英治《よしかわえいじ》であろうと推測されます。

――へ？　そうなんですか？

　そうなんです！　ただし、「北方水滸」における吹毛剣は、同じ北方氏の作品『血涙《けつるい》』を読めば明白ですが、楊家の男にとっての証《あか》しのようなものであり、単なる剣というよりは代々受け継がれてきた男たちの魂とでもいうべきものになっていますね。

――楊業《ようぎょう》が「代州《だいしゅう》一の鍛冶《かじ》と、西の会州《かいしゅう》で採れた特別な鉄を、三日三晩打ち続け」「眠ることさえなく、全身全霊をこめて打たれ、打ち終った時は、鍛冶は死んで」いた、という記述が『血涙』の上巻に出てきます。凄《すご》い剣ですよね。

　ほう、そこはちゃんと押さえていますね。感心、感心。そういう剣だからこそ、斬《き》れ味が鈍らない。いや、斬れば斬るほど、冴《さ》え冴《ざ》えと斬れ味が増してくる。

――楊志の最期の場面は圧巻でした。

　剣というものは、実は、人を二人も斬ればもう使い物にならなくなるんですよ。

――へ？　そうなんですか？　楊志は百人は斬ってますよ！

　そうなんです！　普通なら、三人も斬れば、その剣は曲がってしまいます。でも、だからこそ、たとえ百人斬っても斬れ味の落ちることのない、そういう名刀を創作することが必要になってくるのです。

――なるほど。ということは、時代小説、歴史小説におけるヒーローには、名刀がつきものなわけですか？

　一概にそうとはいえませんね。それは、その作者に依《よ》るでしょう。ヒーローが必ずしも剣豪であるとは限りませんし、剣豪だとしても、剣そのものにこだわるのではなく、剣法にこだわる場合もありますし。

——なるほど。

まぁ、吹毛剣というのは、たとえるなら、柴錬《しばれん》描くところの眠《ねむり》狂四郎《きようしろう》における、無想正宗《むそうまさむね》といったところでしょうかねぇ。無想正宗というのがこれがまた……

——あ、師匠、無想正宗については今度また改めて。

というわけで（!?）、吹毛剣についてはこれでばっちりだ。さぁ、来い！『楊令伝』!!

（「青春と読書」二〇〇七年五月号）

―対談―1

「楊令伝」とその時代

高井康典行
北方謙三

北宋、遼、金の時代

北方　『楊令伝』に書かれているのは、北宋、遼、金の時代ですが、今度の第一巻は、北宋と金が共同で遼を攻めるという「海上の盟」を交わしたころが背景なんです。その当時、すでに金という国は建っていたんですよね。

高井　はい。一応建国はしています。

北方　その金を興《おこ》した太祖《たいそ》阿骨打というのは、女真族の完顔部から出ていて、完顔阿骨打という名前なわけですよね。でも、その一方で完顔旻《かんがんびん》という名前も持っている。そして弟の太《たい》宗《そう》呉《ウ》乞《キ》買《マイ》も、完顔晟《かんがんせい》という名前を持っている。これはどちらも漢《かん》名でしょ。

高井　ええ、漢名です。

北方　それは漢名を付けるという、阿骨打のころからの伝統みたいなものがあったんですか。

高井　やはり阿骨打という名前だと、彼の下についている漢族の官僚などから異民族っぽく思われるのをはばかって漢名をつけたということもあると思います。ただ、契丹の時代でも、漢名を持っていた契丹人は結構いますから、それと同じような感覚なのかなとは思います。

北方　そうすると、女真族であるけれども、「漢名は何々といった」という言い方は成り立つわけですね。

高井　はい。漢族の場合、世代で同じ字を使うんです。たとえば、阿骨打の子供たちの世代は、宗というのをつけて、宗〇〇という名前になっています。そういう世代をはっきりさせるのにも漢名を使っておくとわかりやすいというのはあると思います。

北方　やはり、漢族とのある程度の交流があったのでしょうね。『水滸伝』の中でも、魯智深が女真の地に捕らえられていて、それを鄧飛《とうひ》という男が救出に行ったというふうに書いたんです。そのとき、私の設定の中では、魯智深は女真語がしゃべれないので、女真族の連中とは言葉が通じないということになっていた。ところが、言葉が通じないと、小説としてものすごく面倒くさいんですよ。

高井　そうですね、確かに。

北方　それで、女真族の中にも一応漢語をしゃべれるやつはいっぱいいるというふうな設定にしたんですけれども、それはやっぱり大きな誤りですか。

高井　誤りとまではいえないと思います。たとえば、女真族は基本的には狩猟、農耕を主としてはいるのですが、中には商売をやってほかの土地に行く人たちもいる。そういうときに、女真語だけでは当然通じないわけですから、ほかの国の言葉も知っているはずです。実際に、契丹、遼の領内のある場所では、漢人もいれば、女真人もいれば、契丹人もいる。そういういろいろな人が住んでいるようなところでは、共通語として漢語を使っていたという記録も残っています。

北方　それは、いわゆる燕雲十六州ですか。

高井　いえ、もっと北のほうです。遼に黄竜府《こうりゅうふ》というのがありますけれども、そのあたりだとそういうふうな多言語状況になっていて、そこでは共通語として漢語を使っていたようです。

北方　黄竜府というと、ハルビンの近くでしょう。

高井　ちょっと南です。現在では吉林《きつりん》省になりますかね。

北方　もう少し南に下がりますけれども、金の都のあった上京会寧府《じょうけいかいねいふ》のあたりにあったんだろうという感じですよね。

高井　はい。

北方　そうすると、女真のかなり奥のほうにいる人たちも、漢語というのは結構しゃべれたんでしょうか。

高井　商人のように、ほかの部族と接触する機会の多い人たちは、話せた可能性はあると思います。ただ、基本的には女真語しか話せなかったのが大部分だったろうという気がします。

北方　高井先生もその時代に行かれたわけじゃないので、ぼくが、「しゃべれるやつがいたんだ」といえば、いたといってもいいわけでしょ。いたことになってもらわないと困るんだよな（笑）。

金が南下していく

北方　金は狩猟民族ですが、遼は？

高井　民族的には、一応モンゴル系といわれていて、遊牧が主でしょうね。

北方　遼は宋と戦争をして勝って、毎年宋から多額の銀や絹を送らせるという約束を取り付けますね。

高井　澶淵《せんえん》の盟（一〇〇四年）ですね。

北方　そのころから経済的なものを宋から得るようになった遼は、基本は遊牧だけれども、上層部の王室とか貴族とかの社会では、漢人を真似《まね》てわりと潤沢に暮らしていたのじゃないかという気がするんですけど。

高井　お金が集まってきますから潤沢な生活をしてはいますが、やはり生活の基本は遊牧生活なんですね。自分たちみずからが羊を追ったりするわけではありませんが、配下の者に牧畜をさせる。ですから、急激に漢人風の建物を建ててそこに暮らすというわけではありません。

北方　あの時代、ちょうど阿骨打から呉乞買に行く時代というのは、遼が手ごたえもなく腰砕けでつぶれてしまった後に、それに取ってかわるように金が南へ攻め下っていく。そうすると、どこまでも攻められちゃうものだから、途中でこれはまずいんじゃないかといって引き揚げる。しかし一応占領したのだから国家をつくっておこうということで、二回ぐらい傀《かい》儡《らい》国家をつくりますよね。

高井　はい。しかし、最初から宋を倒して王朝を建てるんだというつもりではなかったと思います。女真族の国をつくって、隣に昔からの仇敵《きゅうてき》である遼がいるからついでにつぶしてしまえ、と。そういうのが続いていて、気がついたら大きな帝国になっていた、そういう感じですよね。

北方　阿骨打というのがいきなりぽんと出てきて金をつくったような印象なんですけど、それ以前から女真族内でそういう兆候はあったのですか。

高井　完顔部自体は、阿骨打の三代ぐらい前から徐々に勢力が大きくなってきています。周辺の女真のほかの部族にも勢力がだんだん及んでいって、当然、それに対する抵抗もありましたが、それらの戦いに勝ち抜いて、阿骨打の時代に女真族が固まって建国する、大体そういう過程なんですね。

北方　先ほど話に出た黄竜府、あれは熟《じゅく》女真の都市ですよね。

高井　黄竜府自体はかつて渤海《ぼっかい》の人が住んでいて一応町を建てていましたから、その跡を利用したのだと思います。

北方　資料によっては、黄竜府は熟女真の拠点だというのが出てくる。そこをあっという間に阿骨打が落としたものだから、驚いた遼の天祚帝《てんそてい》（耶律延禧《やりつえんき》）が大軍を率いて攻めたけれども逆に敗れてしまった。そこから金が急激に浮上してきた。そういう認識でいいんですよね。

高井　そうです。黄竜府よりもう少し北のあたりの出河店《しゅつかてん》というところがあるのですが、そこで戦って遼の軍が大敗するんですが、それが一つのきっかけですね。

北方　そのころ遼は、軍事的にもう弱体化していたんですか。

高井　いや、そんなこともないのですが、問題は、遼の軍隊というのは、契丹人だけの単独編成ではなくて渤海人や漢人などの寄せ集め部隊であることなんです。そうすると、どうしても指揮系統が乱れて、戦わないうちに内部から崩れていってしまう。

北方　ところで、女真には塩はあったんですか。

高井　結構塩はとれます。乾燥しているところとか海に近いところが塩の産地ですから、女真にはふんだんに塩があります。

北方　遼はどうなんですか。

高井　遼にもやはり岩塩があるし、それから塩池があります。塩池の周辺にはいくつか産塩地があるので、そういうところで塩をつくっています。

北方　この『水滸伝』『楊令伝』では、塩がかなり重要な位置を占めているんですが、実際に調べてみると、宋の内部では塩が取り締まられて専売のようなかたちになっている。だから、それを海外に持っていけばもうかるのではないかと考えたのですが。

高井　むしろ逆だと思います。塩の道を女真や契丹につなげるのであれば、そこから塩を買って、宋の中で売りさばくほうが現実的ですよね。

北方　でも、もう書いちゃいましたから（笑）。

イレズミについて

北方　ところで、前から気になっていたんですが、「水滸伝」原典にはイレズミをした登場人物がいっぱい出てきます。ですけど、九紋竜史進《くもんりゅうししん》や花和尚魯智深の背中のイレズミと、宋江、林冲《りんちゅう》の顔のイレズミは本質的に違うように書かれているんですが。

高井　ちがいます。古代中国には「黥刑《げいけい》」というのがありました。その後に「刺刑《しけい》」として唐《とう》末に復活し、顔に「凶」とか「盗」とかの字を入れるものです。林冲、宋江のイレズミはこっちです。また、一般兵卒にも、イレズミをしていたようですね。

北方　兵隊にも？

高井　勝手に軍を抜けられると困るからです。

北方　確か、消すこともできるわけですよね。

高井　イレズミを消す薬というのもあるらしくて、宋の時代に、狄青《てきせい》という軍のトップまで行く人がいるんですけれども、その人の場合、一兵卒上がりで、一番上の枢密使《すうみつし》という、今で言うと国防大臣に相当する地位まで行くんですが、そのときに、偉くなったんだから、昔勤めていた兵卒時代のイレズミは薬を使えばとれるから、これで落としなさいと皇帝からわざわざ薬をもらうんですが、それに対して、狄青という人物は、いや、私は兵卒時代を忘れたくないんで、そのままイレズミを入れます、消しませんというエピソードが残ってるんですね。

北方　偉いね。ぼくの『水滸伝』ではそういう顔に入れるのは止めていたけど。

高井　それとは違って、史進や魯智深のイレズミはもっとカラフルで、こちらはあくまで「彫り物」です。「花和尚」の「花」は絵柄の内容ではなくって「彫り物」という意味です。だから「彫り物坊主の魯智深」なんですね。

北方　あ。司会もやってる担当者くん。

編集者　はいはい。今日は黙って司会してます。

北方　ずっと前に深夜にキミに電話をして「魯智深のイレズミの絵柄は？」と聞いたら「牡丹《ぼたん》です」と言ったよねえ。

編集者　はいはい。言いましたよ。

北方　「花」というのは絵柄という意味で、花のイレズミだということはないかも。

編集者　へいへい。あの時はたまたま「昭和残侠伝《しょうわざんきょうでん》」のビデオを見ていたので、つい反射的に言ってしまったんですねえ。「牡丹じゃないですかあ」って。

北方　あのね。

編集者　文庫（『水滸伝』）の手直しでヤマユリかなんかに変えますか。

北方　手遅れだっちゅうの。おまえ、正確な知識をおれに伝えなきゃ駄目じゃないか。おれはすぐに小説にしてしまうわけだから。

編集者　あとで、あらゆる「水滸伝」を調べてみたんですけどねえ、魯智深の彫り物の絵柄については言及がないのですよ。しかし、まあ、とうの昔に書いてしまったわけだし、北方さんがそう書いたら北方「水滸」では、そうなのであります。

高井　まあ、そういうことですねえ。

二世たちの梁山泊

高井　今度の『楊令伝』では、二世がずいぶん出てきてますよね。

北方　侯健の息子の侯真、秦明の息子の秦容《しんよう》とか。二世キャラの扱い方というのは、結構気を遣《つか》っているんです。二世キャラは、あまり出し過ぎても、ちょっと不自然でしょう。その点、花栄の息子の花飛麟は、我ながらうまく出せたかなと思う。しばらくは、二世キャラと、北と南の動乱の有り様を軸にしていくという感じですかね。

高井　綽名《あだな》はまた全員につけるんですか？

北方　つけざるをえないような気も。しかし、大変そうだからなあ。花栄の息子の花飛麟だけは「神箭《しんせん》」と決まっているんですけどね。担当者はまったく頼りにならないし。

編集者　楊令は決まっていますけどね。

北方　え？　わしゃ知らんぞ。なんになっておるの？

編集者　青面獣・楊令。
北方　青面獣は楊志だろうが。勝手に決めるなよ。
編集者　だって、もう、一巻の帯（単行本）にそう書いてしまったんですけど。
北方　なんでそうなるわけ。
編集者　「顔には赤い火傷《やけど》の痕《あと》があるのに、自分が青面獣と呼ばれていることを知って、楊令は嬉《うれ》しかった。父の顔の、青い痣《あざ》については、いまもよく思い浮かべるのだ」
北方　それはなんだね？
編集者　北方謙三『水滸伝』十九巻旌旗《せいき》の章。単行本二八ページより。
北方　やなやつだねー、おれが書いたわけ？
編集者　忘れました？
北方　うーむ、まだ、文庫で直すという奥の手がある。
編集者　迷路ですなあ。
北方　キミは黙って司会してなさいね。
高井　まあまあ。これは、だいぶ先の話になりますけど、方臘の乱については、いろいろと書かれるおつもりですか。
北方　そのつもりです。今後の展開の中で、方臘の乱というのが大きなポイントになることは間違いないでしょう。実際に反乱を抑えるために、宋はあそこに禁軍《きんぐん》を投入してるんですよね。

高井　そうです。燕雲十六州奪回用の軍隊や歩兵をずいぶんと投入しています。

北方　あそこを起点にして、北の動乱がまた別な様相を呈していくわけだから、やはり方臘の乱は、少し大きなものとして書こうと思っている。

高井　原典と同じで、梁山泊の連中と戦うという形にはしないんですか。

北方　思案中です。当然、再編された梁山泊は関わってくるけど、禁軍が出てきて、童貫などが投入される。童貫が投入されることによって、北の防備が手薄になる。そのあたりのところは、小説家としてはいろいろそそられるんですよ。

高井　なるほど。そこは非常に楽しみですね。

（「青春と読書」二〇〇七年五月号）

〝流れる血に意味はない〟のか

池上冬樹

集英社文庫版の北方『水滸伝』全十九巻が、四月刊行の『旌旗の章』で完結した。なんと文庫だけで四百万部に迫るというのは驚異である。いや、北方水滸伝の面白さからいってそれは当然であり、これからもあらゆる世代の男女を魅了し、もっともっと読まれていくだろうし、永遠のロングセラーになることは間違いない。

すでに第四巻『道蛇《どうだ》の章』の解説で北方水滸伝の魅力について触れているが、そこにも書いたように（僕がそうだったように）、物語におけるクライマックス、とりわけ十七巻、十八巻、十九巻における梁山泊軍と童貫元帥率いる禁軍との戦争には体が熱くなったのではないか。昂奮《こうふん》し、涙し、感動に打ち震えている読者が多数いるのではないか。いったい梁山泊の残党たちはどうしたのだ？　あの楊令はどのようにして成長し、どのようにして新たな国づくりを行うのかと、気になって仕方ないのではないか。

そういう人たちの期待に大きく応《こた》えるのが、『楊令伝』シリーズだ。北方水滸伝は原典の大胆な改変と新たなキャラクターの創造が中心であり、史実から自由な革命小説としての趣《おもむき》があったが、続編である『楊令伝』は一転して史実にのっとって人物を動かしている。出てくる人たちも歴史上の人物が多い。

時代は、北宋の末期。梁山泊は、童貫元帥率いる禁軍との総力戦に敗北し、壊滅、炎上する。『楊令伝』はそれから三年後からはじまる。生き延びた者たち（呉用《ごよう》、燕青、公孫勝《こうそんしょう》、李俊ほか）が集まり、会合をもち、独立した軍を組織して、連繫《れんけい》をたもち、それぞれ地方の官軍と局地戦を繰り返していた。

いっぽう、宋江から替天旗を託された楊令も、北の地で阿骨打が建国した金に加勢し、力を蓄えていた。当初は、梁山泊に合流することを拒否していたが、やがて新梁山泊に合流し、全員の歓呼のもとに新頭領として認められ、替天の旗がふたたび掲げられる。

最新作の第五巻『猩紅《しょうこう》の章』では、楊令は脇《わき》にまわり、呉用が中心になる。ここ数巻で語られていた南の新興勢力の叛乱《はんらん》と禁軍の戦いがクライマックスを迎えるのである。呉用が〝趙仁《ちょうじん》〟と名乗って潜入している方臘率いる宗教団体の叛乱と童貫率いる禁軍の鎮圧が描かれるのだ。

この「方臘の乱」は、一一二〇年ごろに起きた農民たちの叛乱であり、首謀者の方臘は、一説では異教の菜食主義者ともいわれているが、作者は血を吸って信徒をいやす肉食主義者の宗教家にしている。この方臘が率いる八十万の軍と童貫軍の戦いが詳細をきわめ、実にダイナミックに描かれていて、臨場感たっぷりで、まさに手に汗にぎることになる。

一般的には、農民たちの叛乱と捉《とら》えられているようだが、作者は宗教者による叛乱という性格にかえて、国軍との命を賭《と》した戦争に仕立てている。そこで語られるのは、梁山泊との違いだろう。宗教を根底においた革命と新たな国の創造には大きな違いがあると語る。梁山泊の人々は〝国を倒そうという思想で結びついている〟が、宗教叛乱は〝純粋な思いで〟数は増えるものの、〝それぞれが見つめているのは、自らの心の中だけ〟であり、〝いくつ集まろうと、国家となることはありません〟となる。

だが、そんな方臘軍の中で軍師をつとめる呉用は、しだいに方臘の人間性にひかれていく。この方臘という存在が、きわめて強烈である。〝この乱で、血が流れすぎた、と思われませんか？〟ときかれて、方臘はこう反論するのだ。〝どれほど、多かったのだ。半分だったら、それでよかったのか？　……血は、流れるものだ。生きていれば、血は権力に吸われる。その権力に刃向かって流した血ならば、吸われる血よりましだっただろう、と俺は思う〟といい、さらに〝流れる血に、意味はない。血は、ただ流れるだけだ。それが、連綿と続いた、人の世というものだった〟というのだ。〝ひとりの血も、百人の血も、同じだ。一万であろうと、百万であろうと。俺の信徒どもは、死ぬ方が幸福だと信じたのだ。大地は血と同時に、信徒の喜悦も吸った〟と非情に語るのである。

そんな非情な宗教家のカリスマに呉用は心酔し、同時に苦悩も覚えるようになる。梁山泊で生き残った男たちは、死ぬことを許されず、〝生きて、死者の分まで苦しむ、という宿命〟を負っているが、呉用がまさにその一人としてクローズアップされるのである。

もちろんそのほかにも『楊令伝』の魅力のひとつである、若い世代の活躍が次々に披露されるし、期待もいだかせる。なかでも、梁山泊側では花飛麟、禁軍側では岳飛《がくひ》となるだろう。とくに本書（『楊令伝』第五巻）では後者の岳飛が強く印象に残る。

かつて楊令の黒騎兵に遭遇してあっさりと敗北した岳飛も、童貫のもとできびしく鍛えられ、大きく育った。〝おまえには、二千騎を指揮して貰《もら》う局面が、何度も出てくると思う〟と童貫にいわれるまでになる。〝この二千騎は、童貫の軍歴の中でも、最も精強な部隊〟だ。しかし相手は、八十万もの信徒からなる軍である。童貫が思わず、戦いがこわい、〝予測しなかったことが、多く起きるだろう。自分がそれに即応できるのか、考えざるを得ない〟と本音をもらすと、岳飛はすかさず〝やってみなければわからないことを、元帥は気にされますか？〟といい、〝戦《いくさ》で、敵は選べません〟といいきるのである。そしてさっそうと方臘の軍の只中《ただなか》へと切り込んでいくのだ（なんと恰好《かっこう》いいのだろう！　実はこの岳飛も北宋末から南宋の軍人として有名だ。おそらく楊令の最大の敵になるのではないか）。

北方水滸伝は、旧体制に縛られた社会と精神の解放がテーマである。作者がある対談で語っているように、〝キューバ革命がもっていた変革へのロマンチシズム〟を『水滸伝』に移しかえた。いわば壮大な革命小説を意図し、至るところで、国の形、ありかたが論議される。それは『楊令伝』のシリーズでもかわらない。第五巻『猩紅の章』でも、さきほど触れた以外にも、〝国には、民がいる。それが本質だ。統治者が替ろうと、民は変らない。言ってみれば、統治者は国の仮の姿で現われているだけだ、と言うことができる。ただ、それが仮の姿だと思っていた統治者は、いままでいないだろう。仮の姿であろうと、権力というものは付随する。権力は、民を苦しめたり殺したりするのだ〟と国家の本質が論じられるし、さらに宗教のありかたと国の統治の問題が議論されることになる。

たとえば、〝宗教そのものが悪いのではなく、それを叛乱に利用することで、国という姿が曖昧《あいまい》になっているのです。信徒が望む国など、すぐに立ち行かなくなります〟と方臘を押さえ込む側に語らせている。なぜなら〝信仰心と統治とは、相反すると思うからです。宗教は、統治の中にあるべきものだと、この国の歴史は示しています〟と続けるのだが、これはその是非はともかく、中国の歴史を物語っているだろう。

おりしも、中国のチベット族居住地域では騒乱が続いている。その状況のなかで本書を読めば、よりいっそうリアルに感じられるだろう。〝信仰心と統治は相反する〟という事実を、すさまじい虚無的なリーダー（方臘）との戦いで描ききり、読むものを圧倒させるからである。血わき肉おどる類《たぐい》まれな熱き物語であると同時に、これはまぎれもなく「現代」を描ききった優れた小説でもある。

そして、最初に話をもどすなら、北方水滸伝が多くの読者に支持されているのは、たんなる物語の面白さのみならず、そこにまさに現代が刻印されているからでもあろう。しかも第六巻から、楊令は変貌《へんぼう》していき、よりシリーズが深化していく。北方水滸伝の楽しみは、まだまだ続くのだ。

（「青春と読書」二〇〇八年五月号）

担当編集者のテマエミソ新刊案内

山田裕樹

ついにジャンルも跳びこえた

歴史小説と時代小説はどうちがうのか？
そんなこと聞かれても、知りませんがな、と言えない場合というのはあるわけであって、「歴史上実在の人物が主人公の小説は、歴史小説。架空の人物が主人公の小説は、時代小説」と答えることにしている。つまり「竜馬《りょうま》がゆく」は歴史小説、「眠狂四郎」は時代小説というわけだ。

で、話は変わるが、北方謙三「水滸伝」は十九巻完結後に文庫化が進行中で、現在十三巻が出ている。中国の古典を原典として換骨奪胎の再構築、宋江という情けない主人公が歴史的人物かどうかさえ疑義があるところではあるが、北方「水滸」は時代小説であろう。

この十月刊行で早くも三巻が上梓《じょうし》される「水滸」の続編「楊令伝」、これも主人公はさておき、重要な役どころに童貫元帥、聖王方臘、徽宗皇帝、岳飛将軍などと実在の人物が数多く配されて、限りなく歴史小説に近づいてしまった。

いろいろと前例のないことが起こっている北方「水滸伝」「楊令伝」、時代小説から歴史小説への変転もそのひとつかもしれません。

死ぬ人死なぬ人元気な人

さて、北方「水滸伝」の続編、絶好調の「楊令伝」四巻をお届けする。

雷霆《らいてい》の章。「雷」も「霆」も『雷』の意味で、同意字を重ねて熟語にする時は、程度の強意になるので「ひどい雷」ぐらいの意味ですね。

なにがどうひどい雷だかは読んでいただくとして。

ところで、全十巻完結予定と告知したが、二巻の末尾で死ぬはずの人物が死なずぴんぴんしていてそれどころかますます元気になっておる。

誰とは言わないけれど、それも読んでいただくとしてですね。

かわりにぶっちゃけ別の超大物が死にます。

わあ。これも読んでけれー。というしかないのですが、というわけで、完結の巻数は、すでに大幅に延びる予感あり。前作「水滸伝」の時も全十三巻完結予定が十五になり十七になり、結局十九巻になってしまったし。

またしても「楊令伝」も予定は未定ゾーンに突入いたしましたなあ。

まあ、ますますパワーアップして面白くなっているからいいのではないでしょうか。

蘇える画伯、陳仁柔

余は覚醒《かくせい》した。

ここはどこじゃ。この美しくない国は。

余が長き眠りについたのは、かの憎っくき蒙古人《もうこ》がわれらが大宋国を侵攻してきた時じゃった。余が唯一の上官たる青蓮寺総長・聞富師師が、余に眠りを命じたのである。術師は神機軍医と呼ばれた力道全。余はそのまま遠く蒙古人の魔手を逃れて、東の蓬萊《ほうらい》列島の地下で冷凍睡眠を続けたのである。いつの日にか蘇《よみが》えって蒙古人を倒すために。

あれから七百三十年。

国会図書館で調べたところによれば、わが国は、憎っくき蒙古人の立国せる元、そのあとの明、北方女真民族の清、いろいろあって今は中華人民共和国という餃子の生産地になっていて、各国の放火犯が松明《たいまつ》をもってかの国を目指して走っておる由。

余が生まれ育った大宋国はいつのまにか南宋ということになっておったわ。

しかし、である。この日本とかいう醜き国をさらに醜くしておるのは、またしてもあの蒙古人ではないですか。お相撲《すもう》という国技の上位を簒奪《さんだつ》独占し恣《ほしいまま》にふるまい賂《まいない》にも似た懸賞金の束を毎日ふんだくっておるのはまたしても青とか白とか赤とかの蒙古人めら。安馬《あま》とかいう女性力士まで外交特権で土俵にあがっておるとか。

それはさておき、この国に氾濫《はんらん》しておるのは、なんと余が描きたる絵ではないですか。

わが名は陳仁柔《ちんじんじゅう》、珍獣ではないぞ、人呼んで神仙画伯。

青蓮寺の要職にありといえども、それはおおっぴらにはできぬので、建前上は絵師ということにしておったわけじゃが、余の描きたる絵はどんどん買い手がついて値上がりし、かつて梁山あたりの水たまりにおったといわれる百八人の鼠賊《そぞく》をなぐり描いた絵なぞはベストセラーになりよったものよ。ぬはははは。

その、鼠賊らを横長の巻き物に描いた余の絵をじゃのう、集英公司なる版木屋で北方とか申す輩《やから》の手になる偽書「水滸伝」「楊令伝」なる小書、大書、宣伝販売用のもろもろもろに、おのれ無許可で使いおってからに。いくら踏んだくったろうか。海鰍船《かいしゅうせん》十隻分の銀塊とかじゃなむはは。それにしても、「英」雄「集《つど》」うじゃの、「北方」謙三じゃの、余の嫌いな名前を並べくさって、これはもうますます天に替わって道を行わねばいけんのよ。

毒を塗った懸賞銀の束を憎っくき蒙古人につかませればよい。そのためには、銀がいるのじゃ銀が。銀は集英公司から出させればよろしい。

時はあたかも集英公司、偽書「水滸伝」の小書完結し、それを読了した読者を「楊令伝」にひきずりこもうという宣撫《せんぶ》工作のまっ最中。そのためにまたしても余の傑作絵画を使っておってからに。ぬはははは。

これは余の談、いや余談じゃが、いつの間にやら、第五巻「猩紅の章」まで刊行がすすんでおって、ほんによく書く奴《やつ》じゃの北方めは。2ちゃんねるなる諜報地下放送によれば、かの楊家七人兄弟のごとくに、北方謙一、北方謙二、北方謙三がとっかえひっかえ書いておるそうで、そう聞けば納得もするものでもあるが、たしかにこれは余談であった。余が集英公司の宣撫策の片棒かついでどうすんねん。

　というわけで。神保町《じんぼうちょう》集英社に単身のりこんだ余の相手に出てきたのは、かの美髯公《びぜんこう》・朱仝《しゅどう》を四〇%天地縮小したような、むさき髭《ひげ》だらけの社畜Yという男じゃった。会話は漢詩の交換で行われた。しかしこのY、科挙《かきょ》にも武挙《ぶきょ》にも縁がなかったようなその下品な顔と頭《ず》蓋《がい》の内側が正比例しておるようで、韻《いん》も仄《そく》もない漢詩もどきを量産するのはいいのじゃが、きゃつの漢詩もどきを努力して理解するに、余が集英社を告訴して莫大《ばくだい》な賠償銀をゲットしそれをYとふたりで山分けにしようというではないか。なんで山分けなのか。しかも、絵師たる余に向かって、わしが銀塊詐取の絵ば描いちゃるけん、とはなんたる言い草。魑魅魍《ちみもう》魎《りょう》邪悪奸賊《かんぞく》じゃ。

　青蓮寺のナンバー2じゃった余が言うのじゃから間違いないわい。

　醜き国に悪い奴ら。矣兮。余は、えーん、大宋国に帰りたいよう。

（集英社WEB文芸「レンザブロー」二〇〇七年一〇月〜二〇〇八年四月）

　こういうのを書いたら、「レンザブロー」の担当者から注文が来なくなりました。珍獣扱いされているのはわしじゃわしじゃ。

（二〇一二年四月　追記）

—対談—2

破壊と革命の後にくるものを書きたい

児玉　清
北方謙三

キャラクターが立ち上がった瞬間

児玉　『楊令伝』十巻が出るということですが、もう終わってしまうんですか？　十巻で終わりという広告を見たんですが。

北方　いや、終わりません。単行本の一巻が出る時点で、「全何巻予定ですか？」と聞かれたんだけど、わかるわけがない。十巻以下では終わらないだろう、ということで、集英社側が勝手に広告を作ったんです。

児玉　良かった。長い方が私も嬉しいです。十巻まで書かれた今、全何巻になりそうなんですか？

北方　全十五巻予定です。児玉さんと『水滸伝』の話をするのは二回目で、以前、BS「ブックレビュー」に呼んでいただいたとき、『水滸伝』のことをずいぶん、細かいところまで聞いていただきましたね。

児玉　もっと熱い読者の方が多いと思うんですが、愛読者のはしくれとして、色々聞かせていただきました。「北方水滸」に出会う前の、原典の『水滸伝』は、大変おもしろいものであると漠然と思っていたんです。だけど何か偏見があって、深入りせず、引いた態度でした。思いは大変希薄で、人に語れるようなものではなかった。それが、北方さんが全く新たな『水滸伝』をおつくりになられて、のめり込みました。私にとって『水滸伝』と言えば「北方水滸」になりました。登場人物たちの喋《しゃべ》ることには、北方節のようなものがあるでしょう。私も、場面ごとに心を仮託して読んでいますから、台詞《せりふ》に随分、色々と思いを持ちました。ほとんどの読者がそうじゃないですか。

北方　ありがとうございます。基本的に中国の人に読んでもらおうと思って書いたわけではなく、日本の読者が心を動かすものが書きたい、という意識が強かった。

児玉　僕の感じでは、中国を舞台にしながらも、登場人物たちの考え方、男としてのあり方、女性に対する態度、国のあり方等、全編を北方さんの哲学が貫いているように感じます。

北方　いわゆる原典を翻案した形は絶対避けて、それを思考材料に、自分の中で変容させ、新しいものをつくり出そうという意識が強かった。だから、原典好きな人は文句言うんですよ。

児玉　でしょうね。ここが違うとかって。

北方　百八人の好漢が梁山泊に勢ぞろいするまでだれも死なないという基本的な約束ごとがある。なのに集結前に殺しちゃった。一人殺してからは「誰を殺すな」という読者からの手紙や声が届くようになりました。サイン会に行っても、「えっ」と思うような人のファンから助命を嘆願されたりもする。

児玉　読み手はみんなそれぞれ勝手ですよ。

北方　僕はいつも読者は一人だと思っているんですよ。何万、何十万の読者がいようと、いつもその一人の読者に向かって書いています。

児玉　以前、北方さんに百八人もの人間を全員、個性的に書き分けられるのかお尋ねしたんです。実際、ものの見事というか、それ以上に魅力的に描かれていますね。

北方　原典では何人かの登場人物は妖《あや》しく立ち上がっているんです。ところが束になって出てくる奴らもいる。兄弟なんか、返事まで二人で一緒にするほど安直に扱われている。それを少しずつ丁寧《ていねい》に描けば、一人一人が個性を持っていくだろう、と思いながら書いてきました。

児玉　単純に読み手として驚嘆しました。これだけの人間を変幻自在に、個性を際立たせ、しかも物語の真ん中を貫く何人かのメインキャラクターもしっかりいますよね。その人たちが延々とつながる中で、色々な人間が出入りしながら、物語全体を運んでいく。

北方　最初は天罡星《てんこうせい》の三十六人だけでもきちんと書こうと思っているうちに、地煞星《ちさつせい》の小者に、だんだん思い入れがいって、ふわっとそいつが立ち上がってくることは、何回もありました。例えば鮑旭《ほうきよく》がそうです。魯智深に子午山に連れていかれるまで盗みを平然とやっていた人間が、王進の母親に「鮑旭」という自分の名前の字を教えられて、農作業の一休みに、枝で地面に「鮑旭」と書く。あ、書けたと思ったとき、王進の母親のことを母と思っているわけですから、これで母に褒《ほ》めてもらえるだろうと思った瞬間に、キャラクターがふわっと立ち上がった。こういう風にして、人というのは立ち上がらせていけばいいんじゃないか、という思いがありました。最初の頃に原典では重要じゃないキャラクターを書いたので、他の人間たちもきちんと書きたいと思います。

児玉　私は童貫がとても好きな部分もあって、悪役といいましょうか、対抗勢力ですよね。そういう人物を描けることが、物語をものすごく力強いものにしていると感じるんですが、童貫にはどのような思いを抱いていらっしゃるんですか。

北方　つまり、梁山泊軍がすごい、と描くには、これと対等に戦っている人間がすごい、と書けばいいんです。

児玉　そういうことですね。

北方　そうすると、まず対等に戦っている人間、青蓮寺や宋の禁軍を細かくリアリティを持って書ければ、対する梁山泊軍はなかなかすごいとなる。だから宋軍にはどうしても童貫が必要だった。絶対に負けないほどの軍事的才能を持つ軍人がです。童貫に関して、もう少し言いますと、彼が抱いている国家に対しての思いは『水滸伝』の中では揺らいでいなくて、勝ったわけです。でも、『楊令伝』になると方臘の乱を経験して、国とは何か、ということを童貫が考え始める。つまり、疑問を感じ始めたわけで、そのあたりの弱さが書けていればいいな、とは思っています。

児玉　なるほど。今のお話をうかがってよくわかりました。やはり、とてつもない悪者がいないと対抗する主役が大きくならないんですね。

北方　小説の原則だと思いますね。悪がちゃちだと、主人公もちゃちになる。ただ、本当の悪かどうかは価値観によって変わるわけなので、わからない。

児玉　童貫も、梁山泊に敵対する側にいるわけですけど、描写を読んでいると僕なんかはだんだん泣けてくるんです。童貫の台詞で、「睾丸がない、しなびた男根があるだけだが、それにはもうなれた。心の中の男まで奪われたわけじゃない」という風な述懐があるんですが、忘れられないですよ。ここだけではなくて、随所に心を打つ箇所がある。

北方　実はあんまり考えてないんですよ。わけがわからなくなって書いてしまっている。ゲラを読んで、すごいなって自分で思うぐらいです。

児玉　没我じゃないですが、のめり込んでいく感覚は読み手からは想像がつかない。

北方　普段は絶対持ち上がらないものが、火事場のくそ力で持ち上がったりするわけじゃないですか。その人間には、潜在能力として持ち上げる力はあると。それを作家はいつも出すようにすれば、そんなに苦労しないでも書けるだろうと。ところが書けないです。締め切りが迫って、もうだめだと思いながら、担当者がファックスの前で待ってる状況の中で何枚書いてるのか、何時間、何日たったのかわからない状態で書いていると、ふっと出てきます。

児玉　神が立ち上がるということでしょうか。『水滸伝』でも『楊令伝』でも、随所にそういう泣かせと言いましょうか、読んでいる人間たちの魂をつかむところがあります。

北方　毎月書いてますから、一冊の中に三、四カ所くらいあるかもしれない。

児玉　作家の方たちと対談をすると、人物が勝手に動き出すと言いますよね。ある程度わかるんですが、どこからそうなるんでしょう。

北方　やはり潜在能力が出たときからでしょう。これは色々な作家が色々な言い方をします。何かがおりてきたと言う作家もいます。私の場合は何かわけがわからなくなったときです。実際は、物語の齟齬《そご》も起きていないから、わけはわかっているはずなんですが。

児玉　そうですか。「林冲の強さは、私の憧《あこが》れであり」と、おっしゃっていますよね。「(林冲の)弱さは自分自身を振り返っての、悔悟のようなものかもしれない。小説家は、作品の中で、別の人生を生きる特権を持つのである」と。やはり林冲は、特別な存在だったんですか。

北方　人物描写の話になってしまうんですが、僕は、すべての表現は自己表現だと思うんです。それは、小説で人物を書く際に必ずある。林冲は濃く自己表現が出た人物の一人だろうと思います。

『楊令伝』で描こうとしている国家とは?

児玉　国家とは人間と同じく、成長して、壮年になって、老衰して、死滅する人生の繰り返しみたいなところがありますよね。それも『水滸伝』の中で訴えようとなさったことの一つじゃないかと感じたんですが、いかがでしょう。

北方　『水滸伝』の場合は、宋という国を倒そうと、ずっと戦っているわけです。そのときはまだ、梁山泊は単なる反権力、ということでしかないです。

児玉　目標があって、倒すものがあるうちは、国家観までは意識がいかない。

北方　倒れてしまったときにどうするか、彼らも初めて考える。国というのは何かと考え始めたら、自分とは何か、見つめ直すところから国家観を見ていかなければいけない。国家をつくってしまうと、それは前に倒れた宋と同じようなものになる。そうするとまた抵抗勢力があり、その反権力が勝った場合、また権力になる。その輪廻《りんね》について、人はどう考えればいいのか。答えの出ないテーマだろうと思いますね。

児玉　だから、物語の世界としては、実に格好の場所でもある。

北方　混乱した社会の中に桃源郷を一つつくる。その人間が夢見るものがそのままずっと続いていけば、すばらしい。しかし、果たしてうまくいくものなのか。その移り変わりを書きたい。目下、『楊令伝』ではまだ桃源郷を建設しているところですが。

児玉　そこで鮮烈に生きるのは、やはり個人の生きざまであるということですか。

北方　桃源郷をつくろうというのは見果てぬ夢ですからね。その中に、人間が生きる。私の場合は男が生きる。男の人生とは、見果てぬ夢の中にあるだろうという気はしています。

児玉　『水滸伝』は国が乱れて盗賊が跳梁跋扈《ちょうりょうばっこ》する中で、物語の場としては、想像力がいかようにも働く場面が既に設定されています。その中から立ち上がってくる小説は広大無辺なものになり得る。そういう場を求めて中国という素材を小説にされたんじゃないか、と思っているんですが。

北方　私は中国を舞台にする前、日本を舞台に歴史小説を書いていたんですが、もともとは南北朝《なんぼくちょう》を舞台に小説を書いていたんです。すると、複雑なことがいっぱいありまして、まともな皇国史観を書くと危ないところがある。

児玉　わかります。

北方　どうしようかなと思ったときに中国の三国《さんごく》時代があったんです。三国時代というのは、蜀《しょく》は漢王室を、つまり万世一系を守ろうとする。魏《ぎ》は曹操《そうそう》がそのまま王に、つまり覇者こそが王であるという史観です。日本にも、それはあったんです。足利義満《あしかがよしみつ》や織田信長《おだのぶなが》です。移しかえて書けるところは三国時代だろうと思って、『三国志《さんごくし》』を書きました。

国家観で更に申し上げますと、春秋戦国《しゅんじゅうせんごく》時代に孟子《もうし》が、王道と覇道について語っています。王道は連綿と続いて民のために祈りをすればいい。覇道はそのときの覇者が頂点に立って、政《まつりごと》をすればいい。そうなってくると国は秩序が保たれるだろう、と。

児玉　その二つを始皇帝《しこうてい》が一緒にしますね。

北方　でも、その国家観が生きたのは日本なんです。連綿と王道があり、その下で覇者が政をしていく状況が延々と続いた。そう考えると、中国と日本の国家観は、どこかで融合したり、何か影響を受け合ったりしたことが、歴史の中に多分あるだろうという考えはありました。

児玉　僕もそのとおりだなと思います。その上で物語をつくっていらっしゃるというのは本当にすごい。しかも『水滸伝』は原典などの材料があるけれど、『楊令伝』に至ってはまさに作家の想像力ですものね。

これから乱世の中で、オリジナルの登場人物たちがどうなっていくのか気になります。例えば、でき過ぎた男である楊令が挫折《ざせつ》して、再度立ち上がるとき、ある部分がどんどんこぼれ落ちて、人間本来の野蛮さ、残酷さが出てくる。それを克服して指導者に帰ってくるかどうか。すごく興味があります。

北方　まだ『楊令伝』は書き終わっていませんので、どうなるかは作者にもわかりません。結局、楊令は夢を追う強固な意思を持っている。ただそれが、普通の人間に説得力を持つかどうか。強さで、あるところまで押していけるけど、物事を建設していく形になったときに、強さは強さとして生きるということにならないわけですから。そのときには楊令は挫折するでしょう。挫折するか、挫折をしそうになりながら、少しずつ視野を変えていくだろうとは思います。

戦闘における個人、集団両方のリアリティ

児玉　『水滸伝』『楊令伝』では個々人の描き分けもさることながら、集団戦の迫力がすごい。軍隊に関しても、いわゆる上級将校が少ない。四千、五千の軍隊の将軍はいるが、その下が

足りないと、どうしても大がかりな戦いしかできなくなってしまう。そういうところに着目されて、人間心理を描かれるのに感動するんです。そういう視点は直感で描こうと思われるんですか。

北方　直感だと思います。僕はまず軍隊をつくるときに、調練ばかりさせるんです。調練は必ずしも兵隊が強くなるためだけでなく、指揮官と兵隊が調練を通して一緒になれる。だから死すれすれの調練をしている部下を率いる指揮官は、普通の兵力以上の戦いができる。ですが、実際の戦になってしまうと、体験しているわけではないのでわからないです。

児玉　わからないですか。

北方　ただ、図式で考えるというようにはしています。

児玉　図式で考える？

北方　初めて歴史小説で九州における戦を調べた時、資料が何もなかった。でも実はあったんです、自衛隊の戦史研究室に。

児玉　研究室ですし、いろいろな戦いが書いてあるんでしょうね。

北方　戦術面の具体例が書いてあるんです。それを解析したら、軍隊がどう動いて、どうなればいいと思い描くようになったんです。熊本の第八師団の戦史研究室の資料は、古代からのものが書いてありますから、九州での戦についてわかることは全部書いてある。集団の戦を書くときに、まず図式がないと読者の方はわからないと思うんです。

児玉　戦闘シーンは、私は読ませていただいていて感動するんですよね。戦いの場における各将校たちの心理もさることながら、どういう形で戦いが行われて、軍隊がどういうものであるか。一人の人間、個から集団に至るまで、そこにある一つの正しさ、真理みたいなものをちゃんとつかんでいらっしゃる。

北方　例えば戦では馬を使いますよね。馬とはどういうものかを調べるわけです。馬は普通に走ると、丸一日走っても平気なんです。ところが疾駆すると、一刻《こく》、二刻、中国の一刻ですから三十分、一時間でつぶれてしまう。そうすると、馬を走らせるときにきちんと書き分けようとする意識が、多分戦のリアリティみたいなものに出てくるだろうと思いますね。限界がある、というのは人でも同じじゃないでしょうか。人の場合は、人間の能力を超えたことをやる場合もたまにはあるわけで、それはそれで、また小説的なものであろうと思って書くわけですが。

児玉　例えば大きな者同士がぶつかり合うところに兵力差が出てしまう。長期戦だったら必ず人数の多いほうが勝ってしまう。それを少数の兵隊を動かす、奇襲という形によって戦争の形が変わっていく。そういうリアリティがあるので、読者がわくわくするんじゃないか、と思うんですが。

北方　日本の歴史を調べていて、戦闘のリアリティを感じる場面があるんです。足利尊氏《あしかがたかうじ》が十万の軍を率いて、京都を占領したとき、楠木正成《くすのきまさしげ》は、逃げて兵站《へいたん》を断《た》ちましょうと言う。みんな笑うわけですが、非常に正鵠《せいこく》を射た発言なんです。つまり人数が多ければ、それだけ弱みもあるわけで、兵站という弱みをつく作戦ができるだろう、と。そういったことを一つ一つ調べる過程で、兵站を切られて負けた、あるいは水源を断たれて負けたという事象が、資料として頭にインプットされている。でも、書く段になると、戦術的なリアリティとは別に、自分が遊撃隊の隊長・九紋竜史進だったら、ここで一振り五人ずつたたき落としながら、まあ三十本はいけるな、と考えたりしますよ。ハードボイルド小説を書いていたときは、殴り合いにすごくリアリティがある、相当殴り合いしたんでしょう、と言われました。そんなにはやってないですよ。

児玉　そんなには、ですか。

北方　まあ学生のころは、殴り合いが日常的にある時代でしたが。肉体的な反応でいうと、子供のころ柿の木から落ちて腹を打った経験があるわけです。息ができない。のたうち回って、ふっと空気が肺に飛び込んでくる瞬間がある。

小説で個人的な争闘シーンを書くときに、殴られて息が詰まってどうにもならなくて、わーっと体を動かしてたら、ふっと空気が飛び込んできたと書くと、リアリティがあるわけじゃないですか。でもそのリアリティは、殴り合いの体験からではなくて、木から落ちた体験から持ってきてるわけなんです。

児玉　貴重な体験。例えば刀を差しているとは、死んでいることというような言葉がありましたね。僕には、忘れられない言葉なんですよ。刀を差せば、斬り合うことが当然ある、ということでしょう。そういう殺し文句が納得できるんです。北方さんの作品にはそういうものが縦横に満ちている感じがしてならないんですが、それは経験ですか。

北方　作家というのは一つ経験するとそれを百ぐらいに増幅する能力があると思うんです。僕は、作家は必ずしも経験がなくても書けるだろうと思っているんです。
児玉　発想に至る結びつき、そこへ言葉がいくのが、見事ですね。

団塊の世代がこの国を豊かにし、だめにした

北方　私には、学生時代、革命を起こしたかったという思いを抱いた瞬間があるんです。いわゆる学生運動ということですが、その瞬間を再現したい、という思いが『水滸伝』『楊令伝』の物語の根幹にはあると思います。その革命は、私のおやじの世代には、水鉄砲と割ばしの戦争じゃないか、と言われますが。
児玉　赤紙一枚で戦場に行った世代、ですからね。
北方　嫌でも行かなければいけなかったわけでしょう。『水滸伝』の登場人物たちは、自分から進んでやってきた連中、いわゆる義勇軍ですよ。
児玉　自ら行くというのが、言ってしまえば、北方さんの志というか、ご自身の学生運動と重ね合わせる思いがあるんでしょうか。
北方　そこに対する思いはあります。あの当時は熱かった。機動隊に石を投げるなんて個人じゃできない。集団でやれば怖くないという意識があったんです。ところが七〇年が終わると、そういう熱がなくなってしまった。その時に何が残るかというと、個人でやった行為は

残るわけです。機動隊に石を投げたという行為は。だから、石を投げたことが自分の人生にとって何だったのかを検証、あの当時の言葉で言うと総括しなければいけない。それで『水滸伝』を書いた、というところがあるんです。

あの当時、七〇年が終わると戦う相手すらいなくなってしまった、というところがある。そのときに本当はどうしたかったのか。破壊と革命の後にくるものは何なのか。考えたら、建設だろう、と。それで、建設を『楊令伝』で書いてみようと思った。いわば、あの当時抱いた見果てぬ夢、という部分があるわけです。

児玉 そもそもキューバ革命から始まったとおっしゃっていますよね。

北方 例として、読者が非常にわかりやすいと思うんです。僕が学生のころは六〇年代後半、キューバ革命は五九年。キューバでは革命が現実に起きた。それはどこでも可能なのではないかと、変革に対するロマンチシズムを明確に与えてくれた。行動しない限り変革は起きないという思いがありました。僕の決着のつけ方、総括は小説の中でしかないと思っています。だから青春の熱さだけではなく、どれほど愚《おろ》かだったか、どれほど純粋だったかまで含めて、すべてを書いていく。それでキューバ革命が基本という言い方になるんです。

児玉 なるほど。もう一つ、『水滸伝』には人間の本質が描かれているので、今の日本と共鳴する部分があるのではないか、と思っているんです。今、日本はかなりおかしい。かつては豊かになればそれでいい、という風に考えていて、実際豊かになったのに、今の世の中では人殺し、子殺し、殺人事件の報道がない日がない、という印象があるくらいで、ある意味人心が乱れている、とも言える。だから『水滸伝』を書かれた時代と、今の日本の共通項、意義がおありになるんじゃないかという気がしてならないんです。

北方　むしろあったのは悔悟でしょうね。私は、団塊の世代がこの国を豊かにし、だめにしたところがあると思うんです。我々は目標をいつも一つしか与えられなかった。数字を世界一にしようと言われたら、何が何でもやってしまうところがあった。何のための世界一か、という意識がなかった。その意識の欠如は社会の秩序、道徳、すべて連動してるんじゃないかな。

児玉　団塊の世代がよくした面と悪くした面とおっしゃいましたけど、その通りだと思います。働き蜂《ばち》として日本を豊かにした。しかし一方では、肝心の心を失っている。

北方　ただ、自己弁護ではありませんが、団塊の世代はよくやったとは思うんです。団塊の世代が最前線にいたとき、指揮官がいたわけです。つまり我々の上の世代もそれなりの責任を感じてもいいだろう。団塊の世代が悪い、悪いと言われるだけではなくて。

児玉　いや、当然ですよ、それは。

北方　上の世代がもうちょっとうまい団塊の使い方をすれば、違う生き方があっただろうと思います。

児玉　さきほど悔恨とおっしゃいましたが、そういう気持ちを覚える団塊の世代はいるのかという気がするんですが。

北方　いや、あんまりいません。そろそろ定年で人生終わりだなって思ってるだけです。つまり男はどうあるべきか、いかに死ぬべき、生きるべきかについて、我々の世代は考えてこなかった。小説の中では、ある種の願望の姿になるわけで、団塊の連中が読むと、こうありたかったという思いが解消され、代替経験になって、快感になるところはあるみたいです。ハードボイルド小説を書いていたときから、ほんとの男を描きたかった。書いていく中で、逆に自分たちに何がなかったか、に気づいていった。まず矜持《きょうじ》が欠けていた。機動隊に勝ちゃあいいと、卑怯《ひきょう》なこと、石を投げることに理屈をつけていた。おれたちは弱者で、抵抗するから石投げてもいいんだ、と。機動隊は体を張って逮捕に来ます。そのとき、黙って逮捕され、留置場や刑務所に入れられる矜持はあり得たんじゃないか。そういうものを持っているやつがいっぱい出てきたほうが、世の中動くんじゃないかと今思います。ですから青春を振り返ると精神の冒険をあまりしてこなかったんです。もっと豊饒《ほうじょう》な創造物が我々の世代から出てきただろうと。でも我々のときにきちんとした小説を書いていたのは中上健次《なかがみけんじ》ぐらいしかいなかった現実がある。

児玉　きちんとした小説と今おっしゃいましたが、どういう小説のことでしょうか。

北方　きちんと自己を表現できた小説です。私は小説は書いていました。中上よりうまかったですよ。だけどきちんと自己は表現できていなかった。書く枚数を積み重ねると技術ができ文章をきちんと書ける。物象を書く形では、書けていたでしょう。でもほんとうの心の中の叫び、悲しみについて、そこから生まれてきた疑問まで書けるというようなことはなかったですね。

戦後日本は、中国の宋代末期に通じる

児玉　少し、今の日本についての話になりましたが、今の政治家たちは国家論、ビジョンがない。日本の方向性を示してくれない、という現実がある。

北方　それに対してつべこべ言ったところで、何か示してくれるわけではない。志とは、国とは何なのかと、たまには考えたほうがいいんじゃないかというメッセージを小説には多少込めているつもりです。ただ、最終的に原稿用紙に向かったときは、人対人です。人を何とかして立ち上げよう。そういうことぐらいしか。だめになってきた宋を倒そうとする勢力がいたことを書くことによって、国がだめな状態は何なのかは書きます。でもどうすればいいか、そんなことは私にもわかりません。政治はビジョンの哲学ですが、日本の戦後はそれを技術でやってきた。宋代末期と通じるところはあると思います。

児玉　宋代の末期は、訴訟、戦争、内輪もめが絶えない。勝利の追求は死をもたらす。よくても結局は死の運命をたどるのが普通である、とアウグスティヌスが書いていますが、『水滸伝』はそこを訴えている。人間というものの心の問題、なかなか平和でみんなが仲よく生きられない愚かさに行きついてしまう。

北方　歴史は、愚かさと血で綴《つづ》ってある。今の政治家たちだってわかっているだろうと思うんです。日本の場合は血はない。戦後は愚かさだけで綴ってきた。血で綴るともう少し峻《しゅん》

烈《れっ》な部分が出てくるはずです。

児玉　おっしゃるとおりだと思います。それが日本人の特性だということですね。

北方　特性になった。でも日本人ほど戦争に向いている国民はいないと言われる。右と言ったら右へ向いてしまう部分は、日本の国民性の中にあるのかもしれない。第二次世界大戦、日清・日露も勇敢にみんな戦っている。それは一人一人が勇敢だというだけではなく、いわゆる日本軍が勇敢だったと言える。

児玉　本当の特性が出ると、日本は変わるかもしれない。ただそれが出せないような世相になってきたのかもしれないですね。そうすると、この先の日本は、どういうことが想像されるでしょう。

北方　今の政治で、二大政党制にすればいいという意見が出ていますよね。それと違う次元で、きちんとした観念としての国家がない。観念としての国家がなければだめでしょう。恐らくは観念としての国家があったのは、アメリカの自由の観念、それからマルキシズムですよ。それと別に日本の皇国史観もあったわけですが。私なんかは、せいぜい『水滸伝』を書いて、国家観がないとだめだろうと言うぐらいしかできない。

児玉　現代の日本では若者の心のやり場がないのが如実に表れていると思います。秋葉原での無差別殺人やあの中央大学の教授の殺人事件は、動機が実にばかばかしい、というか故《ゆえ》なきものでしかない。クレーマーですよ、今の日本は。全部人のせいにしてしまう。『水滸伝』の時代と同じく、今も一つの乱世だと思うんですが。

北方　私は雑誌の人生相談のコーナーを持っていたんです。十年くらい前まで、十六年間くらい。その時に、若いやつらがどうすればいいですか、というのが必ず来る。てめえはばかか、自分で決めろ、とずっと言っていたら受けた。受けたということは、本当は自分で決めたいという思いを若い人たちは持っていた。持ってるけれど決める基準がない。自分の生活なのか、人生なのか、家族なのか、国家なのか。どれが正しいというのはないので、自分で決めるしかない。でも、全部決められないで、あやふやな生き方をしているうちに間違ったことをする。自分にとってよくないことが起きると自分のせいじゃないと感じるのではないか、と思います。

児玉　だけど人生は楽しまなければならないし、小説は面白くなければならない。北方さんがおっしゃっていることでこれはすばらしいと思うし、事実面白いし、楽しい。そういう楽しい本を面白く読ませている中で、何か心を衝《つ》かれるものがある。小説の根源に、人間とは何なのか、ということを含ませていらっしゃるように思います。

北方　小説からまず考えるべきことは、自分とは何であるかですね。それが普遍化されると、人とは何であるかとなってくる。物語を作る上で人を描写するのは、必要だろうと思うけれども、強烈に意識することはない。根底にはあるけれども、別に、具体的に人生を描写しなければいけない。僕は小説の中で、男はどうやって死ねばいいのか、つまりどうやって生きればいいのかということを書きたいと思っているわけですから。

児玉　例えば宋江が「替天行道」という、自分の国家理論を話したものが冊子になったわけでしょう。それにみんな共鳴していく。熱い言葉に心を震わせる。人の心をつかんで、行動に走らせる。その原点のところを『水滸伝』はつかんでいる。「替天行道」の中身は『水滸伝』『楊令伝』ではまだ書かれていないわけですが。

北方　中身を書けという意見はあるんですが、物語の中で、あれだけ人の心を動かしてしまうと書けないです。「替天行道」については、宋江という人物が客観的な国家観を書いて、自己表現をしたと思っているんです。

児玉　ああ、自己表現。

北方　その自己表現で、自分の夢も書いてある。それぞれが、それぞれを写し込めるものが書かれていると想定しています。『資本論《しほんろん》』や『毛沢東語録《もうたくとうごろく》』みたいなものが書かれているわけではない。その中で国が浮かび上がる。読んだ人間が、また違う悲しみを何か重ね合わせることもできる。それは小説の夢なんですよ。いろいろな人が、いろいろなふうに、自分の心を重ね合わせて読むことができる。

児玉　醍醐味《だいごみ》ですよね。でも現実に今そうじゃないですか。いろいろな思いを託して読んでいるわけですから。今の日本で、現代の「替天行道」を宋江みたいな人が書くことによって日本も動くかもしれない。志を持たせる、すごさですね。

北方　僕から普遍して、自分の同世代、あるいは人間全体、社会全体を見てみると、志は持てない状況が、ずっと続いていると思うんです。そうすると小説の中で志を書くことの貴重さはあるだろうと思います。人間にとって、志は大切なことなんだ、と書いていくことが私の志です。

児玉　その志を描かれた『水滸伝』『楊令伝』を読めるというのは、読者にとってはこの上なくありがたいことですし、僕なんかこれさえあれば、いつでも地獄へ行けますね。

北方　ありがとうございます。

（「小説すばる」二〇〇九年八月号）

―対談―3

なぜ世代を超えて熱く共感するのか?

武田双雲
北方謙三

団塊vs.団塊ジュニア

北方　『楊令伝』の第一巻が出るときに、編集者から「楊令伝」はこんな題字になりますって見せてもらったんだけど、ああ、強くてすごくいい字だなと思いましたね。

武田　強い字だといっていただいてうれしいです。ぼくらの世代というのは、いつも上からたたかれて、抑えられて、怒られてきたので、『水滸伝』に出てくるような男たちの熱い血潮というのにすごく憧れて、何とかそこに迫ろうというのがありましたから。ぼくらから見ると、北方さんたちの伸び伸び感というのは、ある意味ずるいですよね。

北方　伸び伸び感って、どういうこと?

武田　遠慮せずに思いっきりやるっていうんですか。だから、ぼくも題字を書くときには、もう思いっきり書くしかないと思って。

北方さんは団塊の世代のど真ん中ですよね。

北方　昭和二十二年生まれですからね。戦争に行ってた人が復員してきたのが二十年、二十一年でしょう。それで二十二年頃から子どもが大量に生まれてくる。

武田　団塊の世代というのは、何であんなにエネルギーがあるんでしょう。

北方　人数が固まってるだけですよ。

武田　でも、あのエネルギーは多いだけじゃ説明できないですよね。やはり、時代ってことですか。

北方　ぼくらの幼い頃は戦後すぐで、都会はまだ焼け跡ばかりで殺伐としていたし、田舎《いなか》は食い物はあったけど、ほんとにど田舎って感じだったわけですよ。それに、アメリカ人に対するコンプレックスだけは大人から注ぎ込まれるという状態でね。

武田　劣等感によるパワーもでかいってことですか。

北方　でかいでしょう。それから、人数が急に増えてしまったがために、遊び場一つ獲得するのにも、つねに戦わなきゃいけなかった。

武田　ぼくは昭和五十年の生まれで、団塊ジュニアの世代っていわれてるんです。まさにぼくらの親たちの多くが団塊の世代で、親たちの話を聞いていると、ふつうのサラリーマンでも結構激動の時代をくぐり抜けていたり、おもしろい話があるんですけど、ぼくらの世代は激動がないから、あまりおもしろい話もない。インターネットカフェでどうしたとか、自殺の話とか、何か暗ーい、陰のほうに行く話ばかりなんですよね。

北方　今の若い人たちは連帯なんて信じていないでしょう。ぼくらは連帯の可能性を信じていたようなところがあるんだよね。

我々は六〇年代後半に学生運動をやったわけだけど、直近の五九年にキューバ革命が起きてるんです。キューバ島に上陸したチェ・ゲバラやカストロたちは多くの仲間を失いながらも、生き残ったわずか十数人がジャングルにこもって仲間を少しずつ集めてゲリラ戦を闘う。そしてついにはバティスタ政権を倒した。バティスタ政権というのはアメリカの傀儡だから、つまりはアメリカを倒したということになる。目の前にアメリカに勝った革命の国というのがある。だから、おれたちも革命ができるんだ、可能性として革命があり得るということを信じられたわけです。

武田　ぼくらは、革命っていわれても全然イメージが湧《わ》かないですね。

北方　今は革命ということ自体、リアリティをもたないけど、我々のときは、キューバ革命があったからものすごいリアルなんだよ。

武田　世代の違いって大きいと思います。

ぼくの教室には三百人くらいの生徒さんがいて、大体全世代揃《そろ》っているんですけど、世代の差って歴然とありますね。たとえば、おとなしく見える方でも、四十代後半から五十代の方は、デパートへ行ったらそこにあるもの全部買い取りたくなるとかいう。ぼくらの世代になると、そんなに欲しいものないんですよね。庭つき一戸建てとかまったく興味ないし、車が欲しいと思ったこともないし。欲しいものがあまりなくて、何が欲しいんだろうって探しちゃうんです。

同じ時代に生きていて、何でこんなに違う人種みたいになってるんですかね。何が違うのかなあ。

北方　安保を粉砕せよでもいいし、東大をぶっつぶせでもいいし、目的に向かって自分の熱さみたいなものがちゃんと方向性をもてたということはあるよね。それは、きっと時代がくれたんでしょうね。

武田　高揚感ですか。

北方　高揚感なんてものじゃなくて、突撃感だね。おれはここで死んでもいいぞ、という。

武田　どれだけ話を聞いても、ぼくらは体験してないので、何かを改革しようという感覚がわからないんです。でもそれを知りたいというのも強くあるんですよ。

今の三十代、四十代は、何かが起こっても革命を起こしてやろうなんてことはまったく思わないですね。パラダイムが違うというか、みんなで何かをしようということを、まず考えない。どんどん、どんどん、個人主義になっている気がする。

北方　そういう個人主義って、組織のなかに入ると弱いんだよね。団塊というのは、組織のいいところも悪いところも知り尽くしている。だから、下から能力のあるやつがのし上がってきそうになったら、ガンと踏みつけてやる（笑）。

武田　リアルな話ですね。

北方　こういう状況があと十年はつづくと思うな。

青春を再現する

武田　経験から感性から、ぼくらと北方さんたちってまったく違うじゃないですか。それなのに、『水滸伝』や『楊令伝』を読んでいるとすごく共感するし、同じように熱くなっていくのが不思議なんですけど、これって、小説のもっている普遍性ってことですよね。

北方　小説に限らず、個人的な体験をどんどん掘り下げていくと、どの世代にも通用する普遍的なものにぶつかるんだろうと思う。

武田　『水滸伝』や『楊令伝』の世界も、やはり自分の体験を探りながら書いているんですか。

北方　さっきも話したように、学生運動をやっていた頃というのは、何かを変えられるという可能性を信じてたんですよ。

武田　希望があったんですね。

北方　可能性を信じてるってことは、心が熱いわけ。ガーッと熱くなって、絶対できるぞと思う。その熱さというのは、ある意味すごく懐かしいんだよ。

武田　懐かしい……？

北方　たとえば、当時の熱さを五十代になった実人生のなかで表現しようと思ったら、なかなか難しい。だけれども小説という形を借りると、青春の再現はいくらでもできる。ぼくにとって、『水滸伝』『楊令伝』というのは青春の再現なんですよ。

武田　あの時代の人でもなければ中国人でもないのに、何かリアリティを感じるのはそこなんですね。

北方　そこに場所を借りて、自分の青春を表現した。つまり作家というのは、中国のことを書いたって何を書いたって、基本的に自分のことを書いてるんだね。自分のことを書かない限りは、きちんとした小説とはいえないでしょう。

帰結するところは、すべて自己表現なんですよ。たとえば、武田さんが全身でダーッと字をお書きになったときに、自分では思ってもみなかった字が書かれてるってことはないですか。

武田　ありますあります、よくあります。

北方　それがそうなんじゃないですか。

武田　ああ、そうか。

北方　ぼくはそれを物語というなかでやってるけれども、武田さんは一つの字を表現することでやってる。

武田　文庫版の『水滸伝』で、いろいろな登場人物たちの名前を書かせていただいたときも、キャラクターごとに性格を分析して、こんな感じかなということで書いていったのではなくて、自然にどんどん書けたんですね。それでも出来上がったものを見ると、人物によって書風、書体がちょっとずつ違う。あれは書き分けようと思って書き分けたんじゃなくて、次々にエネルギーが噴き出すように書いていって、終わって眺めてみたら、それぞれキャラクターが立っていた。自分ではない自分が書いたような、不思議な感覚でしたね。
北方さんが、あれだけたくさんのキャラクターを書き分けられるというのは、才能ですか、努力ですか、それとも……何であそこまでいろいろな人の気持ちがわかるんだろう、ってすごい不思議なんですけど。
北方　全部自分だからですよ。
武田　すごい弱い男もいっぱい出てくるじゃないですか。あの弱さも、もろさも……。
北方　弱さもみにくさも、強さも……。弱い者は強い者に対して憧れがある。強さへの憧れと、弱さに対する忸怩《じくじ》たる思いみたいなものとか、みんな自分が入ってると思いますよ。
武田　ぼくも読んでいると、キャラクター全部に自分がいるような気がしてくるから、不思議ですね。
北方　きちんと読むと、全部に自分を見出せるんですよ。それはぼくが託した自分じゃなくて、読んだ人それぞれの自分なわけ。本というのは、そうやって存在していればいいと思う。書き手と読み手の間に本があって、それは一対一の関係なんだけれども、そのなかに出てくる人間は、ぼくの人間じゃなくて、読んだ人の人間であるというのでいいんだろうと思うんですよ。

読者が生かした呉用

武田　『水滸伝』や『楊令伝』を読んでいてうらやましいのは、彼らには確固たる目的があることですね。勝つとか負けるとか、国をとるとか。

北方　集団で目的があるのが『水滸伝』だったわけですよ。宋を倒して、新しい国をつくるんだという具体的な志をもって動いていった。ところが、自分たちが倒したわけでもないのに宋がつぶれちゃった。どうすればいいのかっていう感じが『楊令伝』なんです。

武田　『水滸伝』とはまたちょっと違うんですね。

北方　そう。要するに全共闘世代の次の世代が、倒すべき対象というものがまったく見えなくなってしまった。しかし自分らしく生きるにはどうすればいいかを模索していくような感じだね。

武田　まさに今の時代がそうですね。

北方　我々の世代は、少なくとも七〇年安保というのがあって、そこへ向かってエネルギーが凝縮されたわけでしょう。

武田　だからなんでしょうね。林冲にしても誰にしても、みんなおのれの死ぬべき場所を選べるのがうらやましい。

北方　いや、場所は選んでませんよ。書いていると勝手に死んじゃうんです。こいつは長生きさせて活躍させようと思っていたら、ああ、死んじゃったって。

北方 えっ、書いているご本人がそんな感覚なんですか。

武田 物語って、生殺与奪の権を作者がもっている段階だとまだおもしろくないんです。人物が勝手に動き出し始めて、そっちへ行くな、行くなよと思っても、どうしても行っちゃう。その先はもう滅びしかないよと作者が思ってるんだけど、どうしても行っちゃう。

北方 自分の意思とは違う方向に物語が勝手に流れていくって、もう神の領域ですよね。

武田 書いていくうちに、だんだんだんだん、その人間の性格では、右へは絶対行かないな、左にしか行かないなとなっていく。そうなるともう作者の制御がきかない。だから、勝手に死んでいくやつがいると、殺してごめんといって、ぼくは酒飲んでるわけですよ（笑）。

北方 たとえば、本来そういうキャラじゃない人物が、意外な発言をしたり、意外な動きをしたりするときというのも、やっぱり勝手に動くんですか。

武田 その人間はそこで生きてるんですよ。生きてるからこそ、その死もリアリティがある。

北方 物語が勝手に動き出すのか。何かすごい領域の話ですね。

武田 たとえば、あと一週間で二百枚書かなきゃいけないけれども、まだ一枚も書いてない。ほかの連載もあるしどうしようというときがあるとするでしょう。書けるわけないと思うけど、書かないと担当者かわいそうだなとか思うわけ。

北方 リアルな話ですね、それ。

武田 で、ウォーッと書き始めて、はっと気がつくと、もう最後のほう書いている……。

武田　まさに神懸かりですよね。全部手書きなんですか。

北方　手書きですよ。

武田　北方さんは、多分どんな書道家よりも字数を書いてますよね。

北方　字数は書いてる。だけど、なぜか絶対に字はうまくならない。

武田　これまでに何字書いたんでしょうね。

北方　『水滸伝』『楊令伝』だけでも、一万五千枚だとして、それに掛ける四百。数は書いてるけど、ぼくの場合は字で表現しようと思っているわけじゃないから、担当者が読めればいいわけです。だから、いつまでたっても字はうまくならない。その点、武田さんのように字そのもので表現するというのは大変なことだろうと思うんですよね。

武田　ぼくみたいに少ない字で勝負している人間にとってみれば、映画監督とか小説家というのはつねに最大のライバルで、ずるいなあと思うわけですよ。

北方　そりゃずるいでしょう。いくらでも広げられるからね。書道というのは、一行詩や俳句を書くのと似てるんじゃないかな。

武田　結局、小説ももちろんそうですけど、ぼくらの世界って、書いた文字を見る人がいないと成り立たないんですね。逆にいうと、ぼくが読者を愛してないと通じないんです。要するに読者の想像力を信じて、読者の世界観にゆだねていかないといけないわけです。自分勝手に、これでどうだという書だと、絶対に伝わらない気がします。

北方　ぼくは『水滸伝』を書いていて、読者とのコミュニケーションが成り立ったと思うことが何回もあるんですよ。読んでいると、どうもこいつは死にそうだというのがわかるでしょう。そうすると、お願いだから殺さないでくれっていう手紙がいっぱい来るんですよ。そういうとき、読まれてるなあと思うね。

武田　殺さないでというのが一番多かったのはだれなんですか。

北方　林冲だね。

武田　いろいろなキャラクターがいるけど、人気のあるキャラクターと人気が出ないキャラクターが出てくるというのも不思議ですね。

北方　ただ、呉用のように、人気のないやつが、ずっと後になってからいきなり人気者になったりするのもいる。

武田　後から人気が出てくるんですか。

北方　呉用は、『水滸伝』では嫌われ者で終わるわけだけど、読者の会みたいなところで、呉用は死体が出ていないからまだ死んでないんじゃないかという意見が出てきてね。じゃあ、呉用が生きてるか死んでるか投票するから、その結果を踏まえておれは『楊令伝』を書く、と。そうしたら生きてるほうが勝った。それでも、最初はちょっと出してすぐに殺そうかと思ったんだけど、火傷でもう顔がぐたぐたに崩れている呉用がちゃんとした仕事をするわけですよ。そのうち、だんだん人気者になってね。

武田　すごい話だな。リアルとバーチャルというか、現実と小説の区別がつかなくなってくる。

北方　書いてるほうでもわけわからないんだから、読むほうはもっとわからないでしょう。物語が勝手に動いていくというのは、小説家はみんな体験していると思うな。しかも設計図どおりにやったんじゃなくて、そういうときのほうがきちんと書けてるんだよ。

武田　物語が勝手に動いていくというのは、小説だけにとどまらないような気がしますね。自分が書道家として作品を書くときに、作品が物語として動いていくという体験をしたくなりました。

（「青春と読書」二〇〇九年八月号）

死なずに済んだ

北方謙三

自分の小説の完成ということについては、それはないと思っている。しかし、ひとつの作品の完結については、それを書きはじめた時点で、ほぼ予定されている。未完というものも世にあるが、私の場合はない。多分、死ぬ時に書いている作品が、そういうことになるのだろう。『楊令伝』についても、完結が予定されていたが、途中で死ぬかもしれない、という思いが、たえずつきまとった。躰《からだ》のどこかに不具合があるわけではないが、なにが起きるかわからないのが、人生でもある。

完結が近づいてきたら、別の恐怖に襲われるようになった。『水滸伝』から数えると、一万七千枚ということになるのか。何人の人間が出てきたのか、私自身知らない。忘れてしまった人間も、かなりいるはずだ。そういう人間が、不意の来訪者のように、時々現われるのである。いつ現われるのか、恐れるようになった。そのうち、方々から声があがってくる。それは忘れた人間たちではないが、なんとなく、軽く扱ったりしている者たちだった。憶《おぼ》えているよ。なんとかするよ。言ってみても、言葉はただむなしい。夜ごと、私はさまざまな人間に責め立てられるようになった。俺の怪我《けが》は治ったのか。私とあいつの関係は、どうなったのだ。俺の馬には、名があるのだぞ。そういう声が無数に聞え、眠ることもできなくなり、明け方、メモをとったりしていた。書いている最中にメモをとる習慣が、私にはないのだ。そうやって、機嫌を直して貰った人間は、何人かいる。その間にも、私の構築している世界は、完結にむかう。物語とは、そういうものだ。

毎月、短篇《たんぺん》三、四本分の連載だった。それが、何年も続いたのだ。編集部は、よくこそ頁《ページ》をとってくれた、と完結してみれば思うが、途中では、俺の命を削り取る気なのだ、と被害妄想に襲われたりするのだ。編集者には、助けて貰った。命を助けられていたのだ、といまはしみじみ感じるのである。

（「小説すばる」二〇一〇年七月号）

さし絵画家からの手紙

西のぼる

北方謙三様

正直いって、『楊令伝』の完結はもう少し先になるだろうと、高をくっておりました。でも、本誌「小説すばる」（二〇一〇年七月号）の巻末エッセイ「死なずに済んだ」で、北方さんは完結が近づくにつれて、作中人物から夜ごと責め立てられた挙句、眠ることが出来なくなり、明け方メモを取るようになったり、俺の命を削り取る気なのだ、と被害妄想に襲われたりと、大変な思いをされていたことを知り、宜《むべ》なるかな、と納得いたしました。

毎月一五〇枚から二〇〇枚の原稿は、尋常な量ではありませんよね。まして他の仕事との兼ねあいも在ったでしょうから、ここまで続けてこられただけでも大変なご努力だったと忖《そん》度《たく》いたします。北方さんのあの強靭《きようじん》な肉体と精神力があったからこそだと、ただただ感服いたしております。

さし絵画家として『水滸伝』から『楊令伝』まで長い間、本当にお世話になりました。心から感謝申し上げます。

私にとってもこの様な長大な大河歴史小説のさし絵は、三十三年間の画家生活の中でも初めてのことであり、まるで最高峰を目指す登山家にでもなったような心境で、苦しみのなかの愉《たの》しみというものも味わわせていただきました。

最初に『水滸伝』のさし絵の依頼が来たのは、一九九九年の八月だったと記憶しています。確か短期集中連載ということで開始されたような気がしますが、それがまさかの十一年十ヶ月もの長きに渡って描き続けることになるとは、ゆめゆめ思いませんでした。

私の場合、毎月十日過ぎは、各社の月刊小説誌の締切日が集中しますが、本誌はその前に校了するということもあって、その点では幾分救われたように思います。

それでも、北方さんの小説原稿の入稿から画稿の出稿まで、私に与えられた時間は限られていて、長くて四日、最短で三日程で仕上げていましたから五枚から六枚のさし絵はそれなりにプレッシャーがあり、何度か「もうだめだ」と観念したこともあったことを正直に吐露します。

それと、これは私の勝手なこだわりだったのですが、ずっと中国物の小説には、それぞれその小説のキーワードになる文字を探し出し、さし絵の中に配しておりましたので、『水滸伝』『楊令伝』でもそれを踏襲《やっかい》してしまい、イメージだけで予《あらかじ》め作画する「絵組み」が出来ず、北方さんには随分ご厄介をおかけしてしまったのではないかと思っております。

ご厄介ついでにいえば、私は生まれついての視覚型の人間だと思っているのですが、北方さんの観念型ともいえる文学の内圧をどこまで掬《すく》い上げることが出来たかどうか、今もって心許《こころもと》ない心境です。

始まりがあれば、終わりがあるのは世の常ですから、完結した当初は曲がりなりにも画き切ったという妙な安堵《あんど》感で、内心ほっとしておりましたが、今頃になって手持ちぶさたな感を否めないでいます。長い間に、すっかり私の生活の一部と化してしまっていたのでしょうね。

北方さんは前作『水滸伝』を〈戦の小説ではなく、人生の小説〉としてお書きになったといっておられましたが、それを受けて、私は「小説すばる」(二〇〇三年一〇月号)のエッセイで、〈この言葉が後ろ盾《だて》にある限り、私はこの先も素朴に奮い立ち、絵筆を執《と》り続けていくことが出来ると思う。〉と結ばせて頂きました。『楊令伝』でも、あの言葉に背中を押して貰ってなんとか描くことが出来たのだと思っております。

ところで、『楊令伝』が終った今夏、ことの外暑い日が続きましたね。これを書いている今、少しずつそれも過ぎ去ろうとしています。

窓外に広がる雲は、すでにあの頃の夏雲ではありません。

終日、付いたり離れたり、厚みを増したり薄くなったり、そして遂には消えたりとそれはなんだか人間の一生の営みにも似ているようで、興味はつきません。

中国明代に著されたという『水滸伝』は、宋代末期に悪政下の官軍に抵抗するために梁山泊に結集した英雄豪傑の物語でしたが、北方さんは、現代からのインスピレーションで『水滸伝』を換骨奪胎し、人間は「悩み苦しむ存在」として、「聖」なる部分にスポットを当てて、じっくりと時間をかけ描かれたように思いました。

複雑な過去を背負い、世間から弾《はじ》き飛ばされそうになりながらも、自らを絶望させない為に闘う魅力ある漢《おとこ》たちと共に、長い旅をさせていただけたことは、実に幸運なことでした。

北方さん、今度はゆっくりと、お酒でも飲みながら話したいですね。


（「小説すばる」二〇一〇年一一月号）

―対談―4
歴史は混沌からできている

北上次郎
北方謙三

楊令は歴史の繰り返しが嫌だった

北上　この対談のために、『楊令伝』を毎日朝と夜読むという習慣をつけたんですが、終わって寂しかったです。

私、原典『水滸伝』の後を継いで書かれた『水滸後伝』の日本語訳があるのに読んでないものですから初歩的な質問になってしまって申し訳ないのですが、『楊令伝』は『水滸後伝』との関係はあるんでしょうか？　『水滸伝』を書かれたときには中国版の『水滸伝』が一応あったじゃないですか。もちろんそれは全面的に解体してオリジナルなものに仕上げられましたけれども。

北方　全くありません。『水滸後伝』そのものは、歴史の時間軸で言えば、『楊令伝』が終わったあたりから始まっていますから。

北上　前の『水滸伝』のときには全部解体してオリジナルなものにしたとはいえ、最初に地図があったわけじゃないですか。中国版という。
北方　はい。
北上　じゃあ、今度は全く何もないところから作られたんですか。
北方　私の『水滸伝』という地図はありました。
北上　そうすると、執筆時の苦労の質も違ってきますか。
北方　はい。ある時点で楊令たちが、前の『水滸伝』で目指したことをなし遂げてしまうわけですよね。なし遂げたときに、さらにその先、彼らが何をやるべきかということを考えなければいけない。そこから作者の苦労も変わってきました。
北上　実は、九巻の冒頭でびっくりしたんです。八巻までは、方臘という非常に変わった、なかなか魅力的な男が出てきて非常に面白かったのですが、ちょっと待てよと。方臘の乱が終わってから、今度、梁山泊と童貫が戦うんだろうと。しかし、それはそれで面白いんだけれども、このままいくのかなと。このままいったら『水滸伝』と同じじゃないかと。じゃあ、何かが起きるに違いない。でも、何が起きるのか想像だけではわからなかった。そして、九巻を読んだときにびっくりして、あ、こうきたのかと思った。ネタばらしになるから言えないんですが、あれは最初からお考えになっていたんですか。
北方　最初から当然考えています。というより、史実でもそうなっているはずです。
北上　そうなんですか。それによって、実は前半の物語と後半の物語が全く違うものとなったんですよね。これが『楊令伝』の最大の肝《きも》だと思うんですが。

北方　つまり、『楊令伝』で何が分水嶺《ぶんすいれい》になるかというと、結局、宋が倒れるか倒れないかなんですよ。宋が倒れるか倒れないかは、禁軍が倒れるかどうかにかかっている。実は宋では軍隊のことを禁軍と言ったんです。地方軍は廂軍《しょうぐん》と言いまして、これはいわゆる労役が多くて、戦をしていたのは禁軍だったんです。だから禁軍が倒れたら、宋は倒れる。宋が倒れるところまでが『水滸伝』の目標だったわけですよね。

『水滸伝』は、梁山泊が負けて終わりなんですよね。負けて、もう一回息を吹き返して、宋を倒すまでになった。そこから何が始まるかというのが、要するに『楊令伝』のテーマと言っていいですね。

そうすると、国をつくることを目指す。天下をとるというのは、天下を倒したやつがとるわけじゃないですか。『楊令伝』では、実質的には梁山泊が倒したわけだから、梁山泊の天下になってもいいわけです。それで楊令が帝《みかど》になり、呉用が宰相になるという形の国ができてもいい。ただ、そうすると前と同じですよね。

僕は、反体制とは、いつも運動体であると考えているんです。反体制という運動体が制度になったものを倒す。そうすると、運動体だったものがまた制度になってしまう。そうすると、新しい運動体がまた出てきてそれを倒そうとするのが歴史の繰り返しだったと思っている。その歴史の繰り返しを楊令という男はよく理解していて、それじゃあ嫌だと。歴史の繰り返しじゃないことをやろうと。そうすると、何も道がないわけです。何をどうしていいかもわからない。ただ国をつくるという概念を最初に持っている。その国がどうやって支えられていくのか、どういう思想を持っているのかということもわからない。

そのときに、替天行道の思想というものを楊令は考えに考える。民のための国を考えると税金が安いということになって、まず最初に小さな梁山泊をつくる。そこは桃源郷みたいな状態になるわけですけれども、そのままで存在するわけがないので、どんどんその価値観が周りに浸透する。それから、全く今までに考えられたこともない国家ができるであろうという想定のもとに楊令は南宋軍と戦ったり、禁軍と戦ったりするんです。そういう小説が『楊令伝』なんです。

北上　後半のテーマは「国とは何か」だと思うんですが。

北方　そうです。

北上　そこがすごく面白かったです。楊令の目指す国が、梁山泊の男たちの目指していることと必ずしも一致していない。例をあげると、九紋竜の史進なんかはちょっと面白くないところがありますよね。みんなが楊令と同じ考えだったらつまらないと思うんで、あの辺がすごくよかった。

北方　梁山泊のメンバーというのは、宋を倒すために戦ってきたんですよ。だから、宋を倒した後に何があるかということは具体的には考えていないわけです。何も考えなかったら新しい国ができるわけですから。帝がいて、宋と同じ国ができるんです。天下をとり直すというだけの話になるんですよね。そういう国ができると。だったら戦をする意味がないだろうと考えた楊令とは意見が合わないわけです。

岳飛は悲しい人物として立ち上がっている

北上　話を『楊令伝』の前半に戻してすみません。方臘の資料はあるんですか。
北方　あります。
北上　そうなんですか。この乱がどういうものだったかもわかっているんですか。
北方　はい。『中国民衆叛乱史』という資料に、そんなに詳しい記述ではないけれど、五、六十万人死んだというふうな記録が残っています。念仏を唱えながら攻めていく度人《どじん》で、みんな死ぬことが喜びだったとも。たまったもんじゃないですよね、死ぬために突っ込んでくる人数が何十万人といるわけですから。
　方臘の乱そのものがどう制圧されたかや、方臘がどういう人間だったかはわからないです。『楊令伝』で、童貫が連環馬《れんかんば》を使ったりしたのも、非常に小説的だったと思います。確かなのは、長江《ちようこう》の南の広大な地域、江南《こうなん》が大戦場となって、江南に人なしと言われるぐらいの殺戮《さつりく》があったということです。
北上　彼はすごく不思議な、魅力的な男ですよね。
北方　方臘は書いているうちにだんだんイメージが立ち上がってきて、何か不気味な魅力が出てきたんですよね。そうなると、存在感を抑圧することができなくて、方臘がどんどん大きくなってきた。方臘が唯一欠点として持っていたのは、宗教心に頼ったことだったと僕は分析したんです。宗教心に頼っていないリーダーだったら、もしかするとものすごいカリスマ性を持って、組織した軍隊を持って、南のほうから宋全体を統一して、昔の宋みたいな王朝をつくったかもしれないという気がするぐらい大きな反乱だったんですね。

北上　『楊令伝』の前半の主役と言ってもいいんじゃないですか。

北方　そうですね。童貫を消耗させるために方臘を大きくして童貫と戦わせる。その戦略のために呉用が入っていったのに、なぜかわからないけど方臘に引き込まれていく。この二人です、前半は。力も入れていますしね。

北上　本当に面白かった。話が飛んで申し訳ないのですが、岳飛が出てきますよね。岳飛の資料も残っているんですか。

北方　岳飛の資料は残っていますよ。

北上　『楊令伝』に出てくる岳飛像は、かなり資料がもとになっているんですか。

北方　梁山泊という存在自体が、あの段階では完全なフィクションですから、梁山泊軍と戦うというのは歴史とは関係ないですよね。金軍と戦って勝ち続けるというのは歴史にもあることです。

北上　悲しい人物として立ち上がっているような気がしているんです。勝っても勝っても満たされないじゃないですか、岳飛は。つまり、自分の人生の目標がどこにあるのかという、本人も迷っているのではないか。もちろん北方さんの小説の中ではということなのですが。後半すごく魅力的な人物になっていますよね。

北方　本当は楊令とともに戦いたかったんですよ。僕の小説の中での話ですけれども、楊令と合流していたら、あっという間に全土統一できてしまう。そこで自由市場を作れば、楊令の思想とした国家がまずできると。その後、商人が力を持ち過ぎるかもしれないし、どうなるかわからないけど、今までとはまるで違うものができるということになるんですけれども、なぜか、つまり人には縁というものがあって、最初から戦う縁だったんですよ。最初から楊令に剣を突きつけられて、何もできない。そうしたら楊令が、「何だ、子供か」と言っていなくなっちゃうというところから、もう楊令と組めないんです。

北上　物語としてはそのほうが面白いですけどね。でも、読者の夢としては、岳飛は梁山泊に行かせたかったなと思います。

北方　内心は行きたがっています。

北上　そうなんですか。

北方　だって、盡忠報国《じんちゅうほうこく》という岳飛のスローガンは天に忠義を尽くして民に報いるということですが、替天行道の思想と同じなんです。何回も「替天行道の思想と同じじゃないか」というのを出していますよ。それで、公孫勝と呉用が二人で話して、岳飛を梁山泊に引き込もうとする。公孫勝が何回か話すんだけど、やはり岳飛というのは一旦《いったん》敵として向かい合った人間のところに行って、味方を裏切ったら負けだと考えているんです。そういうときに裏切るような人格としては成立してないんです。自分のいる南宋で頑張って梁山泊を何とかしようという人格になっている。

　ですから、心ならずも楊令と敵対しています。心ならずかどうかというよりも、戦としては何とかして楊令に勝とうとするんですけれども、でも、勝っても悲しいし、負けても悲しいし、自分は何のために戦っているんだろうと考える。盡忠報国しかないと。盡忠報国に意味を付与しなきゃいけない。本来、国に忠義を尽くすという意味なんですけれども、これを天に忠義を尽くして民に報いるというような思想にしたんです。そうすると、替天行道の思想と非常によく似ていて、思想的には非常に梁山泊に近いけれども、運命的に敵対せざるを得なかった。

楊令のつくる国のイメージは最初はなかった

北上　前に北方さんがどこかでお書きになっていたと思うのですが、『楊令伝』は続編ではなくて『水滸伝』本編の続きである、とお書きになっていませんでしたっけ。

北方　はい、本編の続きですよ。

北上　そうですよね。一九九九年の秋から「小説すばる」で連載が始まりましたよね、『水滸伝』。

北方　ええ。

北上　そのときに、この『楊令伝』の最後はイメージしなかったでしょう、いくら何だって、ここまでこうなるという。

北方　そういうイメージはしていないです。要するに、楊令という人間が梁山泊の頭領になって、新しい国をつくろうとするという発想だったわけです。

北上　それは最初からあったんですか。

北方　ありました。ただ、どういうふうな国になるのか全然わからなかったわけです。一番簡単なのは天下をとることだけど、そうすると単なる国盗《くにと》り物語になってしまって小説にはならない。

北上　ちょっと待ってください。国のイメージは最初はなかったんですか。

北方　なかったですね。

北上　書きながら考えに考えて、これが一番自然だろうとなったわけですか？

北方　その辺は書きながら格闘したというんですかね。どういう国にすればいいんだろうかというのが、私も政治家じゃないですから、なかなか思い浮かばなかったんです。

北上　最初の『水滸伝』の最大の肝は、闇《やみ》の塩と青蓮寺だと思うんです。つまり、経済と政治を物語に与えることによって、『水滸伝』にリアリティを与えたということですね。『楊令伝』での肝は、今おっしゃった、楊令が考えている国とは何か、というのを問い詰めたときに、交易を考えて、耶律大石《やりつたいせき》が、何ていう国でしたっけ。

北方　西遼《せいりよう》です。

北上　西遼に話をつけて交易をするじゃないですか。それによってその国の富を増して税を安くしようと。耶律大石はもっと前から出ているわけですから、全部最初からお考えになっていたのかなと僕は思っていたのですが。

北方　いえ、要するに、耶律大石が西遼という国をつくっても、異民族の中に契丹が入っていったわけですから、すぐにはまとめられないですよ。それを少しずつまとめて、どうやったら民が立ち行くかというので、交易路、シルクロードを使うわけです。耶律大石がつくった国は、民族の連合体で、非常に緩くて、交易路からどんどん収入が上がってきて、税金は一割ぐらいなんです。そういう現実の国があった。楊令はその国を見ているので、交易によって国民からあまり税金を取らなくても済むような国ができるのではないかという夢を見たんです。

北上　すいません、物語と歴史上の現実の境目がわからなくなってしまったんですが、税が一割の国が現実にはあったとおっしゃいましたけど、その現実というのは物語上の現実ではない？

北方　そうです、歴史上の現実です。

北上　えっ、歴史上の現実なんですか。

北方　西遼という国は多民族ですから、あまり税金を搾《しぼ》り取れないけれども、交易で収入が上がってくれれば彼らも潤うわけですよね。それでいいという緩い国家だったんです。緩い国家だったけど、それは八十年現実に続いた国家ですから、楊令は先に見ているわけです。そういうものを見ながら、梁山泊という小さい地域を国にして、それを少しずつ広げていく。ある程度まで広げたら、国境もなくして、自由市場をつくっていくという発想になりました。

北上　それが一番今回のみそ、面白いところですよね。つまり、混沌としているわけですよね。梁山泊が禁軍に勝ったとしても、前みたいな、帝がいて、税金を取って、あとは民が働けばいいという国はつくらないというふうに楊令は考えている。じゃあ、どういう国なのかという新しい国のイメージが他の人間は持てないわけですから。

北方　だから不満分子がいっぱい出てくるんです。

北上　梁山泊だけじゃなくて、宋のほうもいろいろ、岳飛だけじゃなくて分かれて、混沌としてくるのが面白いですよね。

北方　もともとあった宋を北宋と言うんです。それが倒されますよね。歴史的には金に倒されるのですが、僕の小説の中では梁山泊との連合軍に倒される。倒されたら南へ下がる。そこで長江の南でつくった新しい国を南宋というんです。ある意味で地方政権でしょうけれども、結構商業的に栄えた国なんです。

その国は、結局帝がいて、宰相がいてという、いわゆる天下をとった国の形なんです。金というのは、完全に侵略国家ですよね。そういう状況で、梁山泊が、金でもなく、南宋でもない国をつくろうとする。ですから、宋は岳飛や張俊《ちょうしゅん》がばらばらになりますけれども、だんだん南宋に収斂《しゅうれん》されてきて、つまり旧態の国家、古い国家になる。その漢の領土に金、女真族が攻めてくるわけですから、岳飛は抗金という旗印を掲げて対抗する。

そこに梁山泊がいて、かなりの力を持っていて、物流を押さえている。物流を押さえている状況の中でぎりぎりと締め上げてくると、これはもうどうにもならないですよ。物流を押さえられるというのは兵站を切られるようなものですからね。そこから何か新しいものが立ち上がってくるだろうと楊令は考えたんです。ただ、これは現実には起きてないわけですから、どこかでその夢は潰《つい》えないといけない。

北上　後半の混沌としているところがすごく面白かった。というのは、「北方水滸」は、最終的には梁山泊は負けますけれども、基本的にはみんなが一つの目標に向かって戦って、宋を倒そうとして戦って散るまでの話ですから、ある意味、夢の話じゃないですか。美しい話なんですよね。

北方　そうです。

北上　ところが、『楊令伝』の後半、すべてが混沌としているというのは、これは現実の話じゃないですか。だから、『水滸伝』のまま終わってしまえばすごく美しい話なんだけれども、現実の話をつけることによって、逆に北方『水滸伝』がほんとうの物語になったんじゃないかなという気がするんです。

北方　要するに、建設の話になるんだけれども、どう建設していいかわからないわけですよ。設計図をだれも持っていないということなんですよね、新しい国家をつくるというのは。楊令が見た夢は潰えたわけです。次が何かというのは、もうワンシリーズ書きます。

『大水滸伝』は、すごくきれいな形で終わると思う

北上　もうワンシリーズって、どういうことですか。

北方　この間、読者と大勢会う機会があったんです。「梁山泊の会」というんですけど、百八人集めて読者と質疑応答するんです。そこで、せっかく集まってくれたから、初めて正式に『岳飛伝』を書くということだけは言ったんです。

『岳飛伝』というのは一人一人の人生の決着をつけるというんですかね。史進なんていうのはここで、実際の楊令の決戦に立ち会ってないわけですよ。戻って梁山泊の救出をやっているわけです。年を取って鉄棒を振り回すのが苦しくなってくると、日本刀をつえにするようになる。実は抜いたらすごいぞというような中で、眠るように死ぬか、どうなのか、どういうふうに死ぬかわからないですけど、史進の死に方というのは人に殺させたくないとか、いろいろ考えているんです。

その辺は、まだ生き残っている人間をどうするか。それから、第二世代として『楊令伝』に出てきた人間の人生をどうするかまで含めて、今度の『岳飛伝』は、人生伝になりますね。楊令の夢についていった人間たちは、それぞれどういうふうに動くのか。ただ単に金が憎いという人間もいるかもしれないし、岳飛が憎いと思う人間がいるかもしれない。もうちょっと違う人生を生きてみようと思う人間もいるかもしれない。自分の人生にどう決着をつける

のかを第三部で書こうと。そうすると、今度はスケールが小さい小説になりますよ。スケールは小さいけれど、人の心というのは無限ですからね。人の心の無限の広さが出れば、どんなにスケールが小さかろうと、小さな小説にはならないと思います。

北上　いいですね。久々に生きる意欲がわいてきましたよ（笑）。

北方　僕も小説家としてあまり磨耗するとまずいので、こういうことを考えないと、どんどん縮小再生産になっちゃうんです。そうすると、次々に新しい展開で書いていける。第三部は、人の生き方が登場人物の数のとおりあるというような形で終わりたいと思っています。最初の『水滸伝』の第一回目から『岳飛伝』の最終巻までを含めて、『大水滸伝』としようと思ってるんですけどね。

北上　いいなあ、すごく。それはきれいな完結になると思う。第一部が夢の話で始まって、戦うというのは基本的に夢の話ですからね。第二部で現実の話になって、最後は人生の話になるわけですよ。すごくきれいな形で終わりますよね。ところで、北方さんお幾つになったんですか。

北方　今、六十二です。今年、三になります。

北上　そうですか。体力は衰えてないんですか、書くことに関しては。

北方　今のところは。だから、この間体力はどうだろうというので書き下ろしに挑戦してみたんですよ。一《ひと》月で五百三十枚という書き下ろしですね。書けましたね。体力的に苦しかったけれども、書けた。だから、まだもう少し大丈夫だろうと思います。だから、文体を引き締めて、『岳飛伝』までは書けるだろうと思っています。

人生というものに焦点を当てて『岳飛伝』を書いていく

北方　北上さんに最初、『楊令伝』の後半が面白いと言っていただいて、ホッとしました。楊令が国づくりに頭を悩ませるようになって、物語そのものは面白くなくなる部分が出てきたと思うんです。つまり、一つの目的に向かって物事が進んでるときは、書いていても迫力が出るなと思うんです。ところが、楊令が、頭を悩ませる問題について考える立場になって、周りの人間も、上の人間があれかこれかと考えている迷いみたいなものがある。そういうものを小説に書き込んでいくと、僕は物語に怒濤《どとう》のような迫力が出てこないんじゃないかという気がするんですね。

北上　繰り返しますが、僕は後半が面白かったです。今おっしゃったような迫力を描くのは、『水滸伝』でおやりになったじゃないですか。

北方　やりました。

北上　つまり、強大なものと戦う話というのは、怒濤のような迫力が出るからこそ、美しい物語だったんですよね。でも、同じことをしてもしようがないわけだから。だからびっくりしたんです。九巻のときに、どうするのかなと思って。このままずっといったらまた同じじゃないかと思っていたので。そうなっていたとしても面白いんですよ、読むほうは。もう一回読めるわけだから。『楊令伝』が『水滸伝』と同じ形でもよかったんですが、このままいくのかなというときにあの展開になって、後半が全く混沌とするじゃないですか。混沌とするというのは、梁山泊の中だけじゃなくて、つまり、楊令の目指す国と梁山泊の連中側との国が違ったりするだけじゃなくて、宋も南宋軍が分かれてしまっている。

北方　そうですね。

北上　青蓮寺もばらばらになって、みんなが混沌とするじゃないですか。だから面白いんですよ。それをよくお書きになっていると思います。

北方　そこまで読んでいただくといいんですが、ただ物語を夢中になって読んでいると、頭にその混沌がなかなか入ってこないみたいですね。僕はやっぱり混沌を書くのが小説家だろうと思うんです。歴史というのは混沌からできているようなものですからね。

北上　さっき第三部で岳飛を書くという話を聞いて、やっと「あ、なるほどな」と思ったんです。『楊令伝』では、たとえば青蓮寺とかまだ積み残したことが幾つかあったので。

北方　いや、いっぱいありますよ。

北上　混沌としたまま終わってしまうというのは、これはこれでいい終わり方だと思うんですが、何かまだ物足りないというのがぜいたくな注文としてはありました。それが第三部に移されると思うとすごく納得しました。

北方　そうですね。後は『岳飛伝』を見てください。『楊令伝』を全巻読まれた方は、何か積み残しもあるな、と感じられたと思うんですよ。小説だから、『岳飛伝』を書いたら全部積み残しがなくなるかどうかはわからないです。その人間が生きていく限り、いろいろなテーマを抱えて生きていって、死なない限り終わらないわけですからね。

北上 そういう積み残しではないと思うんです。言ったら集英社に申し訳ないんだけど、『楊令伝』はここで終わっても別に構わないんですよ。これが北方さんが決めた終わりならば。つまり、我々は読者ですから、作家が決めた終わりに対しては、そうなんだ、これで終わりなんだと思えばいいわけなんです。だから、そういう完全な不満のある積み残しではないですすよ、決してそれは。でも、北方さんが「いや、まだ終わってないんだ。続きを書くんだ」とおっしゃるなら、そういうお気持があるなら、それは絶対に読みたいです。

北方 僕は、つまり終わってないんですよ、頭の中ではね。国を考える、国のありようを考える、権力のありようを考えるというテーマが僕らにもあった。あったというかあるんですよ。その後に一人になったときに、やっぱり自分が何をやったのかということを考えましたから、やっぱり自分がやったことについての落とし前はきちんとつけなきゃいけないという部分が、僕なんかは『水滸伝』が終わった後にありまして、みんなでやったら怖くなかったけども、一人になったときは法律違反だったじゃないか。みんなでやったから怖くないでいいのか、というような思いがあります。そういうものも含めて、全部、いわゆる個人というもの、人というもの、人生というものに焦点を当てて『岳飛伝』は書いていくつもりです。

（「小説すばる」二〇一〇年一一月号）

草莽の英雄の奇想天外な後日談

張　競

『水滸伝』十九巻に続いて、続編の本作も十五巻の巨編。気が遠くなるようなスケールだが、一巻ずつ読み進んでいくと、いつの間にか物語の躍動感に引き込まれてしまった。

どの時代でも、名作の続編によせる情熱は批評的関心に由来する。明と清の時代にそれぞれ『水滸後伝』が書かれたが、二つの版とも底本に対する批判が込められている。しかし、北方謙三はそのような神学論争に興味はない。彼が追いかけているのは、あくまでも語りの快楽なのかもしれない。

梁山泊の新しい頭領に楊令を置く。『水滸伝』の原作にないヒーローだが、この人物配置によって、新たな展開が可能になった。さらに、宋と金の対立という要素を取り入れ、西夏や日本をも激動の歴史舞台に引っ張り出した。すると、十二世紀の東アジアの形勢図を一望の下に収めることができた。

北宋は唐に比べてその勢力範囲は遥《はる》かに小さい。五代十国《ごだいじっこく》の時代には武人支配のため、混乱が続いていた。その教訓を受けて北宋の皇帝たちは武将の権力を削《そ》ぐことに躍起になった。

軍閥割拠《かっきょ》を防ぐことはできたが、軍隊の戦闘力が低下し、文官たちは権力闘争に明け暮れていた。周辺民族が台頭するなかで、対外的にしばしば劣勢に立たされ、とくに遼にはさんざん苦しめられた。契丹族の王朝である遼は北宋よりも広い国土を持っており、軍事力の拡大を背景に、高圧的な態度を取りはじめた。「中央」王朝が「文明度」の低い周辺国家に君臨するという構図は逆転し、北宋は挫折感に打ちひしがれた。本来、この現実を受け入れ、百年の計を立てるべきなのに、北宋は過去の大国意識からいつまでも抜け出せない。かりに、遼、金、北宋の三者が相互に牽制《けんせい》していれば、北宋はかえって安泰なはずだ。だが、十二世紀は理性が感情に圧倒された時代だ。何はともあれ、遼だけは許せない。朝野《ちょうや》一致の反遼感情が膨張するなかで、北宋は金と軍事同盟を結び、南北から遼を挟み撃ちした。遼はついに滅ぼされ、北宋は溜飲《りゅういん》を下げた。だが、同盟国の金は後顧の憂いがなくなった途端に牙《きば》を剝《む》きだし、無惨にも北宋を踏みつぶした。この小説では、その複雑な変化が多面的にとらえられており、北宋と遼、南宋と金の対立のなかで、楊令の下に集まった草莽《そうもう》の英雄たちは奇想天外な活躍を見せた。

　冒頭から意外な展開の連続である。冷酷無情だが無敵の楊令が正体を隠し、金の騎馬隊長として遼と戦う。その勇猛ぶりが四散した梁山泊の仲間たちの耳にも伝わった。武松と死闘を繰り広げた後、群雄に受け入れられ、梁山泊を再建する。呉用は偽名を使って、方臘の集団に潜り込む。反乱はあえなく鎮圧され、勢いに乗った童貫軍は新生梁山泊を一気に攻め落とそうとする。だが、北宋の主将は戦死し、禁軍は思わぬ大敗を喫した。第十巻あたりになると、北宋がとうとう金に滅ぼされるが、情報機関の青蓮寺によって南宋が樹立される。倒す相手がなくなった梁山泊は、自由貿易と低租税の新しい国を作ることに取りかかり、財源開拓《かいたく》のために瓊英は日本との交易を西域まで広げようと悪戦苦闘する。

岳飛が梁山泊の英雄たちと渡り合うという設定にはさすがに驚いた。史料と照合するとまんざらありえないことでもない。『水滸伝』の人物と違って、岳飛は歴史上に実在していた。片腕が切られたのは返す返すも残念だが、予告された続々編の『岳飛伝』でどう活躍するか。読者の一人として期待したい。

（「毎日新聞」二〇一〇年一一月二八日）

壮大な北方「水滸」なお未完

北上次郎

中国の「水滸伝」がバランスを欠いた、矛盾だらけの物語であるのは、全国に流布した説話を後世の人が強引にまとめたからである。その「水滸伝」を日本に移入した吉川英治『新・水滸伝』も、柴田錬三郎《しばたれんざぶろう》『われら梁山泊の好漢』も、そのバランスの悪さを直せなかった。そんなことをしようとしたら、全面的に書き直さなければならないからだ。

北方謙三『水滸伝』が画期的であったのは、吉川英治や柴田錬三郎ですら出来なかったことをなんとやってしまったからである。つまり、その中国版「水滸伝」を徹底的に解体し、最初から作り直したのだ。梁山泊の男たちの性格設定をリアルなものに変更し、さらにオリジナルな人物を創造し、そして独自の挿話を作ったのである。

たとえば中国版ですぐに退場する武術師範の王進が、北方版ではずっと登場し続けるのが象徴的だろう。全国を回っている梁山泊の男たちが乱暴者やならず者と出会うと、この王進のもとに送り込み、王進が武術を教え、王進の母が書を教える。で、一人前の人間になると梁山泊に送り込む。すなわち王進は教育機関として存在し続けるのだ。

これは一つの例にすぎない。こういう無数の変更がどんどん積み重なっていく。梁山泊が闇の塩を牛耳《ぎゅうじ》っているとの設定も、青蓮寺という宋の諜報機関の設定も、北方『水滸伝』のオリジナルだが、ともに素晴らしい。こうして経済と政治という二つの大きな背景を作り上げ、『水滸伝』はますます自然な物語になっていく。私たちの読みたかった「水滸伝」がかくて現出するのだ。

しかし驚くのはまだ早い。その北方『水滸伝』に続くのは今回完結した本書『楊令伝』で、こちらは全編オリジナルである。この楊令も中国版には登場しない。青面獣楊志の遺児という設定で、王進のもとで修行したのち梁山泊に合流した青年である。

北方『水滸伝』は梁山泊軍が童貫が率いる宋禁軍に負け、この楊令が湖に飛び込むところで終わったが、今度の『楊令伝』は全国にちりぢりになった梁山泊の生き残りが、楊令を頭領としてふたたび宋に立ち向かっていく。

お断りしておくが、この『楊令伝』はけっして北方「水滸」の続篇ではない。『水滸伝』十九巻とこの『楊令伝』十五巻、あわせて三十四巻がまとめて一つの物語なのである。

それでは今回のキモは何か。第九巻からがらり一転する後半の展開に留意されたい。第九巻の冒頭に、おっと驚くことが待ち構えているが、真の驚きはその後の展開だろう。宋という国が混沌の真っ只中に置かれ、梁山泊の面々もその混沌に巻き込まれる。北方「水滸」は梁山泊軍と童貫が率いる宋禁軍の凄絶《せいぜつ》な戦いがひたすら読ませたが、今回はその混乱こそがハイライト。これがたっぷりと読ませて飽きさせない。これ以上はネタばらしになるので書けない。今回のモチーフが「国とは何か」であることだけを書くにとどめる。

北方謙三の『水滸伝』と『楊令伝』、合わせて一万七千枚、壮大な歴史小説の完結である——と書きたいところだが、実はこの北方「水滸」、まだ終わっていない。すでに作者が宣言しているが、第一部『水滸伝』十九巻、第二部『楊令伝』十五巻に続く第三部を書くというのである。そのタイトルは『岳飛伝』。この『楊令伝』に登場した岳飛のその後を描くことで、壮大な「水滸」三部作が完結するようだ。

その『岳飛伝』が全部で何巻になるのかはまだわからない。仮に十六巻になるとすると、この三部作は全五十巻になる。人間と国のありようをまるごと描く、世界に類を見ない壮大な大河歴史小説になりそうだ。その完結を楽しみに待ちたい。

(「読売新聞」二〇一〇年一一月七日)

「楊令伝」という挑戦

山田裕樹

「楊令伝」の文庫化が始まった。

本作は北方「水滸伝」の続編である。「北方水滸」がどのような模索をして、どのような成果を挙げたかは、いろいろな人たちが既に書いている。原典を徹底的に解体再構築し、しかも完結させた初めての日本人作家となった、というにとどめよう。同じ試みに挑戦したのは、井上雄彦《いのうえたけひこ》「バガボンド」とかリドリー・スコット「ロビン・フッド」など漫画や映画の世界の作品が想起される。

「水滸伝」の枝編も、中国では過去にいくつもの作品が書かれている。「宝剣記《ほうけんき》」という作品では、高俅《こうきゅう》の林冲に対するイヂメに対して、王進、魯智深、林冲妻、公孫勝などが立ち上がり、めでたく高俅を討ち果たすという、いかがなものかというようなものがあるそうだ。また、かの実在の英雄、鄂王《がくおう》・岳飛が梁山泊の残党賊を一方的に叩《たた》きつぶす、という痛快というか無神経というか、そういう作品もあるそうだ。さらに、ある純愛物語では、ヒロインの美女・祝英台《しゅくえいだい》の相手の美男の名前がなんと梁山《りょうざん》「伯《はく》」。もっとも、これは唐代に編集されたという民間説話であるからして、「水滸伝」とはまったく関係がない。失礼しました。

そういう数ある続編、枝編の中で最も有名とされるのは明・清代の陳忱《ちんしん》の手になる「水滸後伝」である。平凡社東洋文庫に完訳がある。原典の「李俊がシャムに渡って王となった」という記述から発想したらしく、死なかった好漢総出演、やっと作った王国に南から野蛮な日本の兵が攻めてくる。彼らは徐福《じょふく》の子孫で総大将は「関白」という怪力の大男。しかもこの倭《わ》軍、強い。滅亡しそうな李俊シャム王国、しかし何故《なぜ》か野蛮倭人の弱点を知っていた公孫勝が呪を唱えて天に祈ると豪雪にわかに降り続き寒さに弱い日本人は全員冷凍人間になって凍死。いかがなものかと思うのだが、そう書いてあるのだからしょうがない。かくして、李俊シャム国は守られ、皇太子に花栄の息子の花逢春《かほうしゅん》、その妻に聞煥章《ぶんかんしょう》の娘（名前はない）、めでたく繁栄していくのでありました。

さて、「北方水滸」の続編「楊令伝」では、青面獣・楊志の養子、幻王・楊令が、国家とは何か、為政者とはどうあるべきかを悩みながら、宿敵の童貫、岳飛の宋禁軍と闘い続ける。当然ながら、いかがなものか、というくだりはあまりない。「北方水滸」が国家転覆の革命の物語とするならば、「北方楊令」は国家建設の苦悩の物語である。しかも、前者には希薄だった、対遼戦、金国勃興《ぼっこう》、北宋滅亡、百花繚乱《ひゃっかりょうらん》の小国乱立と中国大陸の歴史を時間軸に沿いつつ、楊令と新梁山泊の物語が進んでいく。前者が「時代小説」とするならば、後者は「歴史小説」である。この登場人物たちはそのままに、ジャンルを変更してしまうという方法は、壇《だん》ノ浦《うら》の九郎義経《くろうよしつね》の如《ごと》き、比類なき跳び技である。

さらに、「大水滸伝・三部作構想」の第三部として「岳飛伝」がこの秋から執筆を開始される。岳飛といえば、中国人にとっては、信長と龍馬と義経を合わせたような悲運の英傑であって、中国の人々にどう読まれるかを想像するだけで今から楽しい。

ともあれ、生物が時代と環境によって変容するように、物語もまた時代と環境によって変容していく。そして成功した変容は進化と呼ばれる。

北方謙三が「水滸伝」を進化させたかどうかは、歴史が判断することであろう。

（「週刊読書人」二〇一一年七月二九日号）

—対談—5

日本の作家が書き上げた中国の壮大な歴史物語

張　競
北方謙三

自由市場による国づくり

張　十五巻の大著をついに完成されて、おめでとうございます。

北方　ありがとうございます。

張　そして、お疲れさまでした。

北方　さすがに疲れましたね。『楊令伝』最終回の原稿を書き上げてからすぐに五百三十枚の書き下ろしが待っていて、休む間もなく原稿を書き始めて。ですから、あの月には七百枚ぐらい書いたんですかね。

張　休みなしで大変ですね。『楊令伝』を終えられてのご感想はいかがですか。

北方　『楊令伝』の最後の原稿を書き上げたときは解放されたような気分だったんですけれど、解放されたと思った瞬間に書き下ろしにかかったので、終わったか終わらないかわからないというような感じで。

張　大変おもしろく拝読させていただいたのですが、いくつかお聞きしたいことがあります。まず、『水滸伝』全十九巻という大著をお書きになって、さらに続いて『楊令伝』をお書きになりたいという動機、きっかけは何だったのですか。

北方　『水滸伝』の続編に、『水滸後伝』というのがありますね。

張　はい。明の陳忱のものと、それを基に改変した清の時代の版の二つがあります。

北方　ぼくは最初から『水滸後伝』の時代までは書こうと思っていたんです。だから原典の『水滸伝』のタイムテーブルを大体十年ぐらい早めにして、ぼくの『水滸伝』では宋がつぶれる前までを書いて、続く『楊令伝』の中で童貫が倒れ、宋がつぶれて、金が台頭してくるところを書こうと、一応もくろんではいたんです。でも書き始めた当初は、そこまで書かせてもらえるかどうかわかりませんでしたけどね。幸い、読者の皆さんも書け書けといってくれたので、『楊令伝』十五巻を書くことができたんです。

『楊令伝』は『水滸伝』の続編ということになるんですが、ただ、この二つは明確にテーマが違っています。『水滸伝』には、国を倒すというテーマがあったんですけれども、『楊令伝』では逆に、国をつくることがテーマになっているんです。どちらも「替天行道」という志そのものは変わらないけれども、時代によってそれを実現していくやり方は変わっていくだろう、と。運よく国を倒すことができたとして、その後にどういう国ができるのか。そして、その国は今までと同じものでいいのか、という問いが出てくるわけですね。

つまり、梁山泊の運動というのは、一種の革命運動、運動体だろうと思うんです。運動体が制度を倒すというのが革命ですけど、その制度を倒した瞬間に運動体そのものが今度は新たな制度になってしまう。そうした自己矛盾を抱えた運動体なんですね。そこでぼくは、自己矛盾に陥らせないようにするために、同じかたちで国をつくるのではなく、新しい国づくりを模索するということを楊令たちにやらせてみたかったんです。

楊令が考えた新しい国というのは、自由市場を基盤にした、いわゆる経済立国みたいなものです。そういう国づくりをめざした、そういう話になっているんです。

張 大変おもしろいですね。私は、拝読させていただいて、なるほどと思ったことがいくつかありましたが、その一つは塩の話です。小説の舞台になっている北宋の時代というのは、中国経済が非常に大きく発展する時期なんです。北方さんの『水滸伝』の中にも、塩の道の話が出てきますね。北宋の歳入の中でも専売利益が莫大な額に及んでいて、中でも塩と酒がそのほとんどを占めていたんですね。

宋が成立したのは九六〇年ですが、唐末期の八〇〇年あたりから一〇五〇年くらいの間に、銀の生産は十三倍になっている。銅が八倍、鉄が十四倍という具合に、各種の生産が発展して国力が非常に大きくなっていくわけです。

『楊令伝』の後半では、自由市場というのが出てきますが、これは非常に重要なことなんですね。宋の商業は非常に発展していたのですが、各種の規制が課されていたため商人たちのあいだに不満が高じ、とくに北部では反乱が相次ぎます。農民もまた、過酷な収奪と戦争によって貧困に陥っている。

このような社会矛盾、経済の行き詰まりを打破するには、もう開かれた市場しかないわけです。北方さんの作品にはその辺のことが実に見事に描かれていて、非常に感心させられました。

北方　経済発展ということでいえば、やはり、民間の力が盛り上がってきたことが大きかったんだと思いますね。それまでの官業に民業が取って代わることによって、経済が一気に発展していく。それと同時に、官は許認可権しか持たなくなったことで、賄賂が大いに発達する。つまり、経済の規模が大きくなるに従って賄賂の規模も大きくなって、腐敗の度合いもどんどんどんどん進んでくるというようなことがあったのだと思います。

北宋は途中で王安石《おうあんせき》が大胆な改革を試みたこともあったけれど、結局、八代皇帝の徽宗なんていうのは、文化人としては大変優れてはいたけれどもその浪費ぶりも半端ではなくて、徽宗の芸術に費やす金が国庫を侵食してしまう。そういう状態の中で、宋はつぶれるべくしてつぶれたみたいなところはあるだろうと思うんです。

張　北宋がだめになったのは、今おっしゃった、徽宗の浪費というのもあるし、役人の腐敗も大きな原因ですが、大きいのは、やはり軍事支出なんですね。

軍事支出は、当初そんなに多くはなかったんです。たとえば、九七〇年あたりの兵隊数は三十七万人でしたが、その後どんどん増えていって、一〇二〇年ごろには九十一万人、一〇四五年あたりには百二十万人に膨《ふく》れ上がる。なぜかというと、当時の軍隊にはある一定年限勤めあげれば除隊するという制度がなかったので、年をとっても兵隊は給与をもらい続けながら、別の仕事をするというふうになっていたんです。

北方　ああ、そうなんですか。

張　そうすると、若い人を雇うごとにどんどん兵隊の数が膨れ上がり、お金が足りなくなる。そこで政府が採ったのがインフレ政策です。しかし、インフレは一部の商人がもうかっただけで、農民などの一般庶民の生活は非常に苦しくなり、歳入は増えるどころか逆に減ってしまった。インフレによる庶民の困窮も反乱が起きた理由の一つになっています。

燕雲十六州をめぐる攻防

北方　あの時代、北宋、遼、金の三国が互いに争っていたわけですが、その中で一番意外な運命をたどったのは、女真族の金じゃないかと思うんですね。遼の支配を脱して女真の国をつくろうと阿骨打が反乱を起こして金という国をつくる。金は宋と手を結んで遼を挟撃《きょうげき》し、遼はいわば自滅するようなかたちで滅びる。そして金は、宋が昔からのどから手が出るほど欲しがっていた燕雲十六州を手に入れ、次いで宋が倒れたことによって淮水《わいすい》（淮河）以北も領土に組み込む。

　国を興してわずかな期間で、いきなりあれほど広い領土を手にしてしまったわけですが、それは自分たちの予想外のことで、これからどうしようかという戸惑いが金にはあったような気がするんですけどね。

張　燕雲十六州、中国では幽雲《ゆううん》十六州といいますが、中原《ちゅうげん》の漢民族にとって、あの地域は非常に重要な地域なんですね。今の北京《ペキン》、河北《かほく》省の北部と山西《さんせい》省の北部にあたります。すぐ北には万里《ばんり》の長城《ちょうじょう》があって、いくつもの遊牧民族が出没し、東に行くと遼東《りょうとう》で、ここもまたいろんな少数民族が動いていて、何が出てくるかわからない。ところがそれより南に行くと一望千里の平原と豊かな地域です。ここさえ突破すれば、一気に南に攻め入ることができる重要な地域ですね。

北方　燕雲十六州については、『楊家将』という本で書いたことがありまして、小説では楊業一族を主人公としているんですけど、宋の建国時、太宗が燕雲十六州に攻め込んでぼろ負けしていますね。燕雲十六州の奪還は宋の建国以来の悲願ですよね。

張　宋は何が何でもあの地を手に入れたいと思っていて、それが一一二〇年の海上の盟という軍事同盟を金と結ぶきっかけになったんです。実はその一年前、宋は高麗《こうらい》にも遼への攻撃に加わるように提案しています。しかし高麗というのはしたたかなんですね。高麗王は、「女真族は信用ならないから絶対つき合ってはいけない。遼には野心がないから無理して攻める必要はない。むしろ遼は北からの侵略の防壁の役目を果たしているのだ」と説得したのですが、宋はその忠告を受け入れなかった。

高麗王がいうように、北宋がもし戦略的な見識をもっていれば、金と組むべきではなかったんです。当時の遼はすでにかなり漢民族化していて、名前も漢人風だし、服装とかもすべて漢化されていた。しかも宋から毎年銀十万両と絹二十万匹をもらっていたわけですから、遼がわざわざ宋を侵略するはずがないんです。結局、金が宋に代わって燕雲十六州を手に入れ、一一二六年の靖康の変で金に敗れた宋は取り戻すことができないまま、滅亡の道を歩むことになるわけですね。この辺の状況が北方さんのご本には詳しく書かれている。中国では各国別の歴史は書かれていますが、それぞれを関連づけて書いているのはないんですね。それだけに非常におもしろく読ませていただきました。

北方　女真族というのは満州《まんしゅう》族と……。

張　その祖先みたいなものですね。

北方　後の清も満州族ですよね。中国の歴史を見ると、契丹族の遼、女真族の金、蒙古族の元、満州族の清といったように異民族に制圧されている時代が非常に多い。多いんですけれども、結局すべて漢化していく。中国の人たちと話をすると、彼らのような異民族は結局漢化するからいいんだ、許せないのは漢化しない日本とイギリスだというわけです。つまり漢民族の時間軸というのは非常に長くて、いくら異民族に制圧されても百年たって漢化したらこちらの勝ちなんだ、と。遼なんか完全にそうだったわけですね。

張　そもそも純然たる「漢民族」という民族があるわけではなくて、長い間にさまざまな民族が融合してできたのが漢民族なんですね。生物学にマジョリティ・シフトという言葉があります。たとえば二種類の細菌があって、そのうちの一種類の細菌が増え続け、もう一種類が減っていくとする。ところが、ある時点で情勢が逆転し、少なくなった細菌が急に増え、ぱっと多数派に変わる。つまりそれまで少数派だったのが、一気に多数派に転じるわけです。

中国大陸の歴史を見ると、このマジョリティ・シフトがしょっちゅう起きている。漢民族が多数派になった時点で異民族が入ってきて、あっという間に制圧してしまう。そして彼ら異民族が多数派になっていくと、今度はまた少数派である漢民族が盛り返すという。こういう過程で多くの民族が同化して、残ってきたのがいわゆる漢民族といわれているわけですね。

楊令と岳飛、二人の人物像

張　先ほど楊業という名前が出ましたが、『楊家将《ようかしよう》演義《えんぎ》』というのは、『水滸伝』『楊令伝』を書く上でもともと北方さんの念頭にあったのですか。

北方　『楊家将』では、宋の建国時、北漢《ほくかん》の楊業が宋に帰順していくという部分を書いています。そのときに楊業が命をかけ打った剣が吹毛剣という剣で、それを今、楊令が使っています。楊令の名前は、楊業の別名「楊令公《ようれいこう》」からとっています。

張　やはりそうでしたか。では、楊令を楊志の養子にしたというのは？

北方　私の小説の中では、楊業が打った吹毛剣を楊志が受け継ぎ、それをさらに楊令が受け継いで戦うというかたちになっています。

私がなぜ『楊家将』を書いたかというと、太宗の燕雲十六州の争奪戦を書きたかったからなんですよ。養子にしたのは、物語としてできすぎという感覚が、書いていてあったからですよ。

張　歴史書の記述によると、楊業というのは実際にはあまり大した人物ではないらしく、後年、王安石らによって称揚されて『楊家将演義』みたいなものが出てきたんですね。

北方　史書には楊業はほとんど出てこないんですね。ただ小説的にはいいキャラクターなんです。書かれた記述が短ければ短いほど、小説家の想像力を働かすことができるわけですよ。

張　ところで、『楊令伝』の後半では、元宋禁軍の将校で岳家軍《がくかぐん》を率いる岳飛が、重要な役割を担って出てきますね。ご承知のように、岳飛は中国の国民的英雄です。岳飛が非常に評価されているのは、北方さんのご本にも出てきますが、兀朮《ウジュ》という金の将軍を破ったことなんですね。中国では秦《しん》の始皇帝より以前から、戦車による戦いがすごく洗練されていて非常に高度な戦術も立てられたのですが、その戦車を使った戦いが騎馬に対しては通用しなかった。戦車の代わりに歩兵を中心にしてもやはり勝てない。契丹にしろ女真にしろ、彼らが勝ったのは騎馬民族だからなんです。

　兀朮は「拐子馬《かいしば》」という戦法を立てましたが、非常に優れた戦法で無敵だった。要するに、騎馬同士をつなぎ、両翼から一気に突撃する戦法なんですけど、岳飛は馬の脚を攻撃することで隊列を崩し、見事、兀朮軍を破るわけです。これは余談ですが、岳飛と韓世忠《かんせいちゅう》が金に勝ったというニュースが高麗に伝わったところ、高麗はすぐさま宋に使者を送って友好関係を結ぼうということになった。高麗の政治センスの良さがここでも窺《うかが》われる。

北方　ところがその後、岳飛はいわゆる対金講和派に粛清されるじゃないですか。

張　ええ。反乱の罪を着せられて処刑されるんですね。

最後に伺いたいのですが、『水滸後伝』の時代まで射程に入れているとおっしゃっていましたが、今度の完結編ではまだそこまでいっていませんよね。

北方　『水滸後伝』の段階になると、李俊という水軍の親玉が南の国へ行きますけど、そこはまだ出てこない。

張　ということは、この続きもあるんですか。

北方　ええ、「岳飛伝」というタイトルで、岳飛を中心にすえて書こうと思っています。

張　そうすると今度は、高麗と日本まで全部含めて書けるかもしれないですね。

北方　日本でいえば、ちょうど保元《ほうげん》、平治《へいじ》の乱の直前ぐらいですね。やがて平清盛《たいらのきよもり》が出てくるという時代になりますので、日本を絡めて書けるかもしれないですね。

張　ますますおもしろくなりそうですね、楽しみです。

北方　結局のところ、連続しているけれども違う作品、違う作品だけれども連続しているという、何かこう自分でもわけわかんないけれど、世界がなかなか終わってくれないんですよ（笑）。

（「青春と読書」二〇一〇年一一月号）

対談―6

「北方水滸」に学ぶ、リーダーの条件

小久保裕紀
北方謙三

全員が四番打者ではダメ

北方 今日はドームで試合見てから来ました。試合後のお疲れのところ、すみません。

小久保 試合見ていただいて、ありがとうございます。

北方 球場は臨場感が違いますね。ただ結構暑かったです。

小久保 本来、東京ドームって一番涼しい球場なんです。節電の関係ですね。僕らもむちゃくちゃ汗かきました。

北方 暑かったんでビール飲みたくてしかたなかった。だけど対談があるからなと思って我慢しました（笑）。『楊令伝』文庫解説をいただき、ありがとうございます。

小久保 慣れないんで緊張しました。

北方 『水滸伝』を書き始めるときに、もともと全五十巻の大水滸伝を構想していたんです。とはいえ、誰も信用してくれないだろうから、最初に『水滸伝』十九巻を書いた。「水滸」

という言葉は水のほとりを意味するので、まず梁山湖《りょうざんこ》を書き、それから長江、太湖《たいこ》と続けた。『楊令伝』の次の『岳飛伝』を「小説すばる」十二月号から始めるんですが、そこでは、メコン河まで書こうと思ってます。

小久保　すごく壮大な展望ですね。『水滸伝』が一番最初にスタートしたのはいつだったんですか。

北方　一九九九年の十月号です、たしか。そこから単行本、文庫になって、たくさんの人が読んでくれたんですが、小久保さんは、どういうきっかけでお読みになったんですか。

小久保　『楊令伝』文庫版の五巻に載せていただく予定の解説でも触れさせていただいたんですが、九州でタレント活動されている方に薦められたんです。実は、歴史小説は何回もチャレンジして全部挫折していたんです。母が歴史小説好きで家にいっぱいあったんですが、僕はどちらかというと自己啓発系の本ばかり読んでました。だから最初は恐る恐る一巻を買って。読み出したらハマってしまったんですよ。一気に十九巻まで買って、二年間は『水滸伝』しか読んでなかったですね。

北方　ある種の小説は、いわゆる自己啓発的な要素を持ってるんです。人間を肯定してるかどうか。人間はだめだと思って書いてるのか、嫌なやつもいるけど人間は実はすばらしいんだという思いがあるかによって、全然違ってくる。僕は敵方だってすばらしい人がいる、という思いで書いてるんですよ。

小久保　帯にも短い言葉ながら書かせてもらいましたが、野球は個人じゃない、組織なんだ、と。適材適所でないとチームとして成り立たない。今は一選手なので、あまり大きな声で外に発言すべきではないですが、いずれ指導者の立場になったときのことを考えると、ものすごく参考になりました。字を書かせたらうまい人がおれば、大砲づくりや、駆けるのが得意なやつもいる。全員が四番打者でも、一・二番タイプばかりしかいなくてもだめ。読みながら、野球と重ね合わせて考えたこともありましたね。

北方　自分の感覚で、人生観や人間観に照らして読めば、それでいいと思うんですよ、僕は。だから解説を拝見して、非常によく読んでいただいたな、もしかしたら役に立ったかなと思いました。

小久保　ものすごく役に立ちました。今後、自分がどうしていくか考える年齢に来たから余計に入り込めたんですね。

北方　野球選手として成熟なさったということなんでしょうね。

小久保　うーん……。若いときの失敗を活《い》かせてると感じることは多くなりましたね。それと真剣勝負の、生きるか死ぬかという気概を持ってグラウンドに立つ。まあ、野球で命はとられないですが、僕自身その思いが少なかったと感じましたね。

北方　ピッチャーとバッターがわずか十八メートルで対峙した瞬間、もう一対一の決闘ですよね。

小久保　はい、そうですね。やはり気というものがあるんですね。打席で自分の状態が悪いときは自信がないので、ピッチャーに負けてると感じるんです。逆にピッチャーよりも気で勝ることもあります。だから気功家の先生についてトレーニングしたんです。本当の達人には打ち込めない。ピッチャーに投げる隙《すき》をあたえない構えも、同じようにメンタルなものだと思うので。読みながら、自分の中で照らし合わせながらやってきましたね。

北方　勝負に何か静的なものがある。その中で、動的な読み合いをしながら、一球が投げられてくるんだろうなと考えると、やはり日本人には合ってるんじゃないかと思いましたね。

人を教えるのは言葉だけではない

小久保　真剣勝負ということでいうと、〝死域《しいき》〟という言葉を北方さんの小説で初めて知ったんですが、具体的にどういう状態なんでしょうか？

北方　あれは私がつくった言葉なんですよ。要するに、人間が限界を迎えて倒れた先に、さらに限界があって立ち上がれると。

小久保　そうなんですか、昔からある言葉かと思っていました。

北方　高校時代に柔道で意識がなくなるぐらいにしごかれたときに、近い状態は経験しました。だけど一芸に秀《ひい》でた人がどのくらいのものかって、実はよくわからないところがある。二段だったんですが、小川直也《おがわなおや》に話したら「それはいいね。転んでも頭打たないだろ」って。彼のレベルではその程度なんですよ（笑）。だけど〝死域〟がもしあるとしたら、死の前に人間の体は限界を超えて動いてしまうのではないかと。例えば、戦国《せんごく》時代の武士に死相が出ていても、いくら斬っても死なないというふうにね。

小久保　なるほど。僕も今なら体罰だと言われかねない練習をした最後の世代です。疲れきって、もう振れないってなったときに振ったバットが、脳から体に覚える一番いい形なんだって監督に指導されました。

北方　多分それは、ある意味での潜在能力だと思うんですよ。ふだん何をやっても持ち上がらないものが、あるときふっと持ち上がっていることがある。死ぬと思ったときに持ち上がるかもしれないですね。そうすると、潜在的には持ち上げる能力を持っているけど、出してないんだと。

　死域という言葉を考えたのは、原典『水滸伝』では最初に出てきただけで消えてしまう王進を書いているころだったんじゃないかな。

小久保　王進先生は印象深いですね。俗世間から離れて、子午山という山の中で暮らしていますが、そこには何か足りないところがあるヤツが梁山泊から送り込まれてきて、王進が鍛え直す。いま『水滸伝』から続けて『楊令伝』も、もう一度読んでいるところなんですが、楊令が王進のもとに行く場面を読むと気持ちが落ち着くんです。ここに行くことで、こいつは絶対成功する、いいやつになるんだという安心感がありました。人間、ひとりで目指すところに辿《たど》り着くのは難しい。いろんな人のサポート、そして自分の気づきが大事です。その気づきをあそこに行けば必ず与えてもらえる。

北方　敵方の童貫も行きますしね。

小久保　あの場面を読んで、すごい震えが体にきました。王進は高校野球で、これからでき上がる選手をあずかる監督みたいな感じですね。ちょっとおこがましいんですけれど、オフに小学校や中学校を訪問すると、もし自分が野球選手じゃなかったら、ひょっとしたら先生やってたかもしれんなと。そう考えたときに、王進のことが頭に浮かぶ。だけど、王進先生は自分自身の生き方を絶対勧めないんですよね。

北方　外に出ず、内に入っていく自分の人生はいいと言ってない。

小久保　そういう自分の欠点を自覚しながら、送り込まれてきた人間たちをきっちり戦うための人間として梁山泊に戻していく。

北方　それと王進を書いていて思うのは、人を教えるのは言葉だけではないということです。何をもって、教えるということになるのかよくわからないですが、自分自身の生き方がきちんとあって、それが見えている相手に対して、言葉が初めて有効になるということじゃないかな。

目線を下ろすことを怠っていた

北方　子午山の王進以外に心に残っている場面や人物はいますか？

小久保　やっぱり男なんでしょうかね。戦のシーンを読みたい欲求はいつもあったんですよ。戦の中にも、戦略・作戦があって。僕は専門的なことはわからないですけど、たとえば〝魚《ぎょ》鱗《りん》〟とか。一対一になる部分もあるけれど、すべてにおいて作戦があるんだなと。あと印象的なのは、上に立った者がしっかり下の者をフォローする、語ってやるところです。今、自分は選手の中で上の立場ですが、若い選手に対して「こんなことぐらい言わないでもわかってるだろう」ではなく、その人たちの目線まで下りていって逐一語ってあげる部分をちょっと怠ってたなと思って。戦の間の夜の時間や戦が終わった後の場面で、語りかけの大切さも感じました。

北方　書き手の立場から言わせていただくと、そういう場面を書こうと思っていたわけではなくて、書けてしまったんですね。

小久保　そうなんですか。それと、好きな人物ですが、楊令はものすごく格好いいですよね、幼少の過酷な体験を踏まえて、晁蓋と宋江を足したような頭領になっていくところが。でも、僕はやはり林冲です。もちろん格好いいんですが、それだけじゃなくて、青蓮寺のにせ情報で飛び出していってしまう熱さも好きですね。

北方　林冲と楊令の関係は、自分でもよく書けたなと思います。両親が殺された楊令が林冲統括の二竜山《にりゅうざん》に連れていかれる。声が出ない状態の楊令を林冲は毎日めちゃくちゃにぶちのめす。梁山泊に移るときに、またぐちゃくちゃにする。その後で二人が見合ってぐっと抱き合う。入れ込んで書いてないと出てこないですよ。

小久保　そこは僕も泣きました。

北方　あの場面があって、その後の楊令は展開が違ってきたんですよ。林冲は、男とは、生きること、戦うとは何なのかを殴りながら教える。楊令は言葉はないけれどわかっている。だから最後に抱き合えた。林冲は派手な場面が他に多くあるんですが、あの場面を書けて、小説家をやっていてよかったと感じました。

小久保選手が林冲をお好きなのは、やはり生来の四番打者だからじゃないですか。林冲がそうですからね。へまもするけど、いざというときはやる。

小久保　そうなんでしょうか。ファンの方からもっと、熱い思いをぶつけられることが多いんじゃないですか？

北方　皆さん優しいですよ。単行本が出るときに、「梁山泊の会」という会をやっていたんです。もう十回以上やっているんですが、『水滸伝』『楊令伝』に因《ちな》んで、読者を百八人招待して、最初の一時間は講演、残り三十分ずつで質疑応答・サイン会をやる。会を重ねるごとに、質問の時間がどんどん長くなっていった。今は、十分しゃべったあとはずっと全部質問になる。それでも、全員の方の質問を聞くことができない。最初のうちは、何かお叱《しか》りを受けたりするんじゃないか、とびくびくしていたんですが、非常に温かい質問ばかりです。

小久保　すごいですね。

北方　ただ、辛いのは、小説の中で人を死なせることについて言われるときですね。『楊令伝』で、『水滸伝』から長く出ている、ある人物が死ぬんですが、どうやって殺していいかわからないけど、病死にしようかと考えていた。そうしたときに、サイン会があって、男の子がその人物について質問してきたんです。

小久保　どんなことを聞いてきたんですか？

北方　男の子といっても三十ぐらいだけど、「一つだけ聞きます。○○は死にますよね」って。こちらが言い淀《よど》んでいると、「わかってます。ただお願いがあります。戦死にしてください」って言うんですよ。僕は病死にしようと考えていたんだけど、彼の「きちんと人間としてやるべきことをやってきた者の最期があれでは悲しい」という涙ながらの訴えに、そうだと。おれは頭で考えてた、でも読者は違う、心できちんと読んでくれている。その想《おも》いにきちんと落とし前をつけるには、やはり戦だと。「約束する。戦で死なせる」って、その場で約束しちゃいましたよ。普通は助命嘆願されても受けつけないんですが、その時は特別でしたね。

小久保　そこまで読んでもらえると作者冥利《みょうり》に尽きますね。

死は誰も経験することができない

北方　小久保選手の解説で知ったんですが、以前大怪我をされたとか。

小久保　右膝《ひざ》の靭帯《じんたい》です。○三年のオープン戦でホームにスライディングしたとき、キャッチャーが上に乗って、膝が反対に向き、靭帯が二本切れました。丸々一年間はリハビリで、野球をしないままジャイアンツに移籍したんです。僕の話になって申し訳ないんですけど……。

北方　いや、いいですよ。

小久保　移籍して〇四年三月六日のオープン戦で福岡に凱旋《がいせん》するんです。相手ピッチャーは斉藤和巳《さいとうかずみ》、僕が一番かわいがってた彼が先発だった。僕は五番打者で出場して、その和巳からホームランを打ったんです。今までの四百一本で一番のホームランは？　と訊《き》かれたら、公式戦よりもオープン戦のその一本なんです。

三月六日に靭帯切って、次の三月六日にまず試合が入っていること、それがソフトバンク戦のこと、相手ピッチャーが斉藤和巳、そこでホームランを打つ。これって僕の力だけではないですよ。その年はホームランを四十一本打ったんですけど、いくら何でもそんなに打てないですよ。一年間のリハビリを天に誓って裏切らず、きっちりやったご褒美《ほうび》を野球の神様にもらえた年だったかなと思って。

北方　それはご自身の潜在能力が出たんじゃないですか。

小久保　ただ、おかしなもので、体が万全なときってあんまり成績がよくないんです。ちょっと首が痛い、膝がおかしいときは結構いい。万全すぎると何か欲が出るのかわからないんですけど、余計なことを考え過ぎるのかもしれません。感覚的なものがちょっとなくなるんじゃないかな。

北方　微妙なものですね。感覚的な話で聞いたことがあるのは、野球界にも長嶋《ながしま》さんみたいな天才がいて、ボールが打撃ゾーンに入ったら、止まって見えるからそれを打てばいいんだと。そういうことはあるんでしょうか。

小久保　僕はないですけど、このカウントなら、この辺に来そうだなっていうときはあります。そのときは必ず打てます。ボールを見てからじゃ間に合わないんですよ。

北方　止まって見えてるじゃないですか、やっぱり（笑）。人間が緊張状態ぎりぎりまで追い込まれると、一秒が通常の五倍ぐらいの長さになりますから。僕は何回か経験したことあるんですよ。

小久保　ほんとですか。

北方　一回はタクラマカン砂漠の中をラリーのルート試走中に事故に遭ったときです。車が急に横転したんです。

小久保　交通事故に遭った人の話で、全部がスローモーションに見えてたという話をよく聞きますが……。

北方　車が五回転している間、残してきた仕事のことやおれは死ぬんだとか、緩慢に脳裏をよぎりましたよ。その事故で僕は生き残ったけど、同じような事故で仲間は死んでしまった。その時に、生き残っている人間にできるのは、忘れないことだけだと教えられたような気がしましたね。

小久保　今のお話に出た感覚は、私も実体験としてあります。結構慕ってたプロの先輩が肺《はい》癌《がん》で三十で亡くなったんです。気が合うひとで、僕だけじゃなく、いろんな選手に影響をあたえた人でした。シーズン前とシーズン終了後に必ずお墓参りに行くんです。亡くなってもう十年経ちますが、その人とともに戦ってるという感じがずっとあったんですね。

北方 死とは理不尽で、誰も経験することができない。経験したらそれで終わりだということについて理由を考えても仕方がない。

小久保 そういう思いで書かれているから、北方さんの小説に出てくる言葉が、僕ら読者のところに来たんでしょうね。

北方 忘れないことで許してくれという思いで書くしかないです。

（「小説すばる」二〇一一年八月号）

ラジオ活劇「水滸伝」顚末記

石橋　聡

二〇一一年三月二十日、ラジオ活劇「北方謙三　水滸伝」の初収録が、東京都赤坂の某ラジオスタジオで始まった。

東日本大震災の余震が続く中での収録だ。ラジオ活劇はうまくいくのか。全十九巻という長丁場だ。最後まで本当に放送できるのだろうか。出演者は今、どんな気持ちなのだろう。

小刻みにスタジオが揺れる。また余震だ。スタジオを不安が包む。

ロックンローラーで俳優の石橋凌《いしばしりょう》さん。声優の横尾《よこお》まりさん、野島裕史《のじまひろふみ》さんの三人がほぼ正面に向かい合い、キューを待つ。

石橋凌さんが語り始めた。

「ミヤリサン製薬プレゼンツ、北方謙三、水滸伝。」

「頭ひとつ、出ていた。人の波の中である。」

全身粟立《あわだ》った。野太く皺嗄《しわが》れた声で、凌さんがロックを奏でている。夢の中に陥った。痺《しび》れた。そんな感覚だった。この半年、この瞬間のために、走ってきた。凌さんの第一声を聞いたスタッフの心は震えた。声にはならない喜びの空気にスタジオは包まれ、そして揺れ続けていた。


二〇〇六年十月、北朝鮮が初めて核実験を行った。私は当時、ANN（テレビ朝日系ニュースネットワーク）ソウル支局の特派員として、韓国に赴任していた。不安が広がる北朝鮮の核問題。韓国と中国を何度も往復し、私は北朝鮮問題を伝えていた。その頃、一時帰国をしていた妻が、一冊の本を土産《みやげ》に韓国に戻ってきた。

北方謙三「水滸伝」だった。

貪《むさぼ》り読んだ。国を憂い、民を憂い、国の不正を糺《ただ》すため、立ち上がった漢たちの闘い。死にゆく漢たちの熱い思い。死に様が、残された仲間の生き様として、受け継がれてゆく。魂を揺さぶられる思いだった。

林冲になりたい。王進と酒を飲みたい。幼少の楊令を慰めたい。そして、この本の面白さを多くの人に知ってもらいたい、北方謙三さんに会いたい。いろんな思いが駆け巡った。

二〇一〇年十月、長野県軽井沢《かるいざわ》の居酒屋で、ミヤリサン製薬の内田正行社長らあわせて五人で酒を飲んでいた。会話の流れは覚えていないが、かつて内田社長が片方の目の視力が突然奪われ、失明しかねない状況に陥ったと言う。

「目は大切ですよ。良かったですね。治って。」

「ほぼ諦《あきら》めていたんだよ、ほんと。治ってよかった。」

「社長、ご存知ですか。中国の『三国志』で登場する将軍、夏侯惇《かこうとん》が、目を食べた話。」

飲み始めは、ミヤリサン製薬が間もなく、創立六十五周年を迎え、記念事業として何をするか、が話題だった。飲むと当然、話はあちらこちらに飛んでゆく。

「戦で、夏侯惇は矢を受けて、目の玉が飛び出したんですよね。父母が与えてくれた、大切な目を捨ててなるものか。とか言って、その目を食べたんですよ。目は大切ですよ。」

などと、他愛のない話をしながら、酒を酌み交わす。

「ところで社長、北方謙三の水滸伝、読まれましたか。実に面白いですよね。あんなに面白い本、なかなかないですよ。」

「読んだよ。凄い本だね。現代にそのまま置き換えることが出来るよね。今の政治はどこに向かっているのかわからないし、若者は無気力だし。腐敗が続く国を倒そうと集まった漢たちの生き様は、素晴らしいね。」

などと会話が弾《はず》んだ。

水滸伝を読んでいたのは、社長と私の二人だけ。残る三人に、物語の面白さを口角泡を飛ばしながら説明し、酒を飲み続けた。

そんな中、突然、部下の原田昌史君が叫んだ。

「社長。北方水滸伝をラジオドラマにしませんか？」

「社長。それ、いいですよ。周年事業で、感謝のパーティーやったって、一過性のものだし、水滸伝は十九巻あるから、長く続くし、社長の思いが、長く多くの人に伝わりますよ。会社のイメージアップにも繋がりますよ。」

酔いの力も借りて、原田君とともに力説した。

原田君は、喋り出すと、句読点のないだらだらした喋りをするのが特徴だ。黙っていると、まるで、李逵みたいな風貌《ふうぼう》だ。ついでと言ってはなんだが、内田社長は、関勝《かんしよう》。広告会社の山下忠社長は呉用。小嶋良太ラジオ局長（当時）は宋江。酒を飲みながら水滸伝に登場する人物に当てはめるのは実に面白い。水滸伝読者の多くの方が、このような体験をしているのではないだろうか。

話は飛んだが、水滸伝を読んだこともない原田君の突然の提案。酔っていたのか、それは、内田社長本人のみぞ知る、ではあるが、

「やろう。」

即答だった。

こうして、「北方謙三　水滸伝」のラジオ活劇実施が酒場で決まった。

番組スタートは二〇一一年四月。年末年始を挟んで、五カ月あまり。時間がない。ラジオ

ドラマなんて作ったこともない、私と原田君。無我夢中だった。原田君はまず、水滸伝を読むことから始まる。毎朝どこまで読んだのか。いつもの口調で、だらだら喋り出す。

「楊志が死んじゃいました。」

「楊令が喋らないんですよ。」

「呼延灼の連環馬すごいですね。」

「鄭天寿《ていてんじゅ》犬死にしましたよ。」

「朱貴《しゅき》の饅頭《まんとう》食べたいですね。」

「梁山泊っていう店が麻布《あざぶ》にあるんですよ。行きませんか。」

朝は毎日、こんな会話から始まる。

早く読め、原田。時間はないんだ。

誰にナレーションを頼むか。版元の集英社に許諾を得なくてはいけない。すべきことが押し寄せる。

原田君が知り合いの伝《つて》を頼って、集英社に放送の許諾を得に行く。

会社に戻ってくると、

「部長。なんだか集英社の方、真剣に受け止めてくれないんですよ。本当に、十九巻最後まで、やってくれるのか不安みたいです。」

「なんだと。原田。お前、魂足りないんじゃないのか。ちゃんと訴えたのか。二人で、集英社の担当者に会いに行こう。これは戦だぞ。カチコミだ。」

思いを必死に伝えた。寒い冬なのに、二人、汗がダラダラ流れていたことを覚えている。集英社の方に訴えた。内田社長の思いを、我々の思いを。

集英社の担当者が言った。

「最後まで、十九巻の最後まで、必ずお願いします。よろしくお願いします。」

次は、出演者だ。誰にする。集英社の許諾を得る作業をしながら出演者を検討していたが、なかなか思いつかない。決めていたことは、北方謙三先生は佐賀県唐津《からつ》の生まれ。我々の会社、ＫＢＣ九州朝日放送は福岡に本社がある。であるならば、九州出身の人に頼もう。舞台は中国。アジアに近い九州人で固めよう。

本社ラジオ編成業務部員で、番組プロデューサー補佐の武藤礼治君から電話が入った。

「福岡県久留米《くるめ》出身で、熱い男がいますよ。ＫＢＣにとっても縁深い人なんですが、石橋凌さんはどうですか。」

さっそく武藤君に交渉に入ってもらった。即答だった。

「やらせて頂きます。」

夢がついに、現実のものになってきた。

二〇一一年三月十一日。東日本大震災。

日本が震え、泣いた。

スポンサーであるミヤリサン製薬の内田社長から、

「こんな状況下で、番組をスタートしていいものだろうか。」

と連絡が入った。

初収録は、九日後の三月二十日と決めていた。出演者は果たして来られるのだろうか。多くの人が命を奪われた震災直後に、次々、人が戦で死にゆく水滸伝の物語を、リスナーは受け止めてくれるのだろうか。悩んだ。震災から一カ月も経たぬうちに、番組をスタートさせていいのだろうか。悩みに悩んだ。

ラジオ活劇「北方謙三 水滸伝」。この番組は、KBCをキー局に五局で放送している。そのネット局の一つ、震災被災地でもある、宮城県仙台《せんだい》市に本社を構えるTBC東北放送東京支社石森勝巳ラジオ部長に相談した。

石森君は言った。

「ちゃらけた番組じゃないじゃないか。混沌とした世の中を糺そうと立ち上がった漢たちのドラマだろ。死んでいった人たちが、生き残った人たちに対して、思いを託していくんだろ。まさに、死に様が生き様になるんだ。意義がある。予定通り、TBCは放送枠を構えているよ。四月から予定通り、放送するよ。」

この話を、内田社長に伝えた。

番組は予定通り、二〇一一年四月四日にスタートした。

北方謙三先生から言われた。
「執筆した後、本は本屋に並んだ時点で、作家の手を離れる。読者のものになる。」
「石橋凌さんに伝えて欲しい。ロックだと思う。ロックンロールは自分の生き方なんです。ロックを生かす読み方をして欲しい。叫んで欲しい。ワクワクしています。」

今、凌さんは月三回のペースで収録に臨《のぞ》んでいる。一回で約十話の収録だ。スタジオで顔を真っ赤にしながら語っている。八話くらいになると、声が掠《かす》れてくる。歌っている。約三時間、いつしかラジオスタジオはステージとなり、凌さんは、ロックンロールを奏でている。

横尾まりさんは出演者唯一の女性。登場人物のすべての女性と子供を担当している。老婆の声、あどけない童《わらべ》の声、時折描写される艶《つや》っぽい声。七色の声を持つ横尾さんの声に、出演者、スタッフ一同、癒《いや》されている。

野島裕史さんは、男の台詞をすべて担当している。登場人物は百人をはるかに超す。登場人物のイメージを膨らませ、声を作っている。誰にも見せない野島メモには、野島裕史しか知らない登場人物の特徴が、びっしり書き込まれている。

壮絶な死を遂げた楊志に育てられた楊令は、替天行道の旗を掲げ、荒くれどもが集う梁山泊をまとめ、闘い続けた。そして、死してなお、敵に畏怖《いふ》と憧憬《どうけい》の念を抱かせ続けている。

「おもしろい。もっと聞かせろ。」

と、楊令殿に言って頂けるような番組を目指している。

最終回の放送まで、スタートから約六年はかかるとみられるラジオ活劇「北方謙三 水滸伝」。

そして「水滸伝」の続編、「楊令伝」、「岳飛伝」まで、放送を続けていきたい。と、私は密《ひそ》かに思っている。


（書き下ろし）

平成二十三年日本民間放送連盟賞 番組部門
ラジオエンターテインメント番組部門 優秀賞受賞
ミヤリサン製薬プレゼンツ
ラジオ活劇「北方謙三 水滸伝」
原作 北方謙三 水滸伝 集英社文庫刊
出演 石橋凌 横尾まり 野島裕史
脚本 高橋良育 源祥子 大森信幸 田中摂

音楽　森正明
プロデューサー　石橋聡　プロデューサー補　武藤礼治
チーフディレクター　原田昌史　ディレクター　萩野谷昇　ディレクター補　宮屋敷要介
制作　九州朝日放送／スバルプランニング
放送　九州朝日放送　ＳＴＶラジオ　信越放送　東北放送　新潟放送

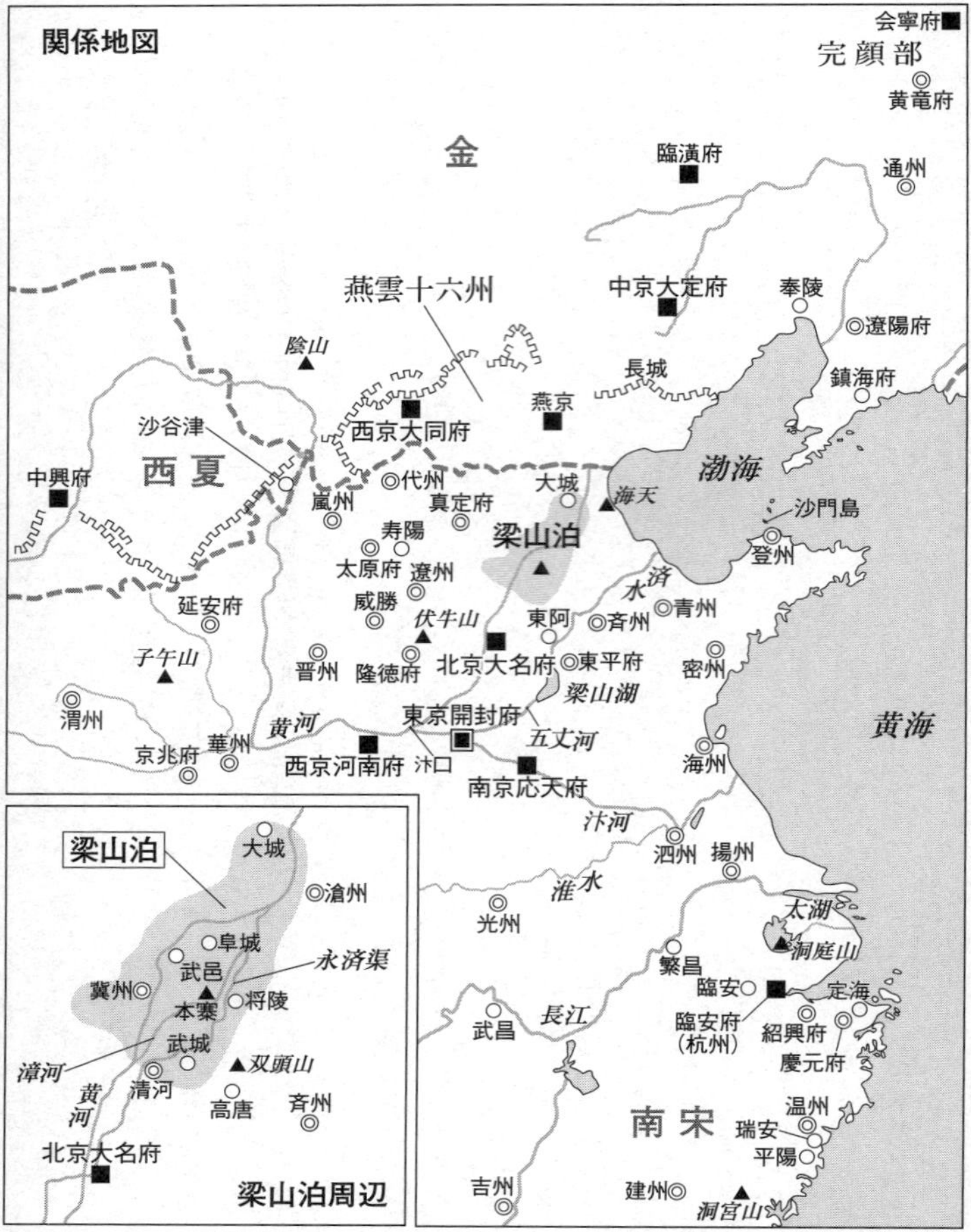

（文庫版『楊令伝』第12巻より）

漢詩

ダーウィンの進化論は嘘《うそ》である。「種の起源」を読む限り、「進」化とは書かれていないようだ。環境変化に対する適応とか変容、ということが書いてあるのだ。明治の初めに、西欧の抽象名詞に学者を動員して片端から仏教用語をはじめとして漢語を当てはめていった時に、ものの勢いで「進化論」と訳してしまったのではないか、と愚考する。正しくは「変容論」とすべきではないか。

そう思っていた。

しかし、雑誌連載中のカンシをでっちあげ続けるうちに、意見が変わった。戦前の作家を含めた人々は、漢字漢詩の素養が高かった。森鷗外《もりおうがい》やら中島敦《なかじまあつし》やらを読めばわかる。ところが、日本人は、欧米の物質文明を受け入れる代わりに東洋の精神文化を捨ててしまった。退化したのだ。戦前の人は漢詩くらいたちまちぶっ書けたのである。そうだ。これは変容ではなく、退化である。「退化論」が正しいのである。

ところで、私、じつは、カンシではなく漢詩を書いておったことが判明した。ものの本によると、韻律《いんりつ》・平仄《ひょうそく》が漢詩に必要になったのは唐代あたりのことで、それ以前は、そういううるさいことは言わなかったそうだ。そして、韻律・平仄のないものも一応、古詩という名で漢詩の範疇《はんちゅう》なのだそうだ。

それにしても、韻律・平仄がないから私のバカンシも漢詩だ、というのも凄《すご》い論理だなあ。

（山田）

浪子燕青《ろうしえんせい》　闇《やみ》の夜《よる》　湖底《こてい》にて死父《しふ》の棺《かん》を索《さが》し、
智多星《ちたせい》　隻眼《せきがん》を睜《む》いて血檄《けつげき》を哮《と》ばす。
行者武松《ぎようじやぶしよう》　白《しろ》き朝《あさ》　湖岸《こがん》にて猴子《こうし》の肝《かん》を揆《う》ち、
九紋竜《くもんりゆう》　賊兵《ぞくへい》を率《ひき》いて官倉《かんそう》を鬧《さわ》がす。

海棠花《かいどうか》　日剣月剣《につけんげつけん》を揮《ふる》いて　飛麟《ひりん》を劈《う》ち、
盛栄《せいえい》　一泓《いちおう》の瘴響《しようひび》かせ　催命判官《さいめいはんがん》に吼《ほ》ゆ。
武行者《ぶぎようじや》　辺烽転蓬《へんぽうてんぽう》を越《こ》えて　幻王《げんおう》を索《さが》し、
費保《ひほう》　千仞《せんじん》の浪飛《なみと》んで　艦航艨艟《かんこうもうしよう》を砕《くだ》く。

捨《す》て去《さり》し物《もの》　夢《ゆめ》と泪《なみだ》と替天《たいてん》の旌《はた》、
捨《す》て難《ざり》し品《もの》　吹毛《すいもう》の剣《けん》と黒衣《こくい》の兵《へい》。
幻王《げんおう》　呉乞買《ウキマイ》　青鶻鬼《せいこつき》　馬上殺戮《ばじようさつりく》に過《す》ぎ、
青面獣楊令《せいめんじゆうようれい》　極北《きよくほく》の嶺《いただき》に単身《ひとり》立《た》つ。

史進《ししん》　貔貅《つわもの》の棒《ぼう》を挺《しご》いて夏定馬軍《かていばぐん》を鬧《さわが》し、
僭《おご》り窃《ぬす》める方臘《ほうろう》　号《さけ》ぶこと神《かみ》は袞袞《こんこん》たり。
楊令《ようれい》　吹毛《すいもう》の剣《けん》を揮《ふる》いて行者《ぎょうじゃ》武松《ぶしょう》を殺《ころ》し、
佯《いつわ》り詐《たば》かる呉用《ごよう》　忍《しの》ぶこと心《こころ》は憘憘《きき》たり。

入雲竜《にゅううんりゅう》　岩雪《がんせつ》の澗壑《たに》を跑《はし》ること潺潺《せんせん》、
岳公子《がくこうし》　威威《いい》たる環眼《ひとみ》を幌《ゆ》らせて童元帥《どうげんすい》を罵《ののし》る。
花飛麟《かひりん》　騎射《きしゃ》の七箭《しちせん》を中《あ》つること燦燦《さんさん》、
白日鼠《はくじっそ》　哭哭《こくこく》たる金睛《ひとみ》を濡《ぬ》らせども怎《いか》でか二兄《にけい》に見《まみ》えん。

李媛《りえん》　飛刀娉婷《ひとうへいてい》もて挑《いど》む瓊英《けいえい》扈三娘《こさんじょう》、
楊令《ようれい》公孫勝《こうそんしょう》　替天行道《たいてんぎょうどう》の志《こころざし》を嗤《わら》う。
方臘《ほうろう》　呪焔祈唱《じゅえんきしょう》もて鬧《さわが》す伏軍千尋兵《ふくぐんせんじんひょう》、
智多星《ちたせい》呉用《ごよう》　西方彼岸《さいほうひがん》の息《そく》と語《かた》る。

鉄球《てっきゅう》　路頂巒穴《ろちょうらんけつ》の岩《いわ》を穿《うが》ち、
二倭人《にわじん》　東方《とうほう》にて瓊英《けいえい》と説《かた》る。
覆面《ふくめん》　呉用方臘《ごようほうろう》の貌《かお》を装《つつ》み、
石将軍《せきしょうぐん》　堨村《けっそん》にて度人《どじん》を羸《はし》らす。

方僭王《ほうせんおう》　替天冊子《たいてんさつし》を詠《よ》みて遠《とお》く行道《ぎようどう》を思《おも》い、
秘的《ひてき》　蒼《あお》き張平《ちようへい》に九度《くたび》射《い》らる。
醜郡馬《しゆうぐんば》　五臟黄液《ごぞうおうえき》を吐《は》きて新《あたらし》き拠寨《きよさい》を想《おも》い、
卵鉄《らんてつ》　滄《あお》き鳳壁《ほうへき》に六度《りくたび》命《あ》たる。
無角冷箭《むかくれいせん》　終《つい》に王進《おうしん》師範《しはん》の渇胸《かつきゆう》に命《あた》り、
童元帥《どうげんすい》　武人《ぶじん》の一分《いちぶん》もて軍扇《ぐんせん》を反《かえ》す。
替天大旌《たいてんたいせい》　焉《つい》に梁山新寨《りようざんしんさい》の烈風《れつぷう》に翻《ひるがえ》り、
雲飴屋《うんあめや》　神行《しんこう》の法術《ほうじゆつ》もて虚空《こくう》を逩《はし》る。
侯真《こうしん》　鳩車《きゆうしや》もて九紋大竜《くもんたいりゆう》を虚空《こくう》に舞《ま》わし、
花飛麟《かひりん》　神箭《しんせん》もて馬歩千軍《ばほせんぐん》を岫路《しゆうろ》に奔《はし》らす。
岳飛《がくひ》　血海《けつかい》を泳《およ》ぎて峭《きりた》てる壑《がく》に命《あた》り、
斑蝥王《はんみようおう》　征塵《せいじん》を蕩《うごか》して緊《は》やし帥《すい》に並《なら》ぶ。
轟天《ごうてん》の窩風《かふう》　復《ふた》たび鬼神《きじん》を逩《おそ》いて、
護国《ごこく》の神剣《しんけん》　両《ふた》たび寒光《かんこう》を迸《ほとばし》らす。
秦檜《しんかい》　替天《たいてん》の旌《はた》を仰《あお》ぎ　趙仁《ちようじん》　掩壁《えんぺき》の楯《たて》と化《な》り、
九紋竜史進《くもんりゆうししん》　矣　単身《ひとり》戦陣《せんじん》を棄捨《きしや》して走《はし》る。

方僭王《ほうせんおう》　人《ひと》を重《かさ》ねて死域《しいき》に入《はい》り、
童元帥《どうげんすい》　肌《はだ》に粟《あわ》して千駿《せんしゅん》を擺《ひろ》ぐ。
王慶《おうけい》　頭《こうべ》を翹《あ》げて　花公《かこう》　騎上《きじょう》に躰《からだ》を翻《ひるが》えし、
鮑旭《ほうきょく》　剣《けん》を擎《ささ》げて　慈星《じせい》　天罡《てんこう》を了《つい》に照《てら》さず。
小李広《しょうりこう》　鵲弓《せききゅう》を彎《ひ》きて壑岩《がくがん》を貫《つらぬ》き、
豹子頭《ひょうしとう》　晴眼《せいがん》を掣《きらめか》せて驚颷《きょうふう》を抜《ぬ》き、
黒旋風《こくせんぷう》　板斧《はんぶ》を旋《めぐら》して崎巌《きがん》を砕《くだ》く。
昱嶺《いくれい》の罡《こう》の星星《ほしぼし》　矣　誑《あざむ》ける一場《いちじょう》の夢《ゆめ》の如《ごと》し。
張《ちょう》　清羅辰《せいらしん》　飛珠《ひじゅ》を打《う》ちて的石《てきせき》を穿《うが》って、
秦檜《しんかい》　狼噬《ろうぜい》の計《けい》を語《かた》り、岳飛《がくひ》　戛《すばや》く血凄《けっそう》の颷《かぜ》となる。
武松《ぶしょう》　燕青《えんせい》　火炎《かえん》を放《はな》ちて毒蟒《うわばみ》を標《とら》えて、
宋万《そうまん》　鎮墓《ちんぼ》の駒《こま》と疾《はし》り、石宝《せきほう》　豁《つい》に刀叢《とうそう》の贄《にえ》となる。
國破《くにやぶ》れて山河《さんが》ありし乎《か》、郭《しろ》は春《はる》にして草木深《そうもくふか》き乎《か》。
刑天《けいてん》の太監《たいかん》に遭《あ》えば故人《こじん》なく、四面《しめん》は禁軍《きんぐん》の歌《うた》。
潜虬《せんきゅう》　終《つい》に大霄《おおぞら》に薄《せま》らず、身《み》に在《あ》りしは一握《いちあく》の礫《いし》。
而《しこう》して　心頭滅却《しんとうめっきゃく》すれば　吁嗟《ああ》　業火《ごうか》また涼《りょう》たり。

蔡豹《さいひょう》　尺蠖《しゃくせき》の道《みち》を登《あゆ》むこと遅遅《ちち》たり、
実父《じっぷ》には孝悌《こうてい》の仁《じん》、偽父《ぎふ》には睚眦《がいさい》の讎《しゅう》。
王貴《おうき》　竜鱗《りゅうりん》の路《みち》を攀《すす》むこと悄悄《しょうしょう》たり、
棠母《どうぼ》とは比翼《ひよく》の鳥《とり》、慈母《じぼ》とは連理《れんり》の枝《えだ》。

狄成《てきせい》　騰鉞《とうえつ》を揮《ふる》いて鴉黒《あこく》の楊幻王《ようげんおう》を窺《うかが》い、
侯師範《こうしはん》　掣命《せいめい》を帯《お》びて地涯《ちがい》の無名山《むみょうざん》に驤《のぼ》る。
呉用《ごよう》　幽篁《ゆうこう》に草子《そうし》もて二蓬莱《にほうらい》と交《かた》ること嬉嬉《きき》たり、
扈三娘《こさんじょう》兮　何《なん》の貌《かんばせ》ありて志友《しゆう》に看《まみ》えん。

呉用《ごよう》　深沙《しんさ》の潜竜《せんりゅう》を窺《うかが》うこと托塔天《たくとうてん》の如《ごと》く、
童元帥《どうげんすい》　単身《ひとり》で虎口《ここう》を襲《おそ》うこと洪太尉《こうたいい》に似《に》たり。
扈成《こせい》　尺刀《せきとう》を擎《ささ》げて想《おも》う　扈家《こか》醴荘《ほうそう》の秋《とき》、
楊幻王《ようげんおう》　大聲《たいせい》で笑《わら》いて峙《むか》う　破肘鬼蹴《はちゅうきしゅう》の術《わざ》。

噫吁《ああ》　闇天瀁瀁《あんてんようよう》たる小旄《しょうぼう》に楊令《ようれい》は踽踽《くく》、
借問《しゃくもん》す　高太尉《こうたいい》　爾《なんじ》　胡為《なんす》れぞ喰《しょく》す　鶏黍《けいしょ》の餐《さん》。
嗚呼《ああ》　蒼風蠟蠟《そうふうろうろう》たる郝旗《かくき》に岳飛《がくひ》は慄慄《りつりつ》、
且《しばら》く道《と》う　紡鵴禽《ぼうやきん》　汝《なんじ》　獣猋淵溝《じゅうきゅうえんこう》の底処《ていしょ》に潜《ひそ》ませしは誰《た》ぞ。

闇将《えんしょう》　暗黒《あんこく》を奔《はし》りて鄂鵬挙《がくほうきょ》の裨兵《ひへい》となる。
花飛麟《かひりん》　馬上身《ばじょうみ》を逆《さかし》まにし　岳飛《がくひ》を神射《しんしゃ》すること乍《たちま》ち十　繳《じゅうきょう》、
童元帥《どうげんすい》　馬《ば》杭徼柵《こうきようさく》の毫厘《ごうり》に　十人《とにん》の石礫《つぶて》の緑衣将《りょくいしょう》を臨《み》る。
浪子《ろうし》　大盾《おおたて》に座《ざ》して号吹《ごうすい》するも　兮　那《なん》ぞ父麒麟《ふきりん》の龍耳《りゅうじ》に届《とど》く可《べ》けん哉《や》。

刮目《かつもく》せよ、大刀鉄牛《だいとうてつぎゅう》　豹子頭《ひょうしとう》、汝《なんじ》らが得物《えもの》は単《ひと》つなり。
されど我《わ》が鉄鞭《てつべん》は双《ふた》つなり、衆寡《しゅうか》敵《てき》せずと識《し》るべし。
暫《しば》し待《ま》ていざ闘《たたか》わん、黄泉流《こうせんなが》るる紅岸《こうがん》の彼方《かなた》にて。
されど凌《りよう》や凌《りよう》、誰《たれ》が謂《い》わん　彼《か》の地《ち》で汝《なんじ》を待《ま》たざること無《な》しと。

頸繳鋩《けいきょうぼう》　虚空《こくう》を裂《さ》き激風《きょうふう》に叛《そむ》きて花飛麟《かひりん》を襲《おそ》い、
海棠花《かいどうか》　単身奔《たんしんはし》り歃血《そうけつ》の双剣《そうけん》を振《ふる》うこと熠熠《ゆうゆう》。
花将軍《かしょうぐん》　戦塵《せんじん》に青娥紅線《せいがこうせん》を想《おも》いて心底《しんてい》は悶悶《もんもん》、
一丈青《いちじょうせい》　胡為《なんす》れぞ遠《とお》き竜涎踊足《りゅうぜんようそく》を却《わす》る。

虚宙斉天《こちゅうせいてん》に翔《と》びしこと　丹鳳挿翅虎《たんぽうそうしこ》の如《ごと》くも、
汚泥啼痕《おでいていこん》に塗《まみ》れて　青《あお》は既《すで》に青《あお》ならじ。
蓋《がい》に憬《あこが》れて春声《しゅんせい》を聞《き》き　煥《かん》に捉《とら》われて夏悦《かえつ》を覚《おぼ》ゆ、
誓《せい》を守《まも》らざるを赦《ゆる》せ　嗟爾《ああなんじ》　愛《いと》しき神《かみ》なる箭《せん》の玉童《ぎょくどう》。

我《わ》が飛礫《つぶて》、汝《な》の心《こころ》に届《とど》くこと須臾《しゅゆ》ならず、
されど我《わ》が胸《むね》、瞬《すで》に汝《な》の緑眸《りょくぼう》に貫《つらぬ》かれて在《あ》り。
瓊英瓊英《けいえいけいえい》　一陣《いちじん》の涼風《りょうふう》の如《ごと》くに四海《しかい》を越《こ》えし女神《めがみ》よ。
汝《な》の愛《あい》を別《べつ》して、我《われ》に誇《ほこ》るものはなし。

子午《しご》の慈雨《じう》　少華《しょうか》の旗《はた》　史家《しか》の老父《ちち》　梁山《りょうざん》の牧《まき》、
嘻《ああ》　想《おも》いは既《すで》に一涼《いちりょう》の颸耳《かぜのみ》。
蠟《ろう》たる豹子頭《ひょうしとう》の飆《かぜ》を追《お》いて　白澤将《はくたくまさ》に死淵《しえん》の底《そこ》を目指《めざ》さんとす。
吾《わ》が凄春《そうしゅん》　我《わ》が魄秋《はくしゅう》、一毫《いちごう》の悛《く》いもなし。

沈《しず》みし棺《かん》は既《すで》に遠《とお》く、想《おも》いは遥《はる》か盧家《ろか》の柳《やなぎ》、
浪子《ろうし》が啾《しゅう》たる旋律《せんりつ》、奈《いかん》ともする無《な》し李師《りし》に届《とど》くを。
民人《たみびと》の苦悩《くのう》、志《こころざし》の行方《ゆくえ》、そして永遠《とわ》の光芒《こうぼう》、
但《た》だ看《み》よ、当《まさ》に聴《き》け、幻王《げんおう》涙《なみだ》して、恢恢《かいかい》と語《かた》るを。

奥州《おうしゅう》の眠《ねむ》りを醒《さ》ます海鰍船《かいしゅうせん》、
青鯨《せいげい》の如《ごと》く、大鰭《おおざめ》にも似《に》たり。
嗟《ああ》　視《み》よ、船首《せんしゅ》に在《あ》りしは嬋娟《せんけん》たる寡婦《かふ》、
金蔵《きんそう》の鍵《けん》は綻《ほころ》びにけり。

韓将軍《かんしようぐん》　詐術《さじゆつ》もて偸《ぬす》む穰《じよう》たる北狄《ほくてき》の糧《かて》、
母夜叉《ぼやしや》　涎拭《えんぬぐ》いて紅巾飛刀《こうきんひとう》を受《う》くること憘憘《きき》たり。
劉光世《りゆうこうせい》　鉄塔《てつとう》より眺《なが》む簇《そう》たる女真《じよしん》の陣《じん》、
嗟乎《ああ》　那《なん》ぞ忘《わす》る可《べ》けん　戦飄《せんぴよう》に在《あ》る幻王《げんおう》の屍《かばね》を。

張将軍《ちようしようぐん》　配扇《はいせん》を隠《かく》して遁《はし》る害宿《がいしゆく》の陣《じん》、
楊令閑《ようれいかん》たり　水底《すいてい》と語《かた》り　膨《ぼう》たる文書《ぶんしよ》に民人《たみびと》を盼《み》る。
智多星《ちたせい》　冊子《さつし》を開《ひら》きて執《と》る裂帛《れつぱく》の筆《ふで》、
戴宗《たいそう》楽《たのし》まず　死者《ししや》と咽《はな》し　遥《よう》たる南京《なんけい》に炎雰《えんふん》を視《み》る。

岳将軍《がくしようぐん》　翔隼《しようしゆん》の飛箭《ひせん》を拈《つか》むこと寂寂《せきせき》、
俘虜軻《ふりよか》　幻王《げんおう》の蛮誅《ばんちゆう》を罵《ののし》ること嘈嘈《そうそう》。
狼牙秦容《ろうがしんよう》　輪舞《りんぶ》して美姫《びき》を巉《ざん》たる澗底《たにそこ》に墜《おと》し、
楊令閑《ようれいかん》たり　胡為《なんす》れぞ斬《き》る辜《つみ》なき民人《たみびと》の背《せ》。

花《はな》を飾《かざ》る崔如《さいじよ》は擾擾《じようじよう》、鳩《はと》を捉《か》る郤妁《げきしやく》は泛泛《はんはん》。
鋼《こう》を打《う》つ槌《つち》たる葉敬《ようけい》　托塔天《たくとうてん》にさも似《に》、
衆《しゆう》を討《う》つ颯《かぜ》たる秦容《しんよう》　青面獣《せいめんじゆう》の如《ごと》し。
且《しば》らく道《と》う　頭領《とうりよう》の翦《せん》たる西遊《さいゆう》を争《いかで》か諫《と》めざる乎《か》。

青痣《あおあざ》の巨人《きよじん》と二竜山《にりゆうざん》で看《まみ》え、滂涙《ぼうるい》の戦神《せんしん》と子午山《しごさん》に見《まみ》ゆ。
将《いま》、当《まさ》に恚《いか》れる血魄《けつぱく》の人《ひと》は予《よ》が前《まえ》に在《あ》り。
幻王幻王《げんおうげんおう》　予《よ》の叫《さけ》び　卿《けい》に届《とど》かざりし乎《か》。
為《ため》に問《と》う　那《なん》ぞ招《まね》かぬ　輒《すなわ》ち童師《どうすい》の待《ま》つ戦陣《せんじん》へ。

赤眉《せきび》の刃傷《はきず》に玲瓏《れいろう》の魄《はく》は白衣《はくい》の人《ひと》、狼牙秦容《ろうがしんよう》、
白蓮《はくれん》の口歯《こうし》に竜鱗《りゆうりん》の花《いれずみ》は緋装《ひそう》の漢《おとこ》、九紋竜史進《くもんりゆうししん》。
狼牙《ろうが》棍灼鉄棒《こんしやくてつぼう》　命《あ》たる処《ところ》　霹靂《へきれき》咆《ほ》え活閃《いなずま》斜《はし》る。
嗚呼《ああ》　遠《とお》きに在《あ》る王師範《おうしはん》　奚《なん》ぞ黙《もく》して止《と》めざる乎《か》。

司命《しめい》　戦角《せんかく》に臨《お》りなば、
応《まさ》に倒《たお》るべし、志《こころざし》常《つね》に半《なか》ばたり。
さらば歃血《そうけつ》の友《とも》、不如意《ふによい》のこと千万《せんばん》あり。
号咷《ごうとう》する勿《なか》れ　卿《きみ》はこの胸《むね》に永遠《とわ》なれば。

鉄塊《てつかい》を鎔《とか》し身体《からだ》を削《けず》り、子午《しご》の山《やま》に誕《う》まる。
師《し》の龍技《りゆうぎ》、帥《すい》の魂魄《こんぱく》、朋《とも》の温《ぬくも》り、この芯《こころ》にあり。
西域《せいいき》に遊《あそ》び乱軍《らんぐん》と戦《たたか》いても、嚢中《のうちゆう》にて傍手《ぼうしゆ》する耳《のみ》、
今《いま》、飛翔乱舞《ひしようらんぶ》すること快快《かいかい》、余《よ》が名《な》は狼牙《ろうが》、秦容《しんよう》の朋《とも》なり。

折戟沙《せつげきすな》に沈《しず》んで　朱色未《しゆいろいま》だ褪《あ》せず、
梟き張賊《たけちようぞく》　鐘鼓《しようこ》凶旗《きようき》　地涯《ちがい》を蔽《おお》うこと渺瀰《びようび》たり。
抜戟剣佩《ばつげきけんぱい》を揮《ふる》うも衆寡《しゆうか》奈何《いか》にすべき、
嗚呼《ああ》慈母《じぼ》　西《にし》の方霊山《かたれいざん》に　我《わ》が書字《じ》を届《とど》くる者《もの》は誰《た》ぞ。

春眠暁《しゆんみんあかつき》を覚《おぼ》えず、娼女《しようじよ》の啼叫《ていきよう》を聞《き》き、
賊人《ぞくじん》鬧《さわ》いで刃《やいば》もて汝《な》が晢《せき》を断《た》つ。
歳歳年年《さいさいねんねん》　吾《われ》愧《はじ》ざる夙夜《しゆくや》は莫《な》く、
何《なん》の顔《かんばせ》ありて　吁嗟《ああ》　狼牙将《ろうがしよう》に看《まみ》えん。

立国《りつこく》は魑魅《ちみ》にして、天下《てんが》は魍魎《もうりよう》なれど、
炎珠《えんじゆ》は庫蔵《こぞう》に溢《あふ》れ、銀金《ぎんきん》は巨江《きよこう》の堰《せき》となる。
戦角響《せんかくひび》き凱風叫《がいふうさけ》びて、中原《ちゆうげん》を目指《めざ》す刻《とき》、
嗚呼《ああ》　豎子《じゆし》、共《とも》に謀《はか》りて魍魎《もうりよう》を獲《え》ん。

怒髪冠《どはつかん》を衝《つ》き　濺《せん》たる血雨《けつう》を歃《や》ましむ者《もの》、
幻王楊令《げんおうようれい》　予《よ》が前《まえ》に在《あ》り。
金満銀漢《きんまんぎんかん》の泊《はく》　的《あきらか》に饑《き》して渇《かわ》き、
盡忠《じんちゆう》　何《いず》れの秋《とき》にか此《これ》を誅《ちゆう》せん。

幻道《げんどう》を辿《たど》り、鎮墓《ちんぼ》の邑里《さと》に到《いた》る。
掘《ほ》ること百丈《ひやくじよう》、削《うが》つこと千丈《せんじよう》、
万金《ばんきん》の短剣《たんけん》と印璽《いんじ》を攫《つか》む。
自《おのず》から磨洗《ません》を将《も》って　血統《けっとう》の罠《わな》を認《みと》む。

万里《ばんり》の路《みち》を奔《はし》ること神隼《しんしゆん》にさも似《に》、
只《た》だ問《と》う　太保宣牌《たいほせんぱい》　都《すべ》て視《み》えること無《な》し乎《か》。
険峻《けんしゆん》の山《やま》を越《こ》ゆること飛鯨《ひげい》の如《ごと》く、
且《しばら》く道《と》う　生霊船火《しようれいせんか》　今《いま》は何《いず》くにて燃《も》ゆる乎《か》。

現出《げんしゆつ》するは隠《いん》たる夢幻《むげん》、追求《ついきゆう》するは漾《よう》たる蜉蝣《かげろう》。
湖寨《こさい》に集《つど》いて共《とも》に奔《はし》り朋《とも》に闘《たたか》いし群漢《むりびと》たち、
看《た》だ視《み》よ、嗚呼《ああ》、朧《おぼろ》なる淡《あわ》き夜明《よあ》けの曙光《しよこう》を。
胡《な》んぞ　志《こころざし》導《みちび》く処《ところ》に青冥《せいめい》に輝《かがや》く灼光《しやっこう》の在《あ》らざる乎《か》。

双竜《そうりゆう》並《なら》びて蓬萊《ほうらい》の刀《とう》を振《ふ》り、
韓伯竜《かんはくりゆう》　闊《かつ》して血族《けつぞく》に看《まみ》ゆ。
痩臉熊《そうれんゆう》　血舞《けつぶ》を踊《おど》り、醜郡馬《しゆうぐんば》　飛雲《ひうん》を御《ぎよ》し、
秦旌飛旗《しんせいひき》　鱗蕭《りんしよう》たる乱軍《らんぐん》を欻《たちま》ち鬧《さわが》す。

卯暁《あした》 獄中《ごくちゅう》より逆《さか》しまに視《み》えし黒鉄《くろがね》の塔《とう》、
昏宵《こよい》 燭影《しょくえい》に溶《と》けて岳飛《がくひ》に囁《ささや》く白夜《びゃくや》の夢《ゆめ》。
光陰《こういん》 速《はや》きこと小李広《しょうりこう》の箭《や》の如《ごと》く、
終《つい》に哄笑《こうしょう》すること無《な》く 新泊《しんぱく》に浮《う》かぶ父母《ふぼ》の腐肉《ふにく》に看《まみ》ゆ。
三父《さんぷ》と別《べつ》し、 吹毛《すいもう》を佩《は》きて兵戈《へいか》に迸《はし》る。
敵《てき》たる者《もの》無《な》く、 桻麈《こうじん》を唈《うるお》すこと幾度《いくたび》ぞ。
的《あき》らかに知《し》る 憙光《きこう》は須臾《しゅゆ》の間《かん》、
怨《うら》むる莫《な》かれ 天哭《ああ》 鋩剣《ぼうけん》沙《すな》に沈《しず》みしを。

人物事典

『楊令伝』の膨大な登場人物の中から、主要な人物について紹介します。
作者の創作ノートとインタビューをもとに、編集部が作成いたしました。
☆印以下は、作者のコメントです。

梁山泊《りょうざんぱく》

●楊令《ようれい》（幻王《げんおう》）　一一一八年時点　推定二〇、一歳

『「替天行道《たいてんぎょうどう》」の旗を見つめながら、俺が見つけたのは、民のための国、という光だった』（第九巻「地察《ちさつ》の光」）

宋禁軍《そうきんぐん》（近衛《このえ》軍）との敗戦後、炎上する梁山泊で宋江《そうこう》から『替天行道』の旗を託されて以降、行方不明となる。その間、楊令は「青髑鬼《せいこつき》」、そして「幻王」として、女真《じょしん》の地で金《きん》建国のための闘いに関わっていた。阿骨打《アクダ》とは、梁山泊と金国、二つの国を建てる盟約を交わすが、阿骨打の病死によってその夢は潰《つい》えた。それから少しずつ戦略を変えながらも、楊令は梁山泊の新しい頭領として、『替天行道』の示す道を考えていくこととなる。かつて自分を守って死んだ養父・楊志《ようし》の姿が心に深く刻み込まれており、父子の健気《けなげ》な姿を見ると、知らず心を乱すことがあった。軍指揮と剣の才能は凄《すさ》まじく、宿敵であった宋禁軍の童貫《どうかん》を討ち取り、長きに亘《わた》った宋との闘いに終止符を打った。その後は、帝《みかど》のいる国家観を否定し、交易によって富む新しい国作りを進める。だが、岳飛《がくひ》と決着をつけようとする直前に、志半ばで暗殺によって命を落とした。顔の左半分には火傷《やけど》の赤い痣《あざ》がある。吹毛剣《すいもうけん》を佩《は》き、黒備えの黒騎兵を率いる。料理が下手《へた》。

☆『替天行道』の志に基づいて国を作ることを考えたのは、楊令だけだった。それも非常に革新的な国家観だったために、共感してくれる人間はいなかった。新しいことを考えて実行する人間は、孤独にならざるを得ない。楊令も、同志に言葉で説明すればいいところを、「俺と一緒に闘ってくれ」としか言えなかった。言葉が少なかったのだ。もともと喋《しゃべ》れなくなるくらいの、繊細さを持っているやつだった。同志の誰からも好かれず、憎まれず、ただ畏怖《いふ》されていた。それでも、楊令がもともと持っていたのは、楊志と済《さい》仁美《じんび》の、林冲《りんちゅう》の、秦明《しんめい》の、そして王進《おうしん》の愛情であった。そういう愛情の中で育った人間だと、俺は思っていた。

●**呉用《ごよう》（智多星《ちたせい》）**　一一一八年時点　五五歳

『私は、二度も死んだのだ。超えるべき生死などないのだよ』（第八巻「地速《ちそく》の光」）

炎上する聚義庁《しゅうぎちょう》に残って死ぬつもりであったが、火傷を負って生き延びた。片眼が潰《つぶ》れ、焼け爛《ただ》れた顔に覆面をつけた姿で、主だった同志が集まった会合に姿を現わす。梁山泊に帰還する前の楊令と会談し、今後の大きな戦略について語り合った。睦州趙家村《ぼくしゅうちょうかそん》の保正《ほせい》（名主）・趙仁《ちょうじん》になりすまし、江南《こうなん》（長江《ちょうこう》の南）で宗教叛乱《はんらん》を目論《もくろ》む方臘《ほうろう》のもとへ潜入する。初めは江南での叛乱鎮圧によって宋禁軍の力を削《そ》ぐことが目的であったが、徐々に方臘の魅力に心惹《ひ》かれるようになっていく。軍師として、方臘を童貫に勝たせたいと望むが、激戦の末に敗れた。戦後しばらくは洞庭山《どうていざん》で過ごしていたが、楊令の迎えによって梁山泊に帰還し、人が変わったように童貫戦への準備を進めていく。趙仁として囲っていた蒼香《そうこう》を、梁山泊に戻ってから妻とした。楊令の新しい国家観に賛意を表しながらも、本当の理解からは遠い位置にいたことを自覚している。交易の利が上がり始めてからは北京大名府《ほっけいたいめいふ》を自由市場化し、楊令が梁山泊の領土拡張を受け入れるか測ろうとした。占星師になりすまし、臨安府《りんあんふ》で李富《りふ》を暗殺する。梁山泊が金軍に急襲された際は、馬霊《ばれい》軍を率いて防衛戦を指揮した。
☆呉用は、梁山泊が炎上したときに死んでいるはずだった。それが、生き残ったがために、作者の想像をすべて超えてしまった男だ。方臘のもとへ潜入したときも、あれほど化けるとは思っていなかった。方臘のもとから抜け殻《がら》のようになって帰ってきたが、新梁山泊でも想像以上の大いなる羽ばたきをしてしまった。

●公孫勝《こうそんしょう》（入雲竜《にゅううんりゅう》）　一一一八年時点　四五歳

『名もなく、死んだことさえも誰も知らず、ひっそりと朽ち果てた。そういう部下を多く持った私は、ほんとうは誰よりも、死んだ者の思いを抱いていなければならないのだろう』（第二巻「地妖《ちよう》の光」）

致死軍《ちしぐん》の指揮官。敗戦後は、青蓮寺《せいれんじ》の残党狩から梁山泊の兵を守っていた。かつての仲間が全員死んで、自分ひとりだけが生き残っていることに無常感を抱いている。だが、北の地にいる楊令に会って話したときから、少しずつ自分と折り合いをつけるようになった。やがて致死軍隊長の座を侯真《こうしん》に譲り、暗殺などの裏工作を受け持つようになる。密《ひそ》かに遼《りょう》の帝と結ぼうとしていた呉乞買《ウキマイ》を闇《やみ》から牽制《けんせい》し、南宋《なんそう》の将軍となった岳飛に梁山泊への誘いをかけた。自分が長く生きすぎているという思いを抱いており、李富暗殺の際、呉用を庇《かば》って負傷し、自ら死を選んだ。

☆自分の生い立ちを林冲と馬麟《ばりん》にカミングアウトしたときから、ただ致死軍の隊長であり続けた。致死軍の指揮官が務まるか務まらないか、年齢的なことを含めて考え始め、致死軍を侯真に譲るという判断をした。公孫勝が色んなものを抱えていたときに創った致死軍とは違うものを、若い世代が創ったほうが、人が死なずにすむだろうと、考えたわけだ。

●呼延灼《こえんしやく》（双鞭《そうべん》）　一一一八年時点　四六歳

『俺は、双鞭呼延灼だ。死にたい者だけが、俺の前に来い』（第七巻「地猛《ちもう》の光」）

元代州《だいしゅう》軍の将軍。宋建国の英雄・呼延賛《こえんさん》の血を受け継ぐ。野戦の指揮を得意とし、得物《えもの》の双鞭を振るって敵を打ち倒す。敗戦後も戦《いくさ》にかける思いは決して失わず、三年の間、本隊の総隊長として流浪の軍を率いた。豪放な性格で部下思いであるが、梁山泊に入山した息子の穆凌《ぼくりよう》に対しては、素直に接することができずにいた。だが、宋禁軍との闘いで、趙安《ちようあん》を討とうとした穆凌を庇って一人で五千騎を押しとどめ、戦死する。最期《さいご》に初めて「呼延凌《こえんりよう》」と息子の名前を呼び、形見に双鞭を授けた。

☆生粋《きっすい》の軍人であるため、敗北後も、自分の軍をまとめて散らないようにする能力はあった。だが、頭領となるためには、抱いている志が本当に自分の志なのか、ということを考えなくてはいけない。呼延灼の場合、そういった壮大な志よりも、息子を思う気持ちのほうが、実は無限に大きいのではないか。人間的な情愛の中で生きた男だった。

●**武松《ぶしょう》（行者《ぎょうじゃ》）**　一一一八年時点　四三歳

『ひとりで、ただ志のために動く。志が心で光を持ったわけではなく、それが生き方だったからだ』（第十五巻「天地《てんち》の夢」）

燕青《えんせい》、侯真とともに、女真の地に楊令を探す旅に出る。再会した楊令に、敬愛していた宋江の最期を聞いて、涙を流した。楊令に吹毛剣で右手首を斬《き》り落とされて以降、鉄の玉を手首につけて武器として遣うようになり、「鉄牛《てつぎゅう》」と名乗る。梁山泊のさまざまな工作活動に関わった。会寧府《かいねいふ》に囚われた宣贊《せんさん》の様子を窺《うかが》い、金国の裏切りを知る。梁山泊に急報しようと南へ走るが、金軍に追われて死亡した。兄嫁の潘金蓮《はんきんれん》に死なれてから、武松の生き方の根底にあったのは常に、父のようだった宋江と、兄のようだった魯智深《ろちしん》の存在であった。

☆死んだ女への思いを捨てきれない男がいる。男の特性と言ってもいい。どこかで生きていればまだしも、失ってしまったらなおさら、その思いを捨てきれない。

それを見抜いた楊令が武松の拳《こぶし》を斬り落とし、武松の頑《かたく》なさは拳と一緒に消えていった。性格が変わったように喋るようになったが、本質的なところは変わっていない。物事を見通しながら、見通していないような顔をしていたのだ。だから、宣贊が殺されるのに気づいて、助けに行こうとしたのも武松だけだった。

●**張清**《ちょうせい》**（没羽箭**《ぼつうせん》**）**　一一一八年時点　三六歳

『おまえを危険な目に遭わせたら、即座に首を飛ばしてやるぞ』（第二巻「地走《ちそう》の光」）

敗戦後は呼延灼、史進《ししん》とともに流浪の軍を率いていた。緑色の着物を好んで着るために「緑衣の将軍」と呼ばれる。妻の瓊英《けいえい》とは仲睦《なかむつ》まじく、一人息子の張朔《ちょうさく》が生まれている。以前の宋禁軍との闘いで、殿軍《でんぐん》を任せた単廷珪《たんていけい》を死なせたという思いがずっと消えずにいた。かつて童貫の肩を砕いた飛礫《つぶて》の技は、今も健在である。童貫戦では劉譲《りゅうじょう》と対峙《たいじ》し、渾身《こんしん》の飛礫で戦線を引かせた。その後、劉譲軍とのぶつかり合いで疲弊し、岳飛に背後を衝《つ》かれる。岳飛との相打ちを狙《ねら》うも飛礫があと一つ足りず、首を奪《と》られた。

☆宣賛などに緑衣の影武者を連れていろと言われたが、張清はそんな卑怯《ひきょう》なことをする男ではなく、ただひとり、緑衣の将軍で在り続けた。そのために、乱戦の中で瞬間的に死んでしまった。

●**戴宗**《たいそう》**（神行太保**《しんこうたいほう》**）**　一一一八年時点　五〇歳

『昔の男が、死のうとしている。黙って見ていろ』（第十四巻「地捷《ちしょう》の光」）

調略担当。敗戦後、張横《ちょうおう》とともに同志の動向をすべてまとめていた。五十歳を過ぎて、呉用の下で働くことに疲れを覚え始める。諜報《ちょうほう》部隊を率いるが、若い世代のやり方が気に食わず、特に致死軍を率いる侯真との確執が大きくなる。不満を募らせるあまり、だんだんと深酒に溺《おぼ》れていった。金持ちを嫌っており、富を増やすばかりで天下を目指そうとしない楊令のやり方には、はっきりと反発を抱いている。しかし、致死軍が包囲されたときは、危急を知らせるため、命を投げ打って味方のもとへと走った。李英《りえい》を罠《わな》に嵌《は》めた扈成《こせい》を暗殺し、その後、侯真に死に様を見せつけるようにして、羌肆《きょうし》と刺し違えて死亡した。同じ緑色が好きという理由で、張清には好感を抱いていた。

☆旧来の国家観を持つ人間からしたら、新しい梁山泊という国は理解できない。だから、楊令に対しては批判的だった。国をきちんと作ろうとしない現状に我慢ならず、「今どきの若いやつは」という男になってしまった。しかし、若い者に対しては、意地悪をしつつも、鍛えてやろうという気があった。結局、致死軍を利用したことが裏目に出て、侯真に信用されなかったわけだが。死に様を見せることによって、「俺らはこんなに凄《すご》かったんだ、小僧」と言いながら、古い世代の自己主張をした。

●**史進《ししん》**（**九紋竜《くもんりゅう》**）　一一一八年時点　三六歳

『俺は、若い者が怖がる、九紋《もん》竜史進でいたいんだ。力しかなくて、頭がないから、ひとりだけ生き残ってしまった。そんな男と思われていたい』（第九巻「地正《ちせい》の光」）

敗戦後は呼延灼、張清とともに流浪の軍を率いていた。遊撃隊を率いて、縦横無尽に戦場を駆ける。特に赤備えの赤騎兵の突破力は、童貫をも恐れさせるほどである。だが、自分の老いを自覚し始め、得物の鉄棒を軽量化するために真中に穴を空けるようになった。やがて、さらに軽量な武器として日本刀を遣うようになる。愛馬・乱雲《らんうん》の二代目は、南宋軍との闘いで史進を守るようにして死んだ。かつての同志が次々と死んでいく中で生き残り、「俺だけかよ」という思いを抱き続けている。子午山《しごさん》を離れてからも王母《おうぼ》への愛情を持ち続け、危篤の際にはひとりで駆けつけた。

☆史進と稽古《けいこ》をして怪我《けが》をしたやつはいない。骨を折るような打ち方はせず、ただ痛みだけを、若いやつらに与え続ける。残酷なように見えるが、訓練すればするほど生き残る確率が高くなるからだ。史進は、荒っぽいが実は優しい、ハードボイルドな人物である。

●李俊《りしゅん》（混江竜《こんこうりゅう》）　一二一八年時点　四三歳

『俺は、志を持ちたくない。死んで行ったやつらへの、思いだけで闘いたい』（第六巻「地孤《ちこ》の光」）

梁山泊水軍の総隊長。梁山泊陥落時には水軍の船を動員して、湖寨《こさい》からの撤退のかなりの部分を担った。自身は、志のためではなく、死んでいった仲間への思いで宋と闘うことを決意している。水軍は物資や兵の輸送も担い、張清の妻・瓊英には、日本との交易のために大型船を提供している。自身も、南との交易を行う。太湖《たいこ》を仕切っていた上青《じようせい》、費保《ひほう》、倪雲《げいうん》、狄成《てきせい》の四人は弟分。水の中とばかり向き合うようになってしまった童猛《どうもう》のことは、ずっと気にかけている。女の気持ちを忖度《そんたく》することは苦手。

☆かつて、穆弘《ぼくこう》というカウンターパートを失った。もともとコスモポリタンな人物だったため、水軍の指揮官となる。おおらかだが、細かいところにも眼を配れる男である。梁山泊の糧道の大部分を水軍が担ったが、物流を担うことによって、世界の情勢も見えてくる。だから李俊は、楊令が考えた国のありように、一番理解が近かった人間だと思う。実は、ただ一人だけ、本気で惚《ほ》れた女がいた。

●**阮小二**《げんしょうじ》（**立地太歳**《りっちたいさい》）　一一一八年時点　四三歳

『海鰍船《かいしゅうせん》に勝る船を造るのが、俺の最後の仕事になる』（第十三巻「地煞《ちさつ》の光」）

阮《げん》三兄弟の長兄。造船担当。戦にはそれほど関心がなく、船を造ることに生き甲斐《がい》を見出《みいだ》した職人である。日本へ行くための大型船なども手がけた。趙林《ちょうりん》を息子のように思い、造船技術を伝え育てていた。完成途中の巨大船を試すため航海に出ていたところ、南宋水軍に囚われる。張敬《ちょうけい》に救出されるも、張敬は死亡。その後、阮小二は憑《つ》かれたように造船に取り組んだ。肝臓の病《やまい》を得て、白勝《はくしょう》と趙林に看取《みと》られて病死した。息子がいたが、梁山泊に加わってからは音信不通である。

☆職人の典型として描いている。『水滸伝』のときからの職人だが、名人気質になり、船を造ることに打ち込み続け、やがて、それを次の世代に引き継ごうとした。

●**張横**《ちょうおう》（**船火児**《せんかじ》）　一一一八年時点　四四歳

『お互い、地味な仕事をしてきたものだ、といまは思う』（第十四巻「天暗《てんあん》の夢」）

通信の統轄者。敗戦後は、戴宗とともに同志の動向を取りまとめていた。戴宗から任された全国の飛脚網をさらに充実させ、最西端は、西遼《せいりょう》まで飛脚屋が置かれている。一緒の時を長く過ごしてきたわけではないが、二人の息子には深い愛情を持っていた。盗癖があった次男の張平《ちょうへい》を、自らの足で子午山まで迎えに行った。長男の張敬が死んでからは、塞《ふさ》ぎ込むようになる。江南での通信網を整えた直後に青蓮寺の軍に襲われ、童猛とともに乗っていた船が海に流され死亡した。

☆張横の心の中が、読者に最もよく見えたのは、『水滸伝』で張平を子午山へ連れて行くときの旅だと思う。息子二人が独立をし、一人は死んでしまうというような状況の中で、張横は自分の為《な》すべきことを果した。それが、通信網の整備だった。ともに通信網を作り上げた戴宗に対しては、好感を抱いている。

●燕青《えんせい》（浪子《ろうし》）　一一二八年時点　三九歳

『父上。また、銀が役に立ちます。父上の塩が生み出した、あの銀が』（第一巻「天罡《てんこう》の夢」）

元盧俊義《ろしゅんぎ》の従者。父と思い定める亡き盧俊義から、梁山泊の糧道「闇塩の道」のすべてを受け継いでいる。美男子であり、体術の達人である。梁山泊再起の軍資金である銀を、盧俊義の亡骸《なきがら》が眠る梁山湖《りょうざんこ》から引き揚げた。行方不明の楊令を捜索して梁山泊に帰還させるべく、武松、侯真とともに女真の地へ旅をする。青蓮寺の動向を探り、李富と李師師《りしし》に肉薄していった。李師師とは互いに恋心を抱いており、興行中の舞台で、笛と舞で語り合ったことがある。臨安《りんあん》で周炳《しゅうへい》を斃《たお》した際に、頭部を強く打たれ失明。子午山へ向かうが、強引についてきた郝嬌《かくきょう》と夫婦となった。公孫勝に、宋太祖《たいそ》系の印璽《いんじ》と短剣を預けられる。

☆燕青は李師師と恋をしていた。叶《かな》わない恋だった。開封府《かいほうふ》の妓館《ぎかん》へ潜入し、奥の部屋に入ったときに李師師と関係を持ち、そのことをずっと忘れられずにいた。

色々な活躍はしたが、いつも国家や、敵、味方の根本的なところへ触れていくように描いている。失明して子午山へ行くが、視力の一部は徐々に回復してきている。

●宣賛《せんさん》（醜郡馬《しゅうぐんば》）　一一一八年時点　四五歳

『子供の時は、大人になれば見えにくいものを、よく見ることができる。……成長していく、自分の姿だ』（第五巻「地狂《ちきょう》の光」）

覆面の軍師。呉用の代わりを務めようとし、細かいことにまで口を出すようになった。そのせいで、現場の軍人からは煙たがられることもある。童貫を倒した後は、梁山泊の民政に力を入れ、国作りに貢献した。しかし、交易により充分な富が蓄えられると、天下を目指すべきではないかとの思いを強めるようになる。林冲に乗馬の術を叩《たた》き込まれており、息子の宣凱《せんがい》が怪我をしたときには史進の乱雲を乗りこなして駆けつけた。国家による自由市場を認めるよう粘罕《ネメガ》と交渉を続け、そのための法を整える目的で、たびたび金国を訪問する。金国と南宋による梁山泊挟撃《きょうげき》を知るも、粘罕に監禁され、殺害された。

☆これまで呉用がやってきたことを、宣賛が次々にやっていった。憎まれ役まで含めてだ。

憎まれ役を演じながら、自分が憎まれ役だという自覚も持っている。楊令の大きさ、楊令の理想というものをうまく受け入れられず、新国家というものについて持て余しているところがあった。宣賛はA型なんだ。物事に整合性がとれていないと我慢できない。それがやがて、表面に出てくるようになってしまった。

●**蕭譲**《しょうじょう》**（聖手書生**《せいしゅしょせい》**）**　一一一八年時点　六四歳

『人生の、最後の冒険のつもりだった。ずいぶんと、長い冒険になったが』（第八巻「地速の光」）

文書作成担当。もともとは済州《せいしゅう》で書道の教師をしていたところ、呉用に誘われて梁山泊に入山した。宋との長い闘いの中では、偽《にせ》の手紙や通行証などの書類を作ることによって、非常に大きな役目を果してきた。字を真似《まね》て書くことが特技だが、最も難しかったのは秦明の字、どうしても真似られなかったのは晁蓋《ちょうがい》と宋江の字だという。病を得るが、口は達者なままだった。養生所《ようじょうしょ》で病死。

☆『水滸伝』では結構働きどころがあったが、『楊令伝』ではだんだんと偽書を必要としなくなってきた。梁山泊の男たちの中では、珍しく大往生であった。

●**蔣敬**《しょうけい》**（神算子**《しんさんし》**）**　一一一八年時点　四一歳

『私の、戦だ。これまで、古い同志が、戦で死ぬのをいやというほど見てきた。私も、ようやく闘える』（第十四巻「地幽《ちゆう》の光」）

兵站《へいたん》・物流担当。細かな計算が得意。軍に憧《あこが》れを持っていたが武術は使いものにならず、闘いには向いていないと自覚して、兵站で力を発揮するようになった。敗戦後は、孟康《もうこう》とともに北での商いの道を整備し、兵站のための資金を稼いでいた。梁山泊のすべての物資管理を担当する。自由市場を推奨し、物流が梁山泊以外の国でも活発化して必要不可欠なものになれば、梁山泊の外交上の安全に繋《つな》がると考えている。楊令を説得し、中原《ちゅうげん》の二十カ所で十日間の自由市場を開催した。洪水で死亡。

☆かなり開明的な考えをもった人物で、物流というものに眼を向けることができた。自由市場の立役者で、物流の根幹にいるべき人間だったが、物資を守って洪水に流されてしまった。性格はきちんとしており、情報を作っていくという、牽引者《けんいんしゃ》としては堅実なタイプである。

●**郭盛《かくせい》（賽仁貴《さいじんき》）**　一一一八年時点　三二歳

『俺たちのいる場所は、戦場のど真中だ』（第九巻「天雄《てんゆう》の夢」）

元秦明の従者。洞宮山《どうきゅうざん》での新兵の調練を担当した。得物の方天戟《ほうてんげき》の柄《え》は赤く、その先に五色の小旗を付けている。かつての親友、呂方《りょほう》が方天戟の柄を赤く塗っていたためである。二竜山《にりゅうざん》で兄弟のように過ごした楊令と、まともに再会したのは戦場であった。さっぱりとした性格で、兵から好かれている。童貫戦では、新兵の歩兵部隊を率いて戦場の真中に布陣し、戦の場に制約をかけ続けた。南宋軍との戦でも、史進が劉光世《りゅうこうせい》を討つための重石《おもし》として戦場の中心に居続けて、戦死した。
☆『水滸伝』では若手だったが、指揮官として兵を率いるようになっていった。ど真中こそが自分の場所だという、ある意味の愚鈍さを持っている。だが、その愚鈍な強さのようなものを、軍の中で発揮した人物だった。

●皇甫端《こうほたん》（紫髯伯《しぜんはく》）一一二八年時点　六五歳
『なにより、雷光《らいこう》は楊令殿のそばにいるのが、いい薬になる』（第九巻「地察の光」）

敗戦後、段景住《だんけいじゆう》とともに燕雲《えんうん》十六州で広大な牧《まき》を営み、一万頭もの馬を管理していた。青鶻鬼の一党が牧のそばを通った際、かつて自分が見出した楊令の愛馬・雷光の蹄跡《ひづめあと》を見つけるが、段景住以外に口外することはなかった。人間と関わるよりも、馬と一緒にいることを好む。弟子の尹舜《いんしゅん》には馬の扱い方のすべてを教えて、後継者としていた。岳家軍《がくかぐん》が梁山泊の牧の馬の強奪をした際に、死亡する。ずっと酒を断《た》っていたが、段景住が最期に一口だけ飲ませた。
☆梁山泊のメンバーは、馬についてはすべて皇甫端に習っている。馬の愛し方、馬への接し方、馬の見方、すべてである。皇甫端には、最期に一口だけ、酒を飲ませたかった。

●扈三娘《こさんじょう》（一丈青《いちじょうせい》）一一二八年時点　三一歳
『勝つために、死はいとわぬ』（第八巻「天退《てんたい》の夢」）

愛馬・雪嶺《せつれい》に跨《また》がり、日月《にちげつ》二振りの剣を鮮やかに抜き放つ女剣士。「海棠《かいどう》の花」と称される美貌《びぼう》の持ち主。敗戦後は、杭州《こうしゅう》で若い男の姿を装い、白寿《はくじゅ》と二人の息子と暮して残党狩を避けていた。洞宮山で花飛麟《かひりん》と立合い、二振りの剣を遣ってうち負かす。洞宮山から消えた息子たちの救出に向かうが、聞煥章《ぶんかんしょう》の姦計《かんけい》に嵌《はま》り、捕えられてしまう。永和鎮《えいわちん》の館《やかた》で陵《りょう》辱《じょく》の限りを尽されるが、兄・扈成の手引きによって聞煥章を殺して脱出した。その後軍指揮に復帰するものの、心には乱れたものが残ったままだった。花飛麟と婚約を交わした直後、死に向かうような突撃をし、劉光世に負傷を負わせて戦死する。かつて宋江に言われるまま王英《おうえい》と結婚したが、生涯でただひとり、好きになった男は晁蓋だけであった。

☆子供に対する愛情は、深かった。子のために自分の命を懸《か》けるほどだったが、聞煥章に捕えられると、殺されずに延々と陵辱されてしまう。どうにもならない体になってしまった哀《かな》しみを抱えたまま、花飛麟に愛されてしまった。結婚の申し出を受け入れたときには、死ぬつもりだったのだ。

●**鮑旭**《ほうきょく》（**喪門神**《そうもんしん》）　一一一八年時点　三九歳

『ひとつだけ、自分の名だけ、きちんと書けない。それがきちんと書けるようになるために、俺は生きていたような気がするよ』（第十二巻「天満《てんまん》の夢」）

洞宮山で新兵の調練を担当し、その後、一軍を率いる。心の中に凶暴さを持つが、子午山での暮しによってそれを抑えることができるようになった。かつて自分の名前の字を教えてくれた王母の訃報を聞き、号泣した。やがて病を得て養生所に通うようになる。ひと月後に退役を控え、双頭山《そうとうざん》の警備担当に。張俊《ちょうしゅん》の双頭山奇襲を受けて応戦し、かつての美髯公《びぜんこう》・朱仝《しゅどう》のような活躍を見せる。ひとり死域《しいき》に入って敵を倒し続け、部下を守って戦死した。
☆もともと、鮑旭は病死するような伏線を張り続けてきた。だが、ある時にふと考えたんだ。獣のようだった鮑旭が病死して、自分は生きたと思うのか。それは違うだろう、と。鮑旭はインテリな才能は何もないけれど、最初の獣青年だ。もう少し、何か意味があるような死を、与えたいと思った。誰か一人を助けて死んでいくような死を。

●項充《こうじゅう》（八臂那吒《はっぴなた》）　一一一八年時点　四〇歳

『覚悟ってのは、どこかでぽきりと折れちまったりする。納得ってのは、どんなに曲げられても、折れやしねえんだよ』（第二巻「地走の光」）

敗戦時は湖寨離脱の殿《しんがり》を務めた。その後、李俊の命令で、残党狩を避ける兵を船で運ぶ任務に就く。だが、ある時から梁山泊が大敗したことに嫌気がさし始め、山へ引き籠《こも》ってしまった。李俊いわく、「ただの塞ぎの虫」である。軍再編の通達が来て山を降り、水陸両用部隊に復帰した。かつて仲間を連環馬《れんかんば》で殺した呼延灼には、微妙な思いを抱きつつも、敬意を払い続けている。
☆生き残ったが、結構歳《とし》を取った。最初の仲間である樊瑞《はんずい》と李袞《りこん》はすでに死んでしまい、水軍でも、張敬が死んでしまった。そういう状況の中で、だんだんと水陸両用部隊の職業軍人になっていく。自分はそれだけでいいと思うような人生を送り続けている。だが、ある時にふと、樊瑞のような昔の友達が出てきて、死に向かって走ってしまうこともあるかもしれない。それは、作者にも分からないことだ。

●金大堅《きんだいけん》（玉臂匠《ぎょくひしょう》）　一一一八年時点　五八歳
『偽印じゃない印を、この手で彫った。……新しい国の書類には、わしが彫った印が押されているんだよ』（第十巻「地囚《ちしゅう》の光」）

印鑑作成担当。洞庭山にいたときは、しばしば蕭譲とともに李俊のもとへ酒を飲みに行っていた。歳を重ねて、手がふるえるという悩みを口にするようになるが、生涯現役で大量の印を作り続けた。病を得て養生所に入り、楊令、呉用、史進、李俊などが見舞いに訪れる。老衰で亡くなった。
☆古い人間が、病に冒されて死んでいく。かつての梁山泊のメンバーがいなくなっていく。そういう典型を書いた。死に瀕《ひん》して床に臥《ふ》しているところへ、張平が鉄笛《てってき》を聞かせにやってきたりする。そういう愛され方を、金大堅はしていた。

●馬麟《ばりん》（鉄笛仙《てってきせん》）　一一一八年時点　三九歳
『まあ、俺が奪るべき首を、きちんと奪った』（第八巻「地楽《ちがく》の光」）

入山希望者の中から新兵を選別し、洞宮山で調練を行う。呼延灼軍で上級将校を務めた後、一軍を率いるようになった。一見、冷ややかに物事を見ているようで無口だが、心の奥底には熱いものを秘めている。子午山でともに暮した鮑旭には心を開き、よく喋る。片脚で、鐙《あぶみ》を使わず独特な馬の乗りこなし方をする。童貫戦で寇亮《こうりよう》とぶつかり合い首を奪るも、童貫の急襲で左脚を失って戦死した。馬麟が戦場で吹く鉄笛の音《ね》は、澄んだ哀しみを湛《たた》えていた。死後、鉄笛は子午山に届けられている。

☆戦というものは、魅力が出てきたキャラクターを消してしまう。馬麟は、戦の理不尽さをそのまま体現した人間である。

●童猛《どうもう》（翻江蜃《はんこうしん》）　一一一八年時点　三八歳

『俺には、俺の戦場があった。おまえにもな』（第十四巻「天暗の夢」）

李俊の弟分。河水《かすい》（黄河《こうが》）や湖の水深を測り、精巧な水路図を作成する。双子の兄・童威《どうい》が死に、多くの同志を失ってからは、水の底に死者たちの姿を見つけ、会話をするようになった。親しくなった同志の死がつらいため、若い者とはあまり深く付き合わないようにしている。青蓮寺の軍に襲われて、張横とともに、船上で死亡。

☆一卵性双生児の童威が死んでしまった孤独に、だんだんと耐えられなくなってきたが、水の中に、初めて話すべき相手を見つけてしまった。周りの人間からは変なやつだと思われていたが、童猛の水路図によって大型船の航行は安全が保証された。いつも水の底で死者と話をしていたから、最期は同志のもとへ行けるのが嬉《うれ》しかったのだろう。

●孟康《もうこう》（玉旛竿《ぎょくはんかん》）　一一一八年時点　三八歳

『いいか、盗賊ってのはな、度胸がいるんだよ。度胸をつけてから、「替天行道」なんかを読んだもんさ』（第十二巻「地暗《ちあん》の光」）

仲間だった鄧飛《とうひ》に引き摺《ず》られるようにして梁山泊に入山して以降、兵站を担当している。臆病《おくびょう》だと自覚しているが、塩の道に携わって以降は、危険を嗅《か》ぎ分け、大胆に動くようになった。もともと飲馬川《いんばせん》の賊徒であるため、女真の地や遼の地理事情に通じ、燕雲十六州の商人たちとも関係を作り上げている。そこを買われ、杜興《とこう》に重装備部隊用の屑鉄《くずてつ》を集めさせられたことがある。蔣敬が提案した十日間の自由市場に賛成した。北への物資を担当しながら、軍への兵站を担い続ける。

☆賊徒だったときの兄貴分が、鄧飛である。鄧飛は凄まじい死に方をした。一方で、孟康の場合は大して腕も立たない。だが、兵站の腕がよく、物を運ぶことと近道を見つけるようなことには長《た》けていた。『楊令伝』では、そういう特技がどんどん活《い》きてきた。軍があれば、そこに兵站を確実につなぐ。その役割を、いまだ果し続けている。

●陶宗旺《とうそうおう》（九尾亀《きゅうびき》）　一一一八年時点　三五歳

『やらなければならないことがあれば、死ぬまで躰《からだ》を動かしていられるはずだ』（第八巻「天退の夢」）

工兵部隊の隊長。洞庭山で新兵の調練を担当した後、新寨の建設に携わる。李媛《りえん》の重装備部隊とは連携して調練を行った。歴亭《れきてい》の戦では雨の中、夜を徹して泥濘《でいねい》の中に道を作る。解《かい》珍《ちん》のたれを受けついでいる数少ない一人であり、時々料理を振舞っている。雷横《らいおう》の死をただひとり間近で見て、深く心に刻みつけているが、ついにそれを語ることはなかった。朴訥《ぼくとつ》とした喋り方をする。武邑《ぶゆう》の対岸の石積みを強化しようとしていたが、洪水に遭って死亡した。
☆魅力も力もある人物だった。だから、解珍のたれも受け継いでいるし、雷横の死にも立会っている。工兵隊隊長となってからは、難しい仕事をすべて引き受けるようになった。仕事はひとつずつ確実に、昼夜兼行でこなす。石積みに誇りを持ち、洪水が来たときには、「俺の石積みは流されない」と言ってその場に留まってしまった。何よりも、眼に見える石積みを大事にしていた。それがあれば、自分が存在していられると思えたのだ。

●曹正《そうせい》（操刀鬼《そうとうき》） 一一一八年時点　四四歳
『俺は、妓楼《ぎろう》の主人なんてのが、似合ってるんだよ』（第三巻「天富《てんぷう》の夢」）

実戦の経験はないが、敗戦後は洞庭山で新兵の調練を行った。その後は兵站担当に戻り、洞庭山で交易品の輸送や管理を行う。童貫戦では戦場に立ちたいと思っていたが、沙門島《さもんとう》で物資の管理をしていて叶わなかった。戦後すぐ、梁山泊の領土に行きわたる量の物資の収集を始める。蔣敬が提案した十日間の自由市場に賛成。南宋で圧迫された商人たちと手を結び、南の物資の管理と輸送を担当した。楊志に拾われた頃の幼い楊令を知っている、唯一の人物である。

☆楊令を幼い頃から知っているが、彼を理解することはできなかった。戦をやる腕はないが、調整能力があったために物流を担った。今では物流の責任者である。人生に疲れてきているが、若い者のこともきちんと気にかけている。

●杜興《とこう》（鬼臉児《きれんじ》）　一一一八年時点　六〇歳

『いま梁山泊は、いい夢の中じゃ。夢は醒《さ》める。醒めた時、いい夢が現実になっておる。そうするのは、おまえたちの仕事じゃよ』（第十二巻「天貴《てんき》の夢」）

敗戦後、杭州で商家の主人として、扈三娘、陳娥《ちんが》たちと暮していたが、洞宮山に移り、荘《そう》（大きな村）の執事役を担う。かつての主《あるじ》・李応《りおう》の子供たちのことを気にかけており、李応の妻・王妤《おうよ》と連絡を取り続け、梁山泊へ呼び寄せた。自身の希望で、李応の娘・李媛率いる重装備部隊の副官となる。その後、聚義庁の所属となり、交易の道を拓《ひら》くために西域へ向かうなど、多方面での活躍を見せた。李媛・李英姉弟から端を発した波紋を静めるため、「李媛を深く傷つければよい」と、事故死に見せかけて諫死《かんし》した。かつての同志、韓滔《かんとう》と彭玘《ほうき》の喋り方を受け継いでいる。

☆杜興は、死にたがっていた。長生きしすぎたと思い続けていたのだ。色々なところで活躍したが、杜興の一番の活躍は、連環馬で傷を負っていた董進《とうしん》を立ち直らせたことだ。杜興は、董進のことなんか一言も言わない。だが、董進が隊長でいるということこそが、杜興の『楊令伝』での存在証明なのだと思っている。

●蔡福《さいふく》（鉄臂膊《てっぴはく》）　一一一八年時点　五〇歳

『自分が女真族の男でありたいと、俺が心の底から感じたのは、生まれた娘を抱いた時だった』（第十巻「地勇《ちゆう》の光」）

呉用に女真の地に派遣されたまま、阿骨打の幕僚となった。金国全体の意思を、蔡福の判断で梁山泊に伝える。かつては盧俊義のもとで塩の道に関わっており、燕青とは盧俊義の館でともに暮していたことがある。死んだ弟の蔡慶《さいけい》と較《くら》べると、無口。女真族の習慣に従って蔡慶の妻・真婉《しんえん》と結婚し、蔡豹《さいひょう》の父親となる。だが、阿骨打の勧めで馬嫖《ばひょう》を妾《めかけ》とした頃から、真婉とは諍《いさか》いが多くなった。やがて真婉は、蔡豹の眼の前で、蔡福への恨みを訴えながら自殺する。その後、馬嫖との間に娘の蔡燁《さいよう》が誕生した。金国の幕僚内で、粘罕とは良き友人である。病死。

☆楊令と阿骨打、この二人を支えるためなら、蔡福は金国で阿骨打の幕僚になってもいいと考えた。梁山泊に遥《はる》かなる思いを抱きながらも、「ふるさとは遠くにありて思うもの」という心情である。息子の蔡豹に怨《うら》まれてしまったが、もしかすると、真婉のことは本当に好きだったのかもしれない。だが、局所の奥に酢のしみた綿を入れられていることが、哀しかった。作者が一つ気にかかっているのは、蔡福の子供たちの今後である。

●**李立《りりつ》（催命判官《さいめいはんがん》）**　一一一八年時点　四〇歳
『戦がはじまる。誰もが、そう感じているのさ。俺たちは、もうはじめちまっているが』（第十四巻「地捷の光」）

敗戦後も、南の物資を自分で商って資金を稼ぎ、兵站を支え続けた。もともと李俊の弟分で、李俊に従って生きてきた。志についてはどうでもよいと思っているところがあり、梁山泊で死んでいった友の仇《かたき》を討つことが、李立の強い思いである。自由市場の物資の輸送を受け持つ。南宋軍との闘いでは、江南への兵站を担った。公正さを重んじる性格で、かつて部下だった盛栄《せいえい》の左手首を斬り落としたことがある。
☆輸送の専門家として、新梁山泊で重きをなしている。左手首を斬られたことについては、盛栄は「忘れてやってもいい」と言っている。

●**顧大嫂《こだいそう》（母大虫《ぼだいちゆう》）**　一一一八年時点　三九歳
『あたしは、焼饅頭《やきまんとう》を売っていたいよ。それから、人を殺したいね』（第九巻「地正の光」）

揚州《ようしゆう》で侯真と暮していたが、洞宮山に移る。洞宮山では、荘の統轄、法の整備などを行った。その働きを評価され、梁山泊では裁判官を務める。裁判官として働かされることに文句を言いながら、かつての梁山泊と同じように、聚義庁前の広場で焼饅頭を売っていた。李媛の死後、商隊の指揮を担当し、王貴《おうき》、張朔、宣凱の三人を連れて西域へ旅した。そのまま西遼の虎思斡耳朵《フスオルド》に常駐し、商隊の通行を監視する任務に就いた。虎思斡耳朵でも、焼饅頭のような料理を出す食堂を始める。
☆独特のキャラクターを持ち、色んな人間に影響や愛情を与えてきた。面白いもので、「人殺しが大好きなんだ」とは言っても、実はそれほど殺していない。寡婦《かふ》となり、若い男に対して、息子に対するような愛情を感じてしまう。先を見通す眼を持ち、王貴、宣凱、張朔など、次世代の若者に影響を与えた。

●**孫二娘《そんじじよう》（母夜叉《ぼやしや》）**　一一一八年時点　四七歳
『あたしと顧大嫂の酒の相手をしようなんて考える男は、まず梁山泊にはいないよ』（第九巻「地正の光」）

残党狩を避けるために作られた洞宮山で、荘を統轄した。さらに、杭州では商館を経営する。かつて裴宣《はいせん》が済州で作った法を保管していて、梁山泊の法の整備にも関わった。物流の担当となり、沙門島や武邑で荷捌《にさば》きを行う。日本人の源太《げんた》を息子のように思い、「おふくろ」と呼ばれて慕われている。解珍の秘伝のたれを受け継いでいるが、めったに振舞うことはない。やがて、西域への交易品の管理を盛栄とともに担うようになった。
☆亭主を二人も殺されて、寡婦になった。二番目の夫の裴宣は、自分の不注意で死なせたかもしれないと考えている。そういった事情から、どこか男の夢の熱さを冷静に見ているところがある。それは顧大嫂にも共通する思いである。顧大嫂とは共通点が多く、酒を飲んで気が合ったようだ。

●**王定六**《おうていろく》（**霍閃婆**《かくせんば》）　一一一八年時点　三九歳

『俺の走っていく先には、いつも同志がいるよ』（第十二巻「地周《ちしゅう》の光」）

長駆隊《ちょうくたい》の隊長。自身に志があるわけではないが、仲間の役に立ちたいという思いから、ただ走り続ける。牢《ろう》に入っている間に死んでしまった父親のことは、ずっと忘れずにいる。任務の間は、長駆隊用の濃い緑の着物を着用している。梁山泊の商隊が、公淑《こうしゅく》と秦容《しんよう》を残党狩から逃すために、杭州近郊から寿州《じゅしゅう》まで送り届けた。訛里朶《オリド》率いる金軍に襲われた際、急襲を知らせるため、矢を受けながらも梁山泊まで走り抜けて死亡した。

☆自分の仕事が何かということをきちんと心得ていて、自分の仕事の中で死んでいくことができた、幸せな人物である。父の顔を最初に思い浮かべるところは『水滸伝』で書いたが、最期も、父の顔を思い出して死んでいった。

●**白勝**《はくしょう》（**白日鼠**《はくじつそ》）　一一一八年時点　三八歳

『死ぬ時に勇敢になることなんざ、きちんと生きることに較べたら、簡単なことよ』（第二巻「地妖の光」）

楡柳荘《ゆりゅうそう》で残党狩を避けていたが、洞宮山で養生所を開き、新兵の怪我を診《み》る。負傷した祖永《そえい》の手当てをし、一命を取りとめさせた。同じ安道全《あんどうぜん》の弟子・文祥《ぶんしょう》とは時々対立する。洞宮山から本寨、武邑の養生所で医療を担当する。

☆腹の中に盗癖があった。なぜか、盲腸を取られたら、盗癖がなくなってしまった。白勝は、志を持っているわけではない。あるとすれば、死んだ林冲と安道全への思いだけだ。安道全に対する思いから覚えた医学にも、白け始めている。だが、仲間が死んでいくときには、きちんと抱きしめて死なせられる人格ができあがっている。

●**段景住**《だんけいじゆう》**（金毛犬**《きんもうけん》**）**　一一一八年時点　三九歳

『俺は、馬盗人だったんだ。だけど、一度は軍を指揮することができた。それは、誇りだな。忘れたくねえんだよ』（第六巻「地空《ちくう》の光」）

敗戦後、皇甫端とともに、燕雲十六州で牧を営んでいた。燕雲十六州では目立たぬように心がけ、漢《かん》族の馬商人を装う。皇甫端の良き理解者であり、死の間際、ずっと酒を断っていた皇甫端に一口だけ酒を飲ませた。それからは、段景住自身が酒毒に冒されていく。洪水で、水に呑《の》まれた仔馬《こうま》を守ろうとして死亡した。

☆梁山泊の古いメンバーというのは、自らの使命の中で死んでいくことがしばしばある。段景住の場合も、馬を守ろうとして死んでいった。そういう人間を何人も書くと、パターンだと言われるかもしれないが、梁山泊はそういう人間の集まりだったのだ。

軍・本隊

●**花飛麟**《かひりん》**（神箭**《しんせん》**）**　一一一八年時点　一九歳

花栄《かえい》の息子。母を青州《せいしゅう》に残し、梁山泊に入山する。天才肌だが、やや高慢。父譲りの美男子。洞宮山での身勝手な調練を咎《とが》められ、扈三娘と立合うが打ち負かされた。その後、公淑と秦容を子午山に送り届ける任務に就くが、不注意から秦容に怪我を負わせてしまう。自分の弱さを思い知った花飛麟は、王進のもとで修行する。子午山での暮しは、花飛麟に人の暖かさを思い出させるものであった。下山後は史進の下につき、やがて一軍を率いるようになる。扈三娘に惚れており、歴亭の戦場で結婚の約束を交わした。しかし扈三娘の死後は暗さを滲《にじ》ませ、寡黙で峻烈《しゅんれつ》な男になった。金軍との戦で戦死。用兵は鮮やかである。騎射が得意で、馬上に仰向けに倒れるようにして一度に十矢を放つ。岳飛とは、強弓《ごうきゅう》の引き較べをした。入山前に父親と書簡のやりとりをしており、部下と同程度の馬に乗るなど、花飛麟の将校としての姿勢は父の影響を大きく受けている。勘定に細かい。

☆岳飛とはライバル関係だった。この二人にいい戦をさせようと思いながら書いていたが、なぜか死なせてしまった。作者にとっては、残念な死を遂げた男である。

●呼延凌《こえんりょう》（七星鞭《しちせいべん》）　一一二二年時点　二〇歳

呼延灼の息子。母は穆秀《ぼくしゅう》。当初は穆凌という名で、代州で母の亭主のもとで暮していたが、家を出る。洞宮山への旅の途中、李俊に拾われた。呼延灼は入山に反対するが、各軍に配属され、将校としての力量を認められた。花飛麟軍に入り、その後、董進と入れ替えで史進遊撃隊へ。育った環境で苦労したせいか、気を遣いすぎる。父・呼延灼ともうまく話すことができずにいたが、父の最期に「呼延凌」と呼ばれ、初めて親子の名乗りを上げた。呼延灼の死後、その軍を引き継ぎ、花飛麟と並んで一軍を率いる。軍人らしい性格で、童貫戦後も闘うべき敵の姿を求めていた。双鞭を鋳直して作った七星鞭《しちせいべん》を得物とし、父の愛馬である朝影《あさかげ》の仔・早影《はやかげ》に乗る。用兵は堅実。

☆父親の庇護《ひご》のもとで、趙安を討った。そのときに呼延灼の愛情を痛切に理解し、双鞭を一本にして遣うようになった。いまだに、父親への愛情を抱き続けている。

●**李英**《りえい》（**蒼天飆**《そうてんぴょう》）　一二二〇年時点　一六歳

李応の息子。剣と体術は、解宝《かいほう》と親しかった猟師二名に山中で鍛えられ、幼い頃から軍学の書を与えられていた。やがて青蓮寺の残党狩を避け、母の王妤とともに洞宮山へ。母子とも意外な芯《しん》の強さがある。下級将校見習いだったが、呼延灼に副官に抜擢《ばってき》された。呼延灼の死後、呼延凌の下につけられたことから不満を募らせ始める。その後は、郭盛軍の歩兵を指揮した。後から入山した秦容に追い抜かれるなど、実力はあるが出世面で恵まれず、青蓮寺に眼をつけられることとなる。隊商が賊徒に襲われたと思い込み、金軍兵を賊徒と誤認して攻撃した。その後軍を脱走し、扈成の手引きによって斉《せい》軍に加わる。しかし決して志を失ってはいなかった。扈成と劉豫《りゅうよ》を飛刀《ひとう》で殺害しようとし、失敗して自害した。用心深く細々《こまごま》した性格で、縫合用の針と糸を持ち歩いている。怪我をした兵を養生所に見舞うような、部下思いの将校であった。

☆李英は、本当は生き残らせようと思っていた。あの死闘の場から逃げると、戴宗なんかが現われて、本寨へと連れて行かれる。すると楊令が、罰を与えるのだ。その罰を何にしようか、馬糞掃除だと林冲と同じになってしまうから……などと考えているうちに、死んでしまった。

●秦容《しんよう》（狼牙《ろうが》）　一一一九年時点　一二歳
秦明の息子。器《うつわ》の大きさを感じさせる少年。青蓮寺の残党狩を避けて、母の公淑と子午山へ向かう。道中、護衛していた花飛麟の不注意により賊徒に襲われ、顔に傷を残した。子午山を訪れた童貫と立合うが、一撃も打ちこめず、気に圧倒されて負けた。狼牙棍《ろうがこん》を得物とすることから、童貫に「狼牙秦容」とあだ名される。下山後、西夏《せいか》で韓成《かんせい》の護衛を務めたのち、本隊と合流。花飛麟とは、子午山でともに暮していた時期があり、仲が良い。のんびりとした喋り方で、大らかな性格である。林冲の百里風《ひやくりふう》の仔に千里風《せんりふう》と名をつけ、愛馬にしている。
☆秦容は、志よりも、人とのつながり合いのようなものを大切にしている。子午山出身の楊令は、兄貴だと思っている。楽天的で大らかな人物であるため、兵からも好かれている。だが、岳飛に負けてからは悩み、どうすれば勝てるかということを考え込むようになった。

●韓伯竜《かんはくりゅう》　一一二五年時点　二八歳
韓世忠《かんせいちゅう》の異母弟。妾腹《しょうふく》であり、使用人扱いされて育った。そのため暗く、恨みがましい性分である。目立たないが、人を惹きつける人物。大城《だいじょう》で傭兵《ようへい》をやっていたところ、楊令の誘いと公孫勝の説得によって梁山泊入山を決意した。旗は『伯』。童貫戦では目立った活躍がなく、杜興が気にかけていた。また、斉の宰相となった劉彦宗《りゅうげんそう》の弟子であったため、謀反《むほん》の噂《うわさ》が立てられ、楊令が直接会いに行くこともあった。南宋軍との交戦中、兄・韓世忠に討たれる。用兵の才は秀逸だが、武芸は凡庸である。
☆韓伯竜は、少し屈折のあるキャラクターとして書いていた。韓世忠に対しては、兄だという思いはない。韓世忠から犬呼ばわりされる筋合いもないが、犬と呼ばれて兄に討たれてしまった。

●山士奇《さんしき》（魑刺将《ちししょう》）　一一一九年時点　二九歳
黄鉞《こうえつ》とともに、もともとは田虎《でんこ》の軍におり、鄔梨《うり》に可愛がられていた。流浪の間、張清は二人を将校見習いとして扱っていたが、北の寨を築く頃に、揃《そろ》って上級将校に引き上げた。その後は郭盛軍で歩兵の指揮をする。歩兵指揮でも馬に乗らないのは、自分の脚で兵たちの状態を把握するためである。大柄でぼそぼそ喋り、兵たちとはよく対話する。剣は強く、素手でも十人は相手にする。組打ちが得意。一九〇cm、一〇〇kg。

●**黄鉞**《こうえつ》（**獅殺将**《しさつしょう》）　一一一九年時点　三一歳
張清の下で、上級将校に昇進した。その後は花飛麟軍、呼延凌軍で騎馬隊の指揮をする。眼に険があり、中肉中背。一七〇cm、六〇kg。

●**祖永**《そえい》（**摸着雲**《もちゃくうん》）　一一二〇年時点　二六歳
杜遷《とせん》の甥《おい》。入山前、伯父《おじ》から時々手紙をもらっていた。新兵時、宋軍に襲われるが、洞宮山で白勝の手術を受けて命を拾う。馬麟軍の上級将校となり、馬麟の戦死後、花飛麟軍へ移る。童貫戦で負傷し、花飛麟に看取られて立ったまま死んだ。一七〇cm、七〇kg。

●**黄表**《こうひょう》（**九頭虫**《きゅうとうちゅう》）　一一二二年時点　二八歳
張清軍の下級将校だったが、花飛麟軍へ移る。先頭で突っ込んでいく癖を抑えようと、花飛麟が旗手に任命した。偉丈夫《いじょうふ》で、馬上で片手に旗を持ち、片手で巧みに剣を遣う。歴亭の戦で戦死した。董進に密かに九頭虫とあだ名をつけられていたが、呼ばれることはなかった。
☆作者の頭の中には、郁保四《いくほうし》があった。

●**鄧広**《とうこう》（**列缺鬼**《れっけつき》）　一一二五年時点　四三歳
桃花山《とうかざん》出身の古い将校。上級将校となることを希望していなかったが、董進に推薦され、戦死した黄表の代わりに花飛麟軍の上級将校となった。軍営での暮しを好み、かつて惚れた女がいたが、今は思いの中に残しているだけである。史進とは同年齢で、気易く呼び捨て合う仲。馬を強奪した岳家軍との闘いで負傷してからは、現役引退して調練担当となる。金軍奇襲時、予備兵を率いて梁山泊の防衛にあたった。

●**蒼貴**《そうき》　一一二七年時点　二一歳
花飛麟軍の将校。童貫戦の最中、鄧広が兵から下級将校に引き上げた。鄧広のあとに上級将校となる。動きに無駄がなく、兵の気持ちをよく摑《つか》む。花飛麟らとともに、陶宗旺に鹿肉《しかにく》と解珍のたれを振舞われたことがある。

●**鍾玄**《しようげん》　一一二二年時点　二七歳
呼延灼子飼いの将校。東光《とうこう》と清河《せいが》の奪取作戦直前に上級将校に昇進した。もともと晋州《しんしゆう》の田舎《いなか》役人であったが、『替天行道』を読み、憑かれたように梁山泊に入山した。凡庸だが、それが確実さにも繫がっている。大きな戦況を見ることはできず、深く物事を考えることもないが、与えられた場所できちんと力を尽すことができる男である。呼延灼の死後、引き続き呼延凌軍で上級将校を務める。愚直で公平な指揮官。

●**曾潤**《そうじゆん》（**遠鐘児**《えんしようじ》）　一一二〇年時点　二二歳
洞宮山で新兵として調練を受ける。梁山泊軍の兵だった兄は戦死している。優れた統率力と判断力を持つが、血気盛んな性格。入山する際の気の逸《はや》りを危惧《きぐ》した鮑旭に、戒めとして指に紐《ひも》を巻かれて、気負うなと言われたことがある。馬麟軍の上級将校となる。童貫戦後は、新兵の調練担当に。調練のときに遠くで喚《わめ》いていることから、遠鐘児とあだ名された。李英の死後、郭盛軍の指揮官となる。がっしりしていて、槍《やり》を巧みに遣う。一八〇cm、八〇kg。

●鳳元《ほうげん》　一一二五年時点　二三歳
郭盛軍の上級将校。宋禁軍との戦闘中に郭盛から突如、周印《しゅういん》、党厳《とうげん》とともに、それぞれ五千の兵を任される上級将校に指名された。蘇州《そしゅう》昆山《こんざん》出身。長身で戟を遣う。童貫戦で、郭盛を庇って戦死した。

●周印《しゅういん》　一一二五年時点　二二歳
郭盛軍の上級将校。代州五台《ごだい》出身。やや肥《ふと》っており、戟を遣う。肥えているが、山士奇と組打ちをするのは嫌がる。

●党厳《とうげん》　一一二五年時点　二四歳
郭盛軍の上級将校。北京大名府出身。中肉中背で、剣を遣う。冷静さを買われ、やがて郭盛の副官となる。

●譙丹《しょうたん》　一一二三年時点　二六歳
鮑旭軍の将校。渭州《いしゅう》軍で、五十人の指揮をしていたが、官に対して許せないことが多く、入山。調練方法に文句を言い、鮑旭に棒の稽古で懲《こ》らしめられたことがある。やがて鮑旭の副官となった。張俊による双頭山奇襲を耐え抜き、鮑旭の死を秋風山《しゅうふうざん》から目撃する。その後、郭盛軍の上級将校となった。巨漢。
●岑諒《しんりょう》　一一二四年時点　四二歳
戦歴が長く、もともと二竜山の出身。桃花山での周通《しゅうとう》の闘いぶりを目《ま》の当たりにし、今でも忘れずにいる。張清の推薦で鮑旭軍の上級将校となった。穴に籠り、じっと耐えるような戦が得意である。退役後は、女房と宿屋を営む予定でいる。双頭山急襲で負傷するが、鮑旭に救われ命を拾った。
☆惚れた女と、梁山泊の中で宿を始めている。そこへ若いやつが行くと、ぐうたらした宿の主人になった岑諒が、鮑旭の話を始めたりするんだ。岑諒が生きているが故《ゆえ》に、鮑旭も忘れ去られることはない。

●田忠《でんちゅう》　一一二四年時点　二四歳
鮑旭軍で上級将校となり、騎馬隊の指揮を執る。粘り強く、時に無謀。郭盛軍に回っていたが、鮑旭の死後、秦容軍の歩兵指揮官となる。南宋軍との闘いでは、三万数千もの歩兵の指揮を任され、岳家軍を崩した。郭盛の死後、その軍を受け継ぎ、戦場の中央に腰を据えて布陣した。

●孫安《そんあん》

韓伯竜軍の将校。小柄。髭《ひげ》はなく、抜け目のない眼をしている。韓世忠との戦闘で負傷し、死亡。

●馬霊《ばれい》

韓伯竜軍の将校。大柄で、顔の半分は髭に覆われる。親分肌。二番手で力を発揮する人物である。五千騎を率いて自由市場の警備を担当した。南宋軍との闘いでは、韓伯竜の死後、その軍を率いて梁山泊の守備にあたる。金軍の奇襲時、呉用の指揮のもとで梁山泊を防衛した。

楊令軍

●郝瑾《かくきん》（叩頭蟲《こうとうちゆう》）　一一一八年時点　二六歳

郝思文《かくしぶん》の息子。梁山泊陥落時、楊令を血眼《ちまなこ》になって探していた。その後は幻王・楊令について、北辺で闘っていた。幻王軍の一隊を率いる。北の地から梁山泊に戻り、文治省《ぶんちしよう》で働く母の陳娥と、久しぶりの再会を果した。楊令のそばでいつも頭を下げているという理由から、叩頭蟲とあだ名される。童貫戦で、童貫に討たれて戦死。北の地でともに闘ってきた郝瑾の死に、楊令は陳娥の前で涙を流した。李媛に好意を抱いていたようである。
☆父・郝思文の血を受け継いで、副官的な人物である。楊令の副官をずっと務めており、副官としては、もしかすると郝思文を超えたかもしれない。楊令には兄弟のような感情を持っていて、女真の地にいたときも、郝瑾だけはずっと楊令の傍《そば》にいた。だから楊令は、郝瑾が死んだときに思わず泣いてしまったのだ。

●張平《ちょうへい》（九紋虎《きゅうてんこ》）一一一八年時点 一六歳
張横の次男。盗癖があったために子午山に預けられ、楊令と兄弟のようにして育つ。子午山を降りてすぐ楊令のもとに駆けつけ、楊令軍に加わった。やがて青騎兵を率いるようになる。何よりも楊令を守ることを第一に考えている。高平《こうへい》に鉄笛を作ってもらったが、練習中に楊令に「うるさい」と言われたことがある。南宋軍との戦闘中、岳飛との闘いで戦死。
☆典型的な軍人である。子午山を降りたら、何の迷いもなく、楊令のところへ行って黒騎兵となった。楊令のほうも、「来るな」とは言わない。兄弟のような阿吽《あうん》の呼吸で、きちんと楊令と繋がっていた。張平が抱いている思いというのは、「兄貴は偉い。俺は、兄貴がちゃんと生きられるようにしなきゃいけない」ということ。ずっとそう思い続け、やがて死んだ。楊令の理想を自らの理想とするのは、自分がなかったということだ。だが、そういう人間だっているだろう。

●耶律越里《やりつえつり》（門神《もんしん》）　一一一九年時点　二四歳

女真族の母と、遼人の父を持つ。熟《じゆく》女真として生きていたが、少年の頃に阿骨打の決起に加わり、楊令の麾下《きか》のようにして闘うようになった。北辺での楊令の闘いを目の当たりにする。北辺での戦の後、梁山泊でも楊令軍の一隊を率いる。金軍将軍の斡離不《オリブ》は叔父《おじ》にあたる。母の故郷がしばしば蒙古《もうこ》の侵攻を受けるようになり、撻懶《ダラン》からの要請で、楊令軍を抜けて北辺へ向かった。門神とは、長身であるため付けられたあだ名だが、本人は気に入っている。

☆北へ行って以降の消息は、分かっていない。

●蘇端《そたん》（斑猫王《はんみようおう》）　一一二〇年時点　二四歳

郝瑾の副官。女真族出身。漢名を作る際、郝瑾と楊令の姓と名を取って郝令《かくれい》と名乗っていた。しかし段景住に名前を変えろと迫られ、蘇琪《そき》と皇甫端の姓と名から、蘇端と改める。剽軽《ひようきん》な性格である。しかし、童貫戦で郝瑾を死なせてしまったという思いが心の傷となった。楊令に巡邏隊《じゆんらたい》隊長に任命され、仕事に打ち込む。

☆男が「所を得る」ということがある。蘇端は、巡邏隊で所を得た。郝瑾が死んだのは自分のせいではないかという思いがあったが、巡邏隊で、その自責の念を晴らす場所を与えられたのだ。

●蘇琪《そき》（照夜玉《しょうやぎょく》）　一一二〇年時点　二二歳
燕雲十六州の漢人の子。幼い頃から牧で働き、段景住に見出されて皇甫端の助手となった。楊令に誘われて軍に入り、黒騎兵となる。騎乗の武術一般をこなし、特に騎射が得意である。目まぐるしいような速い剣を遣う。寡黙で、人と交わるのが苦手。
☆黒騎兵の象徴として描いている。寡黙な男だが、楊令だけを見て生きてきた。楊令の死後、蘇琪の軍がどうなっていくかは分からない。

遊撃隊
●班光《はんこう》（御竜子《ぎょりゅうし》）　一一二一年時点　一六歳
父親は、牧を営む反権力思想の持ち主。十三歳のとき、父の伝手《つて》で段景住の下に加えられ、牧で暮す。父の死後、史進に見出されて従者となった。花飛麟には戦場で命を救われたことがあり、慕っている。やがて史進の副官となり、耶律越里が去ってからは、蘇琪と並んで楊令軍の指揮官となった。槍を遣い、騎射をよく為す。南宋軍との闘いで、岳飛に討たれて、戦死した。羊料理が得意で、史進に少華山《しょうかざん》の鍋《なべ》と似たものを作らされた。史進をうまく扱える、数少ない若手の人物である。
☆幼くして軍に入ったが、史進などの男の愛情の中で、少しずつ本当の男になって、闘えるようになってきた。だが、成長したキャラクターというのは、どこかで書き手を裏切るんだ。だから、裏切られる前に殺してしまおうと思って、殺してしまった。

●**葉敬**《ようけい》（**赤竜児**《せきりゅうじ》）　一一二八年時点　二五歳
梁山泊将陵《しょうりょう》近くの葉家荘《ようかそう》の保正の息子。背中には昇り竜の刺青《いれずみ》。梁山泊の兵役を拒否して楊令に勝負を挑むが、容易《たやす》くいなされる。そのまま楊令に誘われ、正規軍に加わる。史進に鍛えられ、何度も死域に入った。その後、遊撃隊の指揮官となる。班光とは同室でさまざまなことを語る。呼延凌と立合い、力量を認め合った。高平、五郎《ごろう》と三人で打った日本刀を遣う。

●**鄭応**《ていおう》（**糊塗蟋**《ことしつ》）　一一二八年時点　二三歳
林冲騎馬隊の出身。その前は桃花山、二竜山にいた。史進の下で上級将校に昇進し、一隊を率いるようになる。林冲、史進好みの、闊達な若い将校である。遊撃隊では、穆凌と親しくなった。字は読めるが、幼い頃からの暴れ者。代州で闘蟋《とうしつ》を育てて売る家の次男だったが、役人に恨みを持って入山した。

●**董進**《とうしん》　一一一九年時点　二九歳
史進遊撃隊で、上級将校となる。鄭応と対照的に、普段は慎重な性格で、分を心得ている大人である。呼延灼戦で連環馬の攻撃を受けた後、戦場に出られなくなっていたが、杜興が立ち直らせた。穆凌と入れ替えで花飛麟軍へ。古参の将校となっていく。

☆杜興のことを語り継いでいく人物である。董進がいるからこそ、杜興は死なない。そういうつもりで書いている。

重装備隊

●李媛《りえん》（紅天雀《こうてんじやく》）　一一二〇年時点　二一歳

李応の娘。母は王妤。父と同じく、重装備部隊を率いる。幼い頃から工作が好きで、図面などを書いていた。李応に飛刀を仕込まれ、工夫を重ねて細い短剣を開発した。眼眩《めくら》ましに赤い布の付いた短剣を遣うことから、紅天雀とあだ名される。女として扱われることを嫌う。奉陵《ほうりよう》郊外で攻城兵器を造り、幻王軍の遼侵攻に加わった。李媛の望みは、重装備部隊で開封府を華々しく攻めることであった。そのため、梁山泊が領土を広げようとしないことに不満を申し立てるが、扈大嫂に打ちのめされた。それ以降は、商隊の護衛に重装備部隊の能力を生かすようになる。出奔した弟の李英の行方を、任務を放棄して追跡する。羌肆の軍に襲われ、致死軍に救出されるも、負傷がひどく死亡した。

☆理想先行型の人物である。人間の不条理のようなものを理解しなかったが故に、弟と不幸な間柄になってしまった。

●荀響《じゆんきよう》　一一二〇年時点　三一歳

李応の重装備部隊の将校の生き残り。青蓮寺の残党狩を避けて李媛に付き従い、李媛の重装備部隊でも上級将校を務める。遼での攻城戦では、不平を漏らす兵に剣で厳しく接した。李媛に秘めた恋心を抱いており、女扱いして煙たがられることもしばしば。李媛の死後は気落ちし、秦容が気にかけていた。田忠の代わりに秦容軍に編入されるが、南宋軍との闘いで、秦容の眼の前で岳飛に討たれて戦死した。

大砲隊

●呂皖《りよかん》　一一二四年時点　四一歳

大砲隊隊長。元凌振《りようしん》の部下。もともとは陽気な男だったが、凌振の死を目の当たりにしてから、暗く無口な男になった。巨漢。大砲の音にやられて片耳が聴こえないため、いつも顔を横へ向けている。砲弾を爆発させることよりも、連続して正確に飛ばすことにこだわる。河水の両岸や、船上の大砲なども整備した。大砲作りを何よりも優先しようとし、鍛冶《かじ》の高平とは毎度大喧嘩《おおげんか》になる。

致死軍・諜報

●侯真《こうしん》（一撞鬼《いっとうき》）　一一一八年時点　一八歳

揚州で顧大嫂と暮していた。開封府にいた父・侯健《こうけん》は、高俅《こうきゅう》に無残な方法で殺されていた。天性の身のこなしがあり、燕青に体術を鍛えられた。武松、燕青と楊令を探す旅に出るが、北の地で幻王軍に留まる。郝瑾隊の百人隊長として、臨潢府《りんこうふ》攻めの戦に出た。すぐに黒騎兵となる。眼がよく、夜眼も利《き》く。戦では残酷なところがある。やがて黒騎兵を抜け、公孫勝から致死軍隊長の座を譲られた。新しいやり方で致死軍を率いるが、調略担当の戴宗との確執が大きくなっていく。開封府で、父親を殺した高俅が襤褸《ぼろき》切れのように死んでいくのを複雑な思いで見届けた。戴宗配下の間諜《かんちょう》・徐絢《じょけん》に恋するが、徐絢は任務の途中で死亡してしまう。その後は、ひたすらに任務を遂行するようになった。顧大嫂としばらく暮していたせいか、酒が強い。

●羅辰《らしん》　一一二二年時点　二四歳
十四歳で公孫勝に拾われ、致死軍に入る。つらく厳しい状況を好み、任務が難しいほど燃える性格である。「志はない」と言うが、『替天行道』は大切にしている。体術と鉄球打ちの技が遣える。羅辰にとって酷薄な父であった公孫勝は、羅辰を孔亮《こうりょう》のような部下にしようとしていたが、侯真を見出してからは、その補佐役として「劉唐《りゅうとう》になれ」と言う。侯真が致死軍隊長となったとき、初めて指揮官の下に入ることの喜びを滲ませた。

●喬道清《きょうどうせい》　一一二五年時点　二六歳
大男で、顔の半分は赤い髭に覆われる。もとは喬洌《きょうれつ》という名で韓伯竜のところにいたが、公孫勝に惹かれ、従者として名乗り出た。僧形《そうぎょう》となり、喬道清と名を変えて公孫勝と行動をともにするようになる。戴宗の死後、褚律《ちょりつ》とともに諜報担当となった。公孫勝からは、

「晩年に、いい友ができた」と言われる。

●**褚律《ちよりつ》（白打鬼《はくだき》）**　一一二〇年時点　二三歳

呉用の護衛。もともとは方臘の護衛である婁敏中《ろうびんちゆう》の体術の弟子だった。自身は信者だったわけではなく、方臘の死後、呉用について梁山泊へやって来た。船に弱く、酔う。呉用の指示で旅に出され、燕青が子午山へ行ってからはその後任を務めるようになる。赫元《かくげん》と立合い、羅辰の援護で殺さずに捕えることに成功した。羌肆の軍に包囲される中、侯真から白打鬼とあだ名される。

●**徐絢《じよけん》**　一一二五年時点　二一歳

戴宗配下の間諜。男と関係することを任務とする。閨《ねや》の技しか持たず、それを誰に仕込まれたかは、口を閉ざしている。滑州出身。両親は西域から来たようで、抜けるような白い肌に、灰色がかった瞳、赤っぽい髪の持ち主。六歳の頃、京兆府《けいちようふ》（長安《ちようあん》）の金持ちに引き取られ妾となるが、十三歳のときに商人は殺され、戴宗に拾われた。戴宗に『替天行道』をもらって読み、志を抱く。開封府の妓館で働いている間に、侯真と出会い、自然と男と女の関係になった。侯真からは、遊妓をやめるよう言われるが、徐絢自身は、志のためなら男に抱かれることも厭《いと》わない。南宋の建国に伴って南京応天府《なんけいおうてんふ》に移り、混乱する宮殿から太祖系の系図を持ち出して死亡した。

水軍・水運

●上青《じょうせい》(太湖蛟《たいここう》)一一一八年時点　四二歳

楡柳荘で塩の商いをしている、李俊の弟分。見た目は旦那《だんな》か商人のようだが、李俊の弟分四人のうちで最も荒っぽい。太湖周辺を仕切る。費保、倪雲、狄成のならず者三名を、李俊から預けられた格好であった。用心深い性格で、太湖畔に隠し桟橋をいくつも作っている。梁山泊の交易のため、西域の巨大な湖のそばに商館を構えた。西域の物資の管理者として、梁山泊最西端にいる男である。

●費保《ひほう》(赤鬚竜《せきしゅりゅう》)　一一一八年時点　三八歳

李俊の弟分。敗戦時、倪雲らとともに梁山泊撤退の役目を負った。若い頃は暴れ者だったが、馬鹿にされるのが悔しくて字を覚え、『替天行道』を上青からもらって読んだ。能力のバランスが取れており、学識、良識もある。荷の積み方など手際がよく、交易船の指揮にも従事する。赤みがかった髭を蓄えているため、赤鬚竜とあだ名される。食にこだわりがある。

●倪雲《げいうん》(捲毛虎《けんもうこ》)　一一一八年時点　三六歳

李俊の弟分。費保、狄成の三名の中では軍学のことを最も考えており、宣賛と李俊に口頭で軍学を習った。水上戦では船隊の指揮を執るが、瓊英の交易船の護衛につくことも多い。

字が読めない。一八五〜一九〇㎝ほどの大男。

●**狄成《てきせい》（瘦臉熊《そうれんゆう》）**　一一一八年時点　三〇歳

赤い手甲《しゅこう》をつけた斬りこみ隊の赤手隊《せきしゅたい》を率いる。用心棒の父親と流れ歩いていたが、父親は賊徒に殺された。十三歳で李俊に引き取られ、一年後、上青に預けられる。武芸は父親に教えられ、幼くても大人に負けることはほとんどなかった。剣、戟をよく遣い、武器を執ると、ふっと冷静になるところがある。楊令の勧めで、板斧《はんぷ》を遣うようになる。童貫の死後、宋禁軍の頂点に立った李明《りめい》の首を奪った。李俊のことは「大兄貴」と呼び、恐れながらも非常になついている。酒を飲むと泣き上戸《じょうご》になる。字が読めない。

☆同じような純粋性を持つ李逵《りき》と違うところは、李逵より長生きしてしまったことだ。そのため、人生を自分で決めてこなかったという自覚を持ち、悩み始めている。

●**張敬《ちょうけい》（波濤児《はとうじ》）**　一一一八年時点　二〇歳

張横の長男。潜水部隊隊長。叔父の張順《ちょうじゅん》に、潜水の技を教えられた。瓊英の交易船に乗って日本へ行ったことがあり、日本刀を手に入れた。韓世忠に捕えられた阮小二を救出して死亡。叔父のあだ名を一字変えただけの浪裏赤跳《ろうりせきちょう》と呼ばれるのを嫌がっており、波濤児は自分でつけたあだ名である。死後は、張順に鍛えられていた伍覇《ごは》が、潜水部隊を引き継いだ。

●趙林《ちょうりん》（急単飼《きゅうたんか》）　一一一八年時点　二三歳
造船担当。十歳で造船所に売られ、さらに宋水軍に連れてこられた。梁山泊軍に拿捕《だほ》された宋水軍の船底に隠れていたのを、阮小二に見つけられて以来、造船を手伝っている。造船技術のすべてを伝えられており、阮小二の後継者とも言うべき存在。船大工の料理として、阮家の鍋を作ることができる。外洋船の試しで日本へも行ったことがある。
☆阮小二の下で船の造り方と、船に対する職人のありようを叩き込まれた。今後、梁山泊に関係する船舶の建造責任者となる。

商隊・交易
●韓成《かんせい》（望天吼《ぼうてんこう》）　一一一八年時点　二九歳
韓滔の息子。農耕のかたわら、剣と槍の稽古を積んでいた。敗戦後、父の戦友だった呼延灼を探し出し、梁山泊に入山した。祖父・韓審《かんしん》は代州の伝説的な軍人であり、韓成は祖父の血を濃く受け継いでいる。呼延灼軍の上級将校であったが、やがて副官となる。方臘軍の残党を率いるが、死を恐れない彼らの闘い方を目の当たりにして、深い衝撃を受けた。さらに、生き残った兵たちを江南の洞宮山へ行かせるという楊令の判断に、反発を覚える。西夏での工作活動に派遣され、商隊の通行許可をもらうことに成功した。郤妁《げきしやく》と結婚する。望天吼というあだ名は、方臘軍残党を率いることになったときに、広場で天を仰いで吼《ほ》えるような仕草をしたことから、花飛麟が命名した。

☆人の死生観を見つめ直さざるを得ない場所に立ってしまった。そのために、「志のために死ねばいい」とは思えなくなった。楊令の死生観が理解できず、反発心を示した。これは、方臘軍の残党を率いさせた楊令の責任である。

●宋万《そうまん》
方臘を警固する最精鋭の五百騎を率いていた。方臘に命だけを捧げるために名前は捨てていたが、呉用に宋万と呼ばれるようになる。方臘軍の敗北後、生き残った兵とともに梁山泊に加わる。方臘軍の残兵は死を恐れない者たちだったが、宋万だけは志にも理解を示した。のち、韓成とともに、商隊の護衛を務める。大柄。

●郤妁《げきしやく》　一一二八年時点　一八歳
子午山の近くに住んでいた娘。裕福な家に生まれたが、両親が眼の前で殺された。美人だが、振舞いは粗野である。馬に乗り、剣を遣う。飛礫で兎《うさぎ》を捕まえるのが得意。男勝りな性格で、蔡豹を弟分にし、秦容とは友人以上の関係ではなく剣の稽古などを一緒にしていた。文字を読む練習のため、『替天行道』を朗読する。子午山を降りた秦容に付いて西夏へ向かった。韓成の護衛として西夏に留まり、のち結婚する。

●瓊英《けいえい》
張清の妻。一一一八年時点　二九歳
☆商人としての自立性が高く、梁山泊の一員には加わっていない。海外にいる期間が長く、張清のことは愛しているけれど、夫の生き方と自分の生き方は別のものだと割り切っている。息子の張朔には、梁山泊の志を強要することなく、自分で行きたい道を選べと言う。そして自分は自分のやりたいことをやる、自立した女性である。

やがて海外へも眼を向け始め、梁山泊水軍の大型船を遣って、日本と交易を行うようになった。青磁、宋銭、経典、毛皮などの物資を売り、日本からは銀、昆布《こんぶ》、絹などを買う。日本奥州《おう》の安東《あんどう》一族とは強い信頼関係を築き上げている。瓊英が日本から持ち帰った砂金は、西域の物資を買うのに遣われ、梁山泊の交易の道になくてはならないものとなった。やがて日本の十三湊《とさみなと》に商館を構える。

●鄔梨《うり》
瓊英の養父で、盲目の商人。杭州の商館で交易の相談役を務める。気に入った商人を夕餉《ゆうげ》に招くことで、さまざまな知識を仕入れる。美食家であり、南国の珍しい食べ物などに独自の料理法を試して、客に振舞う。視野が広く頭脳明晰《めいせき》な人物で、楊令の交易の構想にも影響を与えた。病死。
☆盲目になったが故に、物の流れや時代の趨勢《すうせい》がよく見えるようになった。それを楊令や李俊に語り、養孫の張朔にも多大な影響を与えた。だから、『岳飛伝』での張朔の判断の中には、鄔梨の価値観もかなり入っているはずだ。

●五郎《ごろう》

日本人。源太とともに、土地問題のいざこざで安東一族の長《おさ》から日本を追われた。鄔梨から中華のことをさまざま教えられた。瓊英の助手として、交易船に乗って日本まで同道する。杜興の護衛として西域にも旅をした。五郎の日本刀が、史進や葉敬に日本刀を遣うことへの興味を抱かせた。日本との交易担当となった張朔には、日本語を教える。

●源太《げんた》

五郎とともにやってきた日本人。孫二娘を慕い、養子となる。あまり日本へは帰りたくないようで、聚義庁にいることが多い。梁山泊で死んでもいいと考えている様子。

●盛栄《せいえい》（紡鴉《ぼうや》）　一一一八年時点　三四歳

商人。かつては梁山泊の一員だったが、賄賂《わいろ》をもらったり銀をごまかしたため、李立に左手首を斬り落とされ、出奔した。その後、商人として成功する。なくした左手首の先には、鉄の鉤《かぎ》をつけている。滄州《そうしゅう》に商いの基盤を造り、他への伝手も持つ。商いの相手として梁山泊と組み、大きな利益を上げる。呉乞買とも商いの関係を持つ。小柄。

☆左手首を切断されて梁山泊を出て行った格好だが、梁山泊に対する憧れは捨てきれなかった。だが商人としての才能があり、やがてその力が梁山泊の中で活きるようになった。

●張朔《ちようさく》　一一一九年時点　五歳
張清と瓊英の息子。父に飛礫の技を習う。狄成とは仲がよく、一緒に剣の稽古をしていた。幼い頃、公孫勝に「致死軍に入りたい」と言ったことがあるが、商いに興味を示すようになる。王貴、宣凱とともに扈大嫂に預けられ、西域まで旅をした。その後、水軍による日本との交易を担当する。日本へも行ったことがある。
☆父・張清を見るのと同時に、母・瓊英の姿も見て育った。そのため、海に対する憧れを抱く。それを李俊も見守ってきた。張朔と狄成の関係は、兄弟のようでもあり、父子のようでもあり、叔父と甥のようでもある。

●王貴《おうき》　一一一八年時点　七歳
扈三娘と王英の息子。母親に似て顔立ちはいいが、短足。長らく洞宮山で暮す。扈大嫂に預けられ、西域まで旅をした。その後、西域への商隊指揮を担当する。
☆扈三娘の性格の一部分を受け継いでいて、やや傲慢《ごうまん》。自分が強いと思い込んでいるが、根性はある。

●宣凱《せんがい》　一一二〇年時点　三歳
宣賛の息子。寨の外の家で母・金翠蓮《きんすいれん》と暮す。狄成に剣を習い、父を守るために強くなることを望んでいた。やがて顧大嫂に預けられ、西域まで旅をする。その後、蔣敬のもとで物流を担当。戦場に出たいという思いを抱くが、自分が臆病であることも知っている。荷くずれに巻き込まれて右脚を怪我し、杖《つえ》に頼る生活となったため、軍への未練は捨てた。
☆軍への志望を捨ててから、判断力、思考力がかなり完成してきており、大人びた少年になっている。

●牛直《ぎゅうちょく》　一一二七年時点　一三歳
西夏の商人の子。中興府《ちゅうこうふ》で武松と出会う。父親は商売に失敗して税金を払えず、役人に連れて行かれたまま首を吊《つ》った。商人として盛栄の下で働くが、心の底には、最初に出会った武松を慕う気持ちがある。

鍛冶・建築・馬匹《ばひつ》・食堂

●高平《こうへい》（鉄鈔豺《てつしょうざい》）　一一一九年時点　二九歳
鍛冶職人。兵を志望して二竜山へ行ったが、まだ幼かったために鍛冶へ回された。十五歳のときから湯隆《とうりゅう》のそばについて、鍛冶の技術を学ぶ。梁山泊陥落時は水軍にいた。その後、洞庭山、梁山泊本寨と移動し、武邑の船着場に鍛冶屋を構える。師・湯隆を越えるため、鉄にさまざまな工夫を凝《こ》らすといった向上心を持ち、宣賛に書物なども借りて学ぶ。優れた武器を作ることができ、梁山泊の男たちに次々と仕事を頼まれるので大変多忙である。張平の鉄笛や呼延灼の七星鞭なども作り、日本から仕入れた砂鉄で日本刀も打った。筋骨隆々。

●**田峯**《でんぽう》　一一二四年時点　二八歳

鍛冶職人。高平の一番弟子。いい腕を持っているが、関心を持てないことはやりたがらない。非力だが細かい仕事は得意で、文祥が使う鍼《はり》なども打った。のちに梁山銭《りょうざんせん》の鋳造担当になる。中肉中背。

●**陸博**《りくはく》　一一二四年時点　四六歳

鍛冶職人。高平の副官格。もともとは湯隆の弟子だった。湯隆は腕を買っていなかったが、高平は部下の統率力を認めていた。鍛冶場の職人たちの面倒を見る。小柄。

●**劉策**《りゅうさく》　一一一九年時点　二九歳

大工。李雲《りうん》の一番弟子。鍛冶屋と同じように引っきりなしに仕事を頼まれるため、多忙である。

☆花飛麟、呼延凌、李英らと同年代。あの連中とは通じ合うものがあって、よく話をしていた。

●尹舜《いんしゅん》（神駆馬《しんくば》）　一一二六年時点　一九歳

馬匹、牧の管理担当。代州雁門《がんもん》出身。馬と話せる。十七歳のときから皇甫端の身の回りの世話をしていた。馬医者の資質があり、皇甫端が馬の扱い方のすべてを伝え、最後を託した。

●朱樺《しゅか》・朱杏《しゅきょう》

朱貴《しゅき》・朱富《しゅふう》兄弟の異母妹と姪《めい》。李俊に忻州《きんしゅう》から呼び寄せられて、武邑の大型船船着場で食堂を始める。朱貴や朱富が作っていたのと同じ魚肉饅頭を提供し、兵たちの人気を博した。梁山泊軍と童貫軍の交戦中、岳飛もこっそりと来店した。

☆武邑に咲いた唯一の花。洪水に遭ってしまって、今は行方知れず。

養生所・薬方所《やくほうじょ》

●文祥《ぶんしょう》（小華陀《しょうかだ》）

医師。安道全の弟子。鍼治療などもできる。洞庭山で医療を担当し、その後、本寨の養生所へ移った。蘇良《そりょう》はじめ、三人の弟子を育てた。洪水の後は、疫病を流行《はや》らせないために奔走した。

☆文祥は、「小型安道全」である。梁山泊の医療関係の総責任者になっていくが、中には文祥と合わない人間も出てくる。

●毛定《もうてい》　一一一八年時点　三七歳
医師。安道全の弟子。呼延灼軍について、北で医療を担当する。童貫戦では本寨の養生所に戻り、文祥らとともに怪我人の治療に奔走した。洞庭山の医師となるが、その後、梁山泊内北の束城《そくじょう》の養生所へ異動することになった。内科は不得意だが、外科手術は得意。☆外科に関しては天才的だが、内科方面が不得意。それによって文祥と対立し、目立たない存在になっていく。薛永《せつえい》が薬草についてまとめた冊子を、毛定も持っているらしい。

●蘇良《そりょう》　一一二五年時点　二六歳
医師。文祥の一番弟子。縫合などもできる。童貫戦で、大量の患者を前に尻込みしていたが、金翠蓮に叱咤《しった》と励ましをされた。梁山泊内南の清河郊外の養生所で、民衆の診療を担当。治療した少年に慕われるなど、民衆の暮しに根ざした医師となっている。

●馬雲《ばうん》
薬師《くすし》。薛永の弟子。九年間、薛永の下で学び、薬草学の冊子を託されている。洞宮山で三人の弟子と薬草園を作り、交易用の薬草栽培を指揮する。洪水後の疫病に備えて、大量の丸薬を作った。十六人の弟子がいる。

子午山

●王母《おうぼ》

王進の母。子午山で暮す若者を優しく見守る、慈母のような存在。老いて眼が不自由になり、やがて死去する。死の間際、史進が子午山へ駆けつけて見舞った。

☆王母は、常に母として存在する。

●王進《おうしん》

元宋禁軍の武術師範。一一一八年時点　五二歳

子午山に隠棲《いんせい》してからは、梁山泊の荒ぶる若者たちを迎えいれ、静《せい》謐《ひっ》な暮しの中で彼らを鍛えてきた。公淑と結婚する。焼物を作り、瓦《かわら》なども自作する。やがて、荘に焼物の店を出した。

☆王進は、常に師として存在する。

●公淑《こうしゆく》

杭州近郊で、秦明との間に生まれた息子の秦容と暮していたが、残党狩から逃れるために子午山へ行った。賊徒に襲われて秦容が怪我を負ったときは、必死の手当てを施し、母の強さを花飛麟に見せた。子午山で、王進と結婚する。王母が亡くなった頃から、楊令に書簡を出すようになった。

●郝嬌《かくきょう》　一一一八年時点　二四歳
郝思文の娘。残党狩から逃れ、母の陳娥と杭州から洞宮山へ移ってきた。美人だが、真直《まっす》ぐな性質で、冗談はあまり通じない。文治省で裁判の仕事に携わるようになる。燕青に惚れており、子午山へ強引について行った。失明した燕青のための修行を手伝うなど、献身的な妻となる。酒は飲まない。

●王清《おうせい》　一一一八年時点　七歳
白寿と王英の息子。背が低く、丸顔。長らく洞宮山で暮す。異母兄の王貴と較べて、柔和な性格で、商人になりたがっている。楽器作りに興味があり、自分で演奏もする。燕青と出会って竹の笛に心を奪われ、あとを追って子午山へ行った。子午山で竹の笛を自作し始め、その中の一本は張平に届けられた。

●蔡豹《さいひょう》　一一一八年時点　五歳
蔡慶と真婉との子だが、蔡慶の死後は、蔡福の息子として育てられる。真婉から蔡福への恨みを聞かされて育ち、母親の自殺を眼の前で目撃してしまう。その出来事は、蔡豹の心に深い傷と憎しみを刻み込んだ。武松の手で子午山へ連れて行かれるが、いまだ養父への憎悪を消せずにいる。王進が荘に出した焼物の店で商いをする。

青蓮寺・宋の文官

●李富《りふ》　一一一八年時点　五三歳

『私は、この宋という国を、根底から生まれ変らせたい』（第六巻「地空の光」）

青蓮寺総帥。梁山泊の残党狩や帝の浪費の牽制など、国家運営のために裏で策謀を巡らす。だが、やがて宋と帝を見限り、帝の寵妓《ちょうぎ》であった李師師とともに、王安石《おうあんせき》が目指した国家の実現に死力を尽すようになった。それに伴い、青蓮寺の中枢は妓館に移されていく。李師師と関係を持ち、子をもうけた。江南で趙構《ちょうこう》を即位させ、臨安府を都とする南宋を建国する。老いてなお野心を燃やし、南宋の皇太子に、太祖七世の孫として趙昚《ちょうしん》を冊立《さくりつ》した。占星師に扮《ふん》した呉用に、暗殺される。

☆袁明《えんめい》の下で青蓮寺を統轄していたときは、それなりの国家観を持っていた。だが、宋が腐敗していくのを止められなくなり、そこで初めて個人的な野心を持ってしまった。

●李師師《りしし》

元帝の寵妓。李富と結びつき、王安石が夢見た国家を目指す。妓館の青蓮寺を差配し、百名を超える部下を全国の州庁、県庁に配している。かつて燕青と関係を持ったことがあり、互いに恋心を抱いていた。しかしその恋は叶うこともなく、李師師は李富の子を出産する。李師師の年齢や父親の存在など、謎《なぞ》は多い。

●赫元《かくげん》　一一一八年時点　三四歳
李師師の側近。妓館の青蓮寺で部下を統轄し、調略も担当する。李師師には絶対的な忠誠を見せている。李富から、青蓮寺統轄の後継者として指名されていたが、致死軍に捕えられる。公孫勝らの拷問《ごうもん》によって、南宋皇太子・趙昚の出生の真実を吐いた。その後、解放されるも廃人同様となり、李師師の命令で殺害された。
☆赫元への拷問のやり方は、作者が心理的な要素を考え抜いて新しく生み出したものである。美味《おい》しいものを食べて太らせ、みんなが赫元に語りかけ、自分のことをすべて喋らずにはいられない状態にさせる。実際にそんな拷問が存在するのかは知らないが。

●羌肆《きょうし》　一一一八年時点　二六歳
青蓮寺の闇の軍を率いる。細い眼に、しなやかな身体で、中肉中背である。王和《おうわ》に育てられ、高廉《こうれん》に鍛えられた。李富の命令で燕《えん》帝の耶律淳《やりつじゅん》を暗殺したときから、自らの任務に疑問を抱き始めた。闇の軍ではなく、正規軍として働くことに憧れる。李富に呉用の暗殺を命じられるが、本気で実行する気はなかった。方臘戦後は童貫に傾斜し、童貫に認められたいと強く願うようになる。童貫が死んで、宋が倒れてからは、南宋を建国した青蓮寺を守ることに意味を見出そうとした。侯真と争闘中、侯真の代わりに自らを犠牲にした戴宗に殺される。
☆絶えず、自分の居場所について、疑問を抱き続けていた。そして色々な人間に近づくが、どうもうまくいかないのは先肆の甘さ故である。

●周炳《しゅうへい》　一一一八年時点　二六歳

李富の護衛。警固として二十名の手練《てだ》れを率いる。かつての袁明の護衛・洪清《こうせい》のように、李富の居室の隅に静かに控える。李富自身が潰滅《かいめつ》しかかっていた高廉の軍から連れてきたが、もともと、そばに置く人間として高廉に推薦されていた。両親とも、青蓮寺の手の者。母は致死軍の殲滅戦《せんめつせん》で死に、父は樊瑞の拷問で死んだ。体術の相当の手練れだが、燕青に斃された。

●周杳《しゅうよう》　一一一八年時点　一四歳

周炳の従弟《いとこ》。周炳と同じく、青蓮寺の手の者だった両親は北京大名府で殺されている。他の家族は、祖母と妹がひとりいるのみである。幼い頃から体術を遣う。欧鵬《おうほう》の甥・欧元《おうげん》と名乗り、楊令の従者としてそばに仕える。楊令が自分自身だと思えるまで何年も仕え、自分自身を殺すと考えたときに、初めて暗殺ができた。楊令の暗殺後、自殺。

●聞煥章《ぶんかんしょう》　一一一八年時点　四三歳

北京大名府の青蓮寺を統轄する。護衛は文立《ぶんりつ》。銀山を発掘して独自の資金源を持った頃から、独立性が強まっていた。李富とは微妙な距離が生まれる。裏で歴史を操ることに野望を抱き、燕雲十六州に燕建国を画策するも、李富の妨害によって夢は潰えた。長年抱き続けてきた扈三娘への劣情を消しきれず、呂英《りよえい》の工作によってついに扈三娘を捕え、宿望を果した。だが、部下だった扈成の手引きによって、扈三娘に殺害された。

☆李富の同志であったが、あるときから独自の野心を持ち始める。李富とはお互いに謀《はか》り合い、味方でありながらも闘う関係になった。扈三娘に横恋慕したことが、冷徹な精神の命取り。

●**呂英《りよえい》**

聞煥章の間者だった呂牛《りよぎゆう》の息子。父親以上の働きをしようと、体術を磨く。聞煥章、趙安、李富、撻懶など、色々な人物に近づいては情報を売ろうとする。扈成のもとでは、劉彦宗を暗殺。李英を嵌めた罠にも関わる。侯真に捕われ、生死不明。

●**扈成《こせい》**　一一一八年時点　三三歳

扈三娘の兄。祝家荘《しゆくかそう》戦のときは、開封府へ遊学していた。科挙《かきよ》に通る。扈僊《こせん》という名で、聞煥章の下で働く。妹の扈三娘が囚われた際、脱出の方法を教えて、聞煥章殺害の手助けをした。その後、李富に接近する。斉の宰相となった劉彦宗を排除し、その後に宰相となる。張俊とは、互いに利用しあっていた。李英に離間《りかん》をかけて斉軍に誘うものの、失敗。戴宗に暗殺された。大柄で、扈三娘に眼もとが似ている。

☆聞煥章の小型版。斉建国に関しての野心が表に出すぎてしまい、自滅した。

●秦檜《しんかい》　一一二二年時点　三三歳
瘦《や》せていて頰骨《ほおぼね》が目立つ。やや高い声。あまり印象が強くない人物。頭がいいだけの男、というのが李富の最初の評価であった。分析力は抜群で、北の情勢に詳しく、李富、李師師が、廷臣として宮殿に送り込んだ。開封府陥落時、李富の命令で金国の捕虜となる。撻懶との関係を作り、数年後、南宋に戻って宰相となった。南宋での権力を少しずつ大きくし、青蓮寺との対立は細心の注意を払って回避している。岳飛には、文官の本能のようなもので警戒心を抱く。

●劉彦宗《りゅうげんそう》　一一二六年時点　五一歳
燕雲十六州の貧しい家の生まれ。燕京《えんけい》（北京《ペキン》）で私塾を開き、各地に弟子がいる。韓伯竜もそのひとりである。学識はあるが、名誉欲が強く好色でもある。そういった性格を李富にすべて摑まれ、青蓮寺に操られていた。本来は直接統治の考えをもっていたが、従弟の劉豫が帝となった斉に賛成し、斉の宰相となる。扈成の策謀で、呂英に暗殺された。

●蔡京《さいけい》
王黼《おうほ》を傀儡《かいらい》として宰相に立てたが、離反される。王黼、高俅と三人で権力を争う。八十歳を過ぎても権力への執着は衰えず、だが以前の鋭さは失われていった。斡離不らが率いる金軍の開封府包囲の後、流罪となり、護送の途中で死亡する。

●王黼《おうほ》

蔡京に傀儡として立てられた宰相だが、高俅と手を組み、その支配下から脱《ぬ》け出す。狡猾《こうかつ》。弟だという王慶《おうけい》を、留守居の禁軍の指揮官にするが、王慶は梁山泊を討とうとして花飛麟に首を奪られた。病に倒れた高俅を追放し、その姿を見物する。斡離不らが率いる金軍が開封府を包囲したとき、南へ逃げるが死亡する。

●張邦昌《ちょうほうしょう》

王黼の後任の宰相。開封府を包囲する金軍との講和の代償として、金国に連行される。実直で忠誠心が強く、野心のかけらもない老人。金国の傀儡国家・楚《そ》の帝に立てられるが、ひと月しか保《も》たずに消滅。のち、自殺する。

●李綱《りこう》

若手の廷臣。対金強硬派。開封府を包囲する金軍と講和交渉の最中、独断で夜襲をかけた。剛直な男。趙構を南宋の帝に推戴《すいたい》した宗沢《そうたく》とともに抗金を叫ぶが、宗沢の病死後、義勇軍をまとめるほどの人望はなかった。

宋軍

●**童貫**《どうかん》　一一一八年時点　五八歳

『私にとっては、生涯で最後の戦になるのかもしれん。雄々《おお》しく、闘いたい。戦場以外のところで、負けたくはないのだ』（第三巻「地佐《ちさ》の光」）

宋禁軍元帥。宦官《かんがん》であることに耐え続け、戦での勝利を生きがいにする武人。若き楊令に兜《かぶと》ごと斬りあげられて以来、再び戦場で楊令と見《まみ》えることを待ち望んできた。まるで癖のように、右頬の傷跡に触れる。方臘の叛乱を鎮圧するため、帝の命により江南に進軍し、勝利を収める。方臘戦では六十万人もの死者を出し、楊令との決戦を前にして、童貫は子午山にかつての師・王進を訪《おとな》った。梁山泊との闘いを生涯最後の戦と思い定め、退役後は王進のように山中に隠棲することを望む。岳飛には息子に対するような感情を抱き、戦のすべてを伝えようとした。梁山泊軍との決戦で楊令と馳《は》せ違い、吹毛剣で討たれた。

☆男の誇り、軍人の誇り。男が夢中になるような全てのストイシズムを持つ。自分が宦官であることを全く恥じていない。自らの戦に対する美学を持ち、その美学の中で幸福な戦死を遂げた男である。

●**高俅**《こうきゅう》

禁軍の将軍。儀仗兵《ぎじょうへい》を指揮。蔡京、王黼との政争に明け暮れる。耶律大石《やりつたいせき》ら率いる燕軍と趙安率いる宋禁軍の闘いに、勅命をもって横槍を入れ、燕京を自分の手で陥《おと》そうとするも、蕭珪材軍《しょうけいざい》に大敗。戦場で受けた傷が癒《い》えず、不意の病を得て屋敷に引き籠る。その間も帝の機嫌を取り結ぶが、再度病に倒れ、王黼に追放される。塵芥《ちりあくた》のような最期を迎えた。

●趙安《ちょうあん》　一一一八年時点　四四歳

宋禁軍で、童貫に次ぐ第二位の将軍。穆弘、花栄と渡り合って死ななかった男。用兵は老練の域に達しており、堅実な指揮をするが、野戦は不得手《ふえて》である。耶律大石らが率いる燕軍と激戦を繰り広げるが、高俅の横槍による帝の勅命で闘いは終熄《しゅうそく》し、悔しさを味わった。梁山泊軍との決戦で、かつての戦友だった呼延灼の息子・穆凌に討たれた。

●岳飛《がくひ》　一一一九年時点　一六歳

『どういうかたちであろうと、俺は民のために闘う』(第十一巻「地好《ちこう》の光」)

相州湯陰県《しょうしゅうとういん》の、富農の家の出身。ずば抜けた武芸の才を持つ。慕っていた師が死んだため、十五歳で故郷を出て、黎城《れいじょう》の劉光世を訪ねる。傭兵として賊徒の討伐をしていたところ童貫の眼に留まり、宋禁軍へ。童貫の従者からやがて将軍格へと成長していく。傭兵時代に楊令と出会っているが、「子供か」と一蹴《いっしゅう》された苦い記憶がある。童貫の死後は、南宋軍に加わることなく、隆徳府《りゅうとくふ》を拠点に岳家軍を率いた。背には『盡忠報国《じんちゅうほうこく》』の刺青を入れる。崔如《さいじょ》と結婚し、五人の子供たちの養父となり、紀雲《きうん》も養子として岳雲《がくうん》と名乗らせる。その後、さらに二子をもうけた。梁山泊軍や蕭珪材軍との戦から敗北感が拭《ぬぐ》えず、自領の民の叛乱に傷ついていたが、志を新たにすることを決意する。『岳』の旗を『飛』に変え、抗金の誓いを立てて南宋軍に加わった。梁山泊軍との交戦中、金軍の奇襲によって命を救われ、屈辱を抱いた。楊令に右腕を斬り飛ばされるが、楊令は暗殺により死亡。岳飛は命を拾い、生き延びることとなった。十六歳時、一八二cm、七〇kg。二十歳時、一八五cm、八〇kg。

●劉光世《りゅうこうせい》　一一一九年時点　二八歳
黎城軍の上級将校だったが、童貫に見出されて禁軍へ。方臘戦後、童貫の副官となる。梁山泊軍との闘いでは正式な将軍として出陣するも、扈三娘の捨身の突撃で重傷を負い、撤退した。童貫の死後、開封府防衛軍を指揮する。南宋の帝となった趙構を兀朮《ウジュ》率いる金軍から守って転戦、南宋禁軍の総帥となった。岳飛を少年のときから知っており、気にかけている。梁山泊軍に負けが続き、だんだんと酒量が増えている。副官は陸碩《りくせき》。

●張俊《ちょうしゅん》　一一二三年時点　二八歳
光州《こうしゅう》軍の上級将校。畢勝《ひっしょう》が見出し、方臘戦で頭角を現わした。やがて童貫に引き抜かれて、禁軍の将校となる。方臘戦の度人《どじん》が心の傷として残っており、梁山泊戦では劉光世とともに、韓成率いる方臘軍残党に心を乱して潰走した。童貫の死後、北京大名府を拠点に張家《ちょうか》軍《ぐん》を率いる。乱世の中で、一国の軍を総帥として率いることを望み、扈成を通じて斉禁軍の総帥となった。しかし金国に踊らされることに我慢ならず、抗金を唱えて南宋に鞍替《くらが》えする。

劉光世とは歴亭でともに闘ったことがあるが、次第に微妙な関係となっていく。大柄で、全身の毛が濃い。副官は厳徳《げんとく》。

●**韓世忠**《かんせいちゅう》　一一二三年時点　二七歳
冀州《きしゅう》軍の上級将校。八歳で母を亡くしてすぐに養母が家に入り、十二歳から十五歳まで養母と肉体関係を持つ。養母が若い男に殺され、その関係は終わった。武挙《ぶきょ》（武官登用試験）を通っているが自ら地方軍を志願し、冀州で将軍格の指揮官となった。刹那《せつな》主義の天才肌で気ままなところがあり、軍規を無視するために昇格は遅れている。童貫が眼をつけ、方臘戦後に禁軍に呼ぶが、ついに従うことはなかった。沈着にして勇猛。きれいごとを嫌い、領土を拡張しようとしない楊令には嫌悪を抱く。梅展《ばいてん》から宋水軍を譲られ、李富に売り込んで南宋の正規水軍となった。梁山泊軍と岳家軍との決戦では、騎馬隊を率いて援軍に現われるも、すぐに戦線を離脱した。養母との関係から、女性に対する不可解な感情がトラウマとして残っており、心のどこかに破壊衝動があるのを消せないでいる。

方臘軍
●**方臘**《ほうろう》　一一二〇年時点　四〇歳
『もし負けても、後悔はせぬ。ともに滅びればよいことよ』（第三巻「天富の夢」）
江南で叛乱を目論む宗教指導者。若い頃に科挙を通っている。大柄で猜疑心《さいぎしん》が強い。「喫《きっ》菜事魔《さいじま》」を唱え、死ぬことこそが喜びであるという「度人」を信徒に推奨する。呉用も惹かれるような、理不尽で不可解な宗教的魔力を持っていた。白装束姿で、赤い号旒《ごうりゆう》を靡《なび》かせる軍を自ら率いて戦場に出る。趙仁と名を変えた呉用の軍師としての活躍と、石宝《せきほう》、許定《きよてい》らが率いる正規軍、数十万もの信徒の力によって、江南一帯を支配下に置いた。度人の群れは、叛乱鎮圧のため出動した童貫軍を大いに苦しめた。江南全体で六十万人もの死者を出し、敗北。焼死した。一八〇cm、八五kg。

●**石宝《せきほう》**　一一二〇年時点　三九歳

方臘軍の総帥。石元帥《せきげんすい》とも呼ばれる。茫洋《ぼうよう》とした眼をしており、小柄で痩せている。声は見かけより太い。剣をよく遣う。もともと方臘の幼友達。武挙に通りながら、軍の理不尽に腹を立てて浪人となり、傭兵として部下を抱えていた。その後、方臘と再会する。正規軍を率いて宋禁軍と渡り合うが、敗北。童貫は石宝に敬意を表し、最期は岳飛に首を落とさせた。童貫と正々堂々闘えることに喜びを感じるような、清冽《せいれつ》な魂の軍人であった。一五五cm、五〇kg。

●**許定《きよてい》**

元南京応天府の将軍。青蓮寺によって、偽装叛乱工作のため江南へ送られる。睦州で塾を開き、方臘に接近した。次第に方臘に心酔するようになり、正規軍を率いて宋軍と闘う。宋禁軍相手にいい闘いをしたが、戦死。息子は開封府の役人である。

●包道乙《ほうどういつ》　一一二〇年時点　四九歳

石宝が正規軍を統《す》べるのに対し、信徒を統率している。石宝とは不仲だが、敵味方になることはない。信徒の軍を指揮する鄧元覚《とうげんかく》とは、軍中の信徒の序列を二人で定める。宋禁軍との闘いで鄧元覚は戦死、包道乙は方臘と最期をともにする。

金国

●阿骨打《アクダ》　一一一八年時点　三三歳

金国初代皇帝。漢名は完顔旻《かんがんびん》。生女真《せい》を糾合《きゅうごう》して遼と闘い、金を建国した。「幻王」としてともに闘った楊令とは、同志以上の強い結びつきを持つ。金国と梁山泊、二つの国を建てるという盟約を楊令と交わしていたが、夢叶わぬまま病死した。

●呉乞買《ウキマイ》　一一一八年時点　二七歳

阿骨打の弟。漢名は完顔晟《かんがんせい》。幻王を名乗って山中の離宮にいたが、会寧府に呼び戻される。阿骨打が没し、金国の二代目皇帝となる。民政の手腕はあるが、軍事は粘罕、斡離不、撻懶に頼る。商いに興味を持ち、自ら交易を為した。遼の帝と密かに結ぼうとするなど小ずるいところがあり、公孫勝に牽制された。死の間際に勅命として、楊令を三年以内に討つよう、兀朮に命じ、粘罕、撻懶はその勅命の証人となった。

●**完顔成**《かんがんせい》　一一二一年時点　二九歳

阿骨打の副官。女真族と遼との戦では、幻王の指揮下に入ったこともあった。金建国後は、金軍の総帥となる。阿骨打の存命中は軍を率いることに迷いがなかったが、だんだんと政事との絡み合いに苦労するようになった。岳家軍に大敗後、敗戦の責任をとって総帥の任を兀朮と交代する。楊令の遺児の居場所を知る人物である。

●**粘罕**《ネメガ》　一一二一年時点　三四歳

完顔部の族長の一人。父親は阿骨打の従兄《いとこ》。漢名は宗翰《そうかん》。学識に富んでおり、命じられたことをこつこつこなすので目立たなかったが、やがて丞相《じょうしょう》として力量を発揮した。金国朝廷内では撻懶と対立する。だが政争に勝利し、中原に傀儡国家・斉を建てることに成功する。さらに、阿骨打の嫡孫である合剌《ホラ》を皇太子に冊立し、その後見となった。自由市場のための交渉に来た宣賛と会談を持ち、その卓抜な才知にかすかな屈辱感を覚える。しかし金国は自由市場を認めず、宣賛を殺害し、南宋と結んで梁山泊を挟撃することを決定した。蔡福とは、互いに通じ合う仲。眉《まゆ》が濃く、目鼻立ちがはっきりしている。

●撻懶《ダラン》　一一二二年時点　三九歳
阿骨打の従弟。阿骨打が病に臥してから、斡離不とともにそれぞれ三万の兵を率い、はるか北辺の地から会寧府まで出てきた。育ての親であった烏古乃《ウグナ》のもとでは、軍学を学ぶ。大柄で、きちんと具足をつけ兜を被る。烏古乃の死後、斡離不と不仲になるが、深いところでは繋がっていた。父を北辺へ追いやった伯父（粘罕の祖父にあたる）に対する恨みを晴らしたいという気持ちを持つためか、金国朝廷内で粘罕と対立する。人付き合いには抜け目がなく、開封府攻撃の際、援軍に来た李俊に飾りのついた短剣を手渡したことがあった。秦檜を通じて、李富と繋がりを持っている。副官は捜累《そうるい》。軍師は休邪《きゅうや》。
☆北辺から中央情勢まで出てきたときに、視野の広い人物に変貌していく。やがて、兀朮と不即不離の関係になる。

●斡離不《オリブ》　一一二二年時点　三六歳
烏古乃の息子。北辺の地で、撻懶の補佐役として育てられていた。大柄で、獣の皮の被り物をつける。撻懶の上品な軍と較べて、粗野で勇猛な軍を率いる。木の枝で歯を磨く癖があり、帝の不興を買った。耶律越里は甥にあたる。病死。

●斡本《オベン》　一一二七年時点　二六歳
阿骨打の庶長子。金軍の将軍として開封府に入るが、金国朝廷での政争の行方を心配して、北帰を企てる。だが、岳家軍に打ち負かされ、蕭珪材に守られて帰還。阿骨打の息子という思いが傲慢さを生んでいたが、やがて慎重さが出てきた。軍指揮では兀朮に及ばず。軍事から民政に移り、粘罕と二人で政事を回す。偉丈夫で、精悍《せいかん》な顔を黒い髭が覆う。

●兀朮《ウジュ》　一一二八年時点　二六歳

阿骨打の息子。金軍を率いて、趙構を討つため南進する。劉光世に振り回されるが、唐《とう》昇《しょう》が軍師としてつき、徐々に将軍として成長していく。楊令とは、幼い頃に顔を合わせてはいるが、親しんだ記憶はない。末弟の訛里朶が梁山泊の商隊を襲撃した際は、弟の身柄を引き受けるため、単身で謝罪しに向かった。完顔成の退役後、金軍総帥となる。「幻王を討て」という呉乞買の遺勅を守るため、梁山泊を奇襲した。しかし戦は敗北し、楊令に右脚を斬り落とされる。

☆金軍の総帥となって撻懶と不即不離の関係になるが、呉乞買の遺勅の呪縛《じゅばく》から逃れられず、結果として楊令を裏切ることとなった。

●訛里朶《オリド》

阿骨打の息子で、四人兄弟の末弟。金軍の将軍。李媛率いる梁山泊の商隊を襲うが、助けに来た楊令軍の俘虜《ふりょ》となり「金儲《かねもう》けが、そんなに大事か」と楊令を罵《ののし》る。兀朮に身柄を引き取られたのち、幽閉。北の地に流されて四年、北の厳しさが甘さを奪う。復帰後は兀朮のそばで指揮官の心得を叩き込まれ、副官となる。梁山泊戦で、首を討たれて戦死。

●**唐昇**《とうしよう》　一一一八年時点　四四歳

元北京大名府の将軍。青蓮寺の手引きで、祝家荘戦での敗戦責任を負わされる格好で田虎の叛乱に加わるが、やがて青蓮寺とは決別。その後は梁山泊の兵站を受けながら、別働隊のようにして動いていた。正式に誘われるまでは梁山泊に加わらないと言い、金国の中で生きる道を選んだ。同じ漢人の許貫忠《きよかんちゆう》を軍師とする。軍を退役してからは、隠棲。許貫忠いわく、「煮えきらない」性格の人物である。

●**許貫忠**《きよかんちゆう》

もともとは、童貫にも評価されていた宋禁軍の軍師。捕虜として聚義庁にいたが、梁山泊陥落時に離脱した。その後は唐昇の軍師として、金国の幕僚に加わる。高い見識を備えた人物だが、次第に酔漢の老人を装うようになる。斉建国の際、蔡福を通じて粘罕に劉豫を傀儡の帝として立てさせ、対立する撻懶の足を掬《すく》った。その後、死亡。

●**蕭珪材**《しようけいざい》　一一二二年時点　二七歳

『剣が、私に死ねと言ったのか』（第十三巻「地短《ちたん》の光」）

風格漂う若き将軍。遼王室に代々伝わる護国の剣を与えられている。類稀《たぐいまれ》な軍事的才能があり、遼禁軍の精鋭を率いていた。遼帝に連なる家の出身で、宋の軍人の血も引いている。その血の高貴さゆえに、軍では最上位の席次を与えられながらも、意見を述べることは封じられていた。蕭珪材の力を恐れた遼帝は、その軍を遣うことなく、陰山《いんざん》へ逃亡した。遼滅亡後は、耶律大石、耶律披機《やりつひき》と連合し、燕建国のために宋禁軍と闘う。だが燕帝の耶律淳は暗殺され、さらに高俅の横槍で勝敗を決する前に戦は終熄し、蕭珪材は金軍へと迎えられた。金軍内ではどんな命令にも忠実に従い、常に超然とした態度を貫く。蕭珪材軍には兵の補充がされずにいたが、それは自ら完顔成に頼んでのことだった。最後まで軍人としてあり続けるが、護国の剣で守るべき国を持たないことに、虚《むな》しさにも似た気持ちを抱いている。蕭家《しょうか》の財産はすべて、金国で商人となった息子に譲っている。岳家軍と闘い、岳飛との一騎打ちとなるも、護国の剣が折れて戦死した。副官は麻哩泚《まりせい》。

西夏

●李乾順《りけんじゅん》　一一二六年時点　四一歳

西夏の帝。虚弱だった兄の李桂参《りけいさん》に代わって帝となり、西涼府《せいりょうふ》を都のようにして私兵を養う兄とは微妙な仲である。皇太子の名は仁孝《じんこう》と言い続け、皇子に二人の仁孝がいる。政争の狭間《はざま》で、年長の皇太子である李仁孝は李桂参に毒殺され、李桂参も公孫勝に暗殺された。

●李憲光《りけんこう》　一一二七年時点　五六歳
西夏の丞相。皇太子の李仁孝とそば仕えの奎道《けいどう》に押されていた。帝が下の皇子にも仁孝の名をつけるのを認める。

西遼

●耶律大石《やりつたいせき》　一一二一年時点　四七歳
遼北部の大軍閥。遼帝が西走しても動かず。玄珠《げんしゅ》と呼ばれる石で領地を潤してきた。髡髪《こんぱつ》むき出しの頭に、顔半分は髭に覆われる。細い眼をした偉丈夫。聞煥章の語った燕建国の夢に賛同し、耶律披機、蕭珪材と連合した燕軍を率いて、宋禁軍の趙安と闘った。北辺にいた頃は遼禁軍を軽く見ていたが、ともに闘う二人の将軍には敬意を抱き始める。終戦後は、私兵を率いて西へ向かった。西遼を建国し、梁山泊などの商隊の通行によって国を成り立たせている。副官は陀汗《だかん》。

その他

●梁興《りょうこう》　一一三三年時点　三〇歳
漢陽《かんよう》の商人。南宋建国時に中原からやってきた商人に強い反発心を持っている。岳飛とは馬が合い、岳家軍の兵糧《ひょうろう》や物資を仕入れる取引を行った。馬なども乗りこなし、戦好きである。小男で、エネルギッシュな人物。

年表

西暦	梁山泊の出来事	宋、金国、他国の出来事
一一一五	梁山泊《りょうざんぱく》、陥落。楊令《ようれい》、宋江《そうこう》より『替天行道《たいてんぎょうどう》』の旗を託された後、行方不明となる。	阿骨打《アクダ》、金《きん》を建国する。 阿骨打、熟女真《じゅくじょしん》の拠点・黄竜府《こうりゅうふ》を陥《おと》す。 遼《りょう》軍、帝《みかど》の親征で出動するも金軍に大敗。
一一一八	燕青《えんせい》、李俊《りしゅん》らと梁山湖《りょうざんこ》底の銀を引き揚げる。 呉用《ごよう》、燕青、李俊、公孫勝《こうそんしょう》、史進《ししん》、宣賛《せんさん》らが再起のための会合を持つ。 燕青、武松《ぶしょう》、侯真《こうしん》、楊令を探す旅に出る。 李俊、瓊英《けいえい》に水軍の大型船を提供し、日本との交易が始まる。 洞宮山《どうきゅうざん》に築いた荘《そう》に、残党を収容する。 花飛麟《かひりん》、扈三娘《こさんじょう》と立合い敗北する。 盛栄《せいえい》、李立《りりつ》と再会し、梁山泊との商いを始める。 武松、幻王と名乗る呉乞買《ウキマイ》と面会する。	幻王《げんおう》、遼と熟女真を相手に苛烈《かれつ》な戦《いくさ》を続ける。 李富《りふ》、数度にわたり梁山泊の残党狩を行う。 梁山泊の銀の探査に失敗した陸謙《りくけん》を処断。
一一一九	太湖《たいこ》の洞庭山《どうていざん》を新たな拠点とすることを決定	宋《そう》、金国に使節を出す。阿骨打、宋と海上の

	する。 花飛麟、秦容《しんよう》と公淑《こうしゅく》を連れ子午山《しごさん》へ向かう。 洞宮山に新兵が集まり始める。 燕青と武松ら、幻王として女真の地で闘っていた楊令と再会。梁山泊帰還の意志を問うも応じず。侯真、幻王軍に加わる。 聚義庁《しゅうぎちょう》から開戦の許可が出され、呼延灼《こえんしゃく》、張清《ちょうせい》、史進が真定府《しんていふ》の軍とぶつかる。 呉用、趙家村《ちょうかそん》の保正《ほせい》・趙仁《ちょうじん》と名を偽り、江南の方臘のもとへ潜入する。 楊令、武松の右手首を斬《き》り落とす。 項充《こうじゅう》、山籠《やまごも》りから水陸両用部隊に復帰する。 洞庭山で、本格的な部隊編制が始まる。 公孫勝、北の地へ楊令に会いに行く。	盟を結び、遼を挟撃《きょうげき》することを決定する。 江南《こうなん》の方臘《ほうろう》のもとに信者が集まり始める。 李師師《りしし》の働きで、帝の土集めが止《や》む。 幻王軍、遼陽府《りょうようふ》を陥す。 遼軍、金宋の同盟を知り、宋との国境を侵犯する。 呂英《りょえい》、聞煥章《ぶんかんしょう》と接触する。 金国の首都、会寧府《かいねいふ》と名を改められる。 宋と金国、遼挟攻のための会議を持つ。 蔡福《さいふく》、唐昇《とうしょう》と許貫忠《きょかんちゅう》の二人と接触し、金軍に引き入れる。 童貫《どうかん》、黎城《れいじょう》で岳飛《がくひ》と出会う。黎城の上級将校・劉光世《りゅうこうせい》を禁軍《きんぐん》将校に引き上げる。
一一二〇	白勝《はくしょう》、洞宮山で新兵の祖永《そえい》を治療する。 洞宮山に『替天行道』の旗が揚がる。 呉用、鎮海府《ちんかいふ》で楊令と会談し、今後の大きな	李富と李師師、江南を視察してまわる。 方臘、趙仁（呉用）を北へ旅に出す。 岳飛、深州《しんしゅう》で楊令に出会うが、「子供か」と

戦略について語り合う。

冀州《きしゅう》の東に新寨《しんさい》の建設を始める。

楊令、梁山泊に帰還する。

楊令、幻王軍を率いながら李媛《りえん》の重装備部隊と連携し、遼で攻城戦を始める。

瓊英、日本人の五郎《ごろう》と源太《げんた》を連れて帰国する。

皇甫端《こうほたん》の牧《まき》にいた蘇琪《そき》が、幻王軍に加わる。


一蹴《いっしゅう》される。

公孫勝の工作により、信徒と宋軍がぶつかり合い、方臘の乱が始まる。

方臘正規軍と宋軍が開戦。

金国、海上の盟に従い、遼に進攻を始める。

岳飛、宋禁軍に加わり、童貫の従者となる。

方臘、杭州《こうしゅう》を陥す。正規軍のほかに、信徒からも軍を組織し始める。繁昌《はんしょう》の宋軍に圧勝し、江南をほぼ制圧する。

李媛の重装備部隊、遼の首都である上京臨潢府《じょうけいりんこうふ》を陥す。遼の帝は陰山《いんざん》へ逃亡する。

一一三

宣賛、洞庭山から北の新寨に移る。

楊令、子午山へ行き、王母《おうぼ》と会う。

班光《はんこう》、史進の従者となる。

張横《ちょうおう》、子午山へ張平《ちょうへい》を迎えに行く。花飛麟

金軍、梁山泊の重装備部隊と連携し、中京《ちゅうけい》大定府《だいていふ》、西京大同府《せいけいだいどうふ》を陥す。

方臘の叛乱《はんらん》が拡大し、南京応天府《なんけいおうてんふ》の軍が半数を失うほどの大敗を喫する。

宋禁軍に南北同時出動の勅命が出され、童貫、地方軍出動の権限を得る。

聞煥章、耶律大石《やりつたいせき》と接触して燕《えん》建国の構想を

	も下山。王進《おうしん》、公淑と結婚する。 楊令、遼での攻城戦を終えて梁山泊に戻り、新頭領として迎えられる。北の寨を梁山泊と名付け、『替天行道』の旗を揚げる。洞宮山は生産の拠点、洞庭山は物資の貯蔵基地、水軍の拠点となる。 花飛麟、史進遊撃隊に加わる。張平は楊令のもとへ行き、幻王軍に加わる。	語り、帝に耶律淳《やりつじゅん》を推戴《すいたい》する。 童貫、江南へ出動し、方臘征討に当たる。 幻王軍、郭薬師《かくやくし》率いる遼軍を蹴散《けち》らす。 趙安《ちょうあん》、燕京《えんけい》攻略のため北へ出動する。 耶律大石、燕京にいた旧遼軍の精鋭である耶《や》律被機《りつひき》、蕭珪材《しょうけいざい》と連合する。
一一二三	公孫勝、臨安《りんあん》に呉用救出に向かうが、呉用は方臘を庇《かば》って脱出を拒否する。 花飛麟、賊徒征伐中に秦檜《しんかい》と出会う。 王母、死去。 花飛麟、宋軍を破り王慶《おうけい》の首を奪る。 楊令の策により、梁山泊軍は東光《とうこう》と清河《せいが》の間	趙安、葉超《しょうちょう》を梁山泊軍にぶつけるも大敗。 童貫、長江《ちょうこう》を渡渉《としょう》して宣州《せんしゅう》を制圧する。 燕京で、趙安率いる宋禁軍と、耶律大石ら率いる燕軍がぶつかる。 唐昇、旧遼軍の兵を金軍に編入する。 楊令、阿骨打を裏切った族長らの首を奪《と》る。 阿骨打、呉乞買を皇太子に指名する。 童貫、連環馬《れんかんば》で度人《どじん》の群れを蹂躙《じゅうりん》する。 耶律淳、李富の命により羌肆《きょうし》に暗殺される。 燕軍は勢いを失い、耶律被機が戦死。

	の地域を一気に制圧する。	勅命により、趙安は燕京の戦闘を停止する。
一一二三	馬麟《ばりん》と郭盛《かくせい》、冀州軍を率いる韓世忠《かんせいちゅう》とぶつかる。 穆凌《ぼくりょう》、花飛麟隊から史進遊撃隊に異動する。 呉用、燕青と武松に江南から救出され、洞庭山へ向かう。 韓成《かんせい》、方臘軍残党を一軍として率いることが決定される。	耶律大石、私兵を率いて西へ向かう。 唐昇、蕭珪材を金軍へと引き入れる。燕京は金国が陥したかたちとなり、宋に譲られる。 秦檜、開封府《かいほうふ》で李富、李師師と会う。 童貫、方臘軍に勝利し、叛乱を鎮圧。岳飛が石宝《せきほう》の首を討つ。方臘は焼死。 阿骨打、崩御。 呂英、王貴《おうき》と王清《おうせい》を攫《さら》う。
一一二四	扈三娘、息子たちが行方不明となった洞宮山へ駆けつける。 鮑旭《ほうきょく》軍と史進遊撃隊が、河水《かすい》を渡渉した韓世忠軍とぶつかる。 杜興《とこう》、重装備部隊を離れて聚義庁の所属へ。 呉用、李俊が江南から保護した蒼香《そうこう》と結婚。 侯真、新たな致死軍《ちしぐん》隊長となる。 侯真、単独で王貴と王清を救い出すが、戴宗《たいそう》	呉乞買、金国の二代目皇帝に即位する。 蔡福の妻・真婉《しんえん》が自殺。蔡豹《さいひょう》は、武松によって子午山へ連れて行かれる。 秦檜、宋朝廷内で力を持ち始める。 幻王軍が解散。その一部は蕭珪材軍に加入。 童貫、岳飛を隆徳府《りゅうとくふ》へ派遣する。 聞煥章、息子たちをえさにして扈三娘を捕えることに成功。宿願を果す。

	の非難を浴びる。 武松、永和鎮《えいわちん》に扈三娘を迎えに行き、文立《ぶんりつ》を斃《たお》す。 楊令、洞庭山に呉用を迎えに行く。	李富と李師師の子が誕生。 扈三娘、兄・扈成《こせい》の手引きにより聞煥章を殺害して脱出する。 岳飛、韓世忠と調練を行う。 童貫、子午山にかつての師・王進を訪《おとな》い、秦容と立合う。
一一二五	張平、新たに編制した青騎兵を率いる。 宋禁軍と開戦。 韓伯竜《かんはくりゅう》が梁山泊に加わり、喬洌《きょうれつ》が公孫勝の従者となる。 燕青、開封府に潜入する。 呼延灼軍と史進遊撃隊、李明《りめい》軍を急襲する。 楊令、兵の恐怖を払拭《ふっしょく》するため、童貫軍十一万を断《た》ち割って駆け抜ける。 史進、陳翥《ちんしょ》を討つ。穆凌、趙安を討つも呼延灼が戦死。双鞭《そうべん》を形見に授けられる。 楊令、呼延灼戦死の報に心を乱し、単身、童貫軍に斬り込む。	宋禁軍、梁山泊に向けて出動する。 扈成、青蓮寺《せいれんじ》で聞煥章の後任となる。 王黼《おうほ》、病《やまい》に倒れた高俅《こうきゅう》を追放。 公孫勝、旧遼帝と結ぼうとしていた呉乞買を牽制《けんせい》する。呉乞買は幻王を恐れ、唐昇を遣って旧遼帝を殺害する。 童貫軍、北京大名府から出動する。 童貫、金軍の南下に備え、李明に真定府軍の指揮を命じる。

穆凌改め呼延凌《こえんりょう》、呼延灼軍を引き継ぐ。

蕭 譲《しょうじょう》、死亡。

歴亭《れきてい》で扈三娘と花飛麟軍が、劉光世と張 俊《ちょうしゅん》軍に対峙《たいじ》する。花飛麟、扈三娘と結婚の約束を交わすが、扈三娘は劉光世に重傷を負わせて戦死。黄 表《こうひょう》も戦死する。

郭盛、本寨を守備していた新兵を率いて出撃。

張清、劉 譲《りゅうじょう》に飛礫《つぶて》を食らわせ、戦線を退《ひ》かせる。その後、棗強を奪取しようとするが、岳飛に討たれて戦死する。

韓成、方臘軍残党を率いて蕭珪材の援軍に向かい、李明相手に大きな犠牲を出す。

馬麟、寇亮《こうりょう》の首を奪るも戦死。

祖永、戦死。史進、劉譲を討つ。乱戦の中、郝瑾《かくきん》も戦死する。

楊令、童貫を討つ。梁山泊軍の勝利で戦闘は終結する。

李俊、梁山泊水軍を率いて李明軍を奇襲。狄《てき》

童貫、梁山泊内に進軍、岳飛が棗強《そうきょう》を奪取。

秦檜、宋の使者として金国を訪れ、対宋開戦を延期させる。

劉光世と張俊、韓成率いる方臘軍残党に幻惑されて大きな犠牲を出す。

烏古乃《ウグナ》が死去。斡離不《オリブ》と撻懶《ダラン》が対宋開戦派に転じる。

唐昇を先鋒《せんぽう》に、完顔成《かんがんせい》、斡離不、撻懶が燕京へ進攻。西京大同府を陥して宋領に進攻するも、李明とぶつかり退却する。勅命により、蕭珪材が出動する。

李明、蕭珪材軍に打ち払われ退却する。

岳飛、梁山泊内で姚平《ようへい》、牛坤《ぎゅうこん》と出会う。

青蓮寺、北の商人たちの財を接収し、優秀な役人の選別を始める。

金軍が南進を続け、劉光世が開封府防衛軍を組織する。

	成《せい》、李明の首を奪る。李俊ら、金軍の陣へ。 公孫勝、喬冽改め喬道清《きょうどうせい》に、開封府の妓館《ぎかん》から徐絢《じょけん》を身請けさせ、南京応天府に移す。	宋の帝・徽宗《きそう》が退位。長子に帝位が譲られる。 高俅、死亡。 岳飛、負傷兵の呉玠《ごかい》・呉璘《ごりん》兄弟と出会う。
一一二六	楊令、新たな梁山泊の領土を決める。楊令、梁山聚義庁にて全体会議が開かれる。楊令、梁山泊の目指す国の姿について語る。 楊令、韓成の率いた方臘軍残党とともに畠《はたけ》の開墾《かいこん》をする。 蘇端《そたん》、巡邏隊《じゅんらたい》の隊長となる。 呉用、宣賛、孫二娘《そんじじょう》によって梁山法が作られ始める。 楊令、交易の道の構想をまとめる。 武松と上青《じょうせい》、交易準備のため西域へ向かう。 戴宗、南京応天府近くで李師師に肉薄し、致死軍を囮《おとり》に使うも取り逃がす。 杜興、耶律大石のもとへ、交易の道を通すための交渉に向かう。五郎が供。	金軍、開封府を包囲し、上皇、宰相など、宋の廷臣が南へ逃亡する。宰相の王黼、死亡。 講和交渉中に李綱《りこう》が金軍に奇襲をかけ、詫《わ》びの親書提出のため、劉光世が急遽《きゅうきょ》出動する。 講和が成立し、金軍は張邦昌《ちょうほうしょう》を連行して撤退する。 岳飛、軍閥を率いて隆徳府へ向かう。 張俊、軍閥を率いて北京大名府を拠点とする。 岳飛、隆徳府を拠点として、晋州《しんしゅう》、威勝軍《いしょうぐん》（郡）を制圧する。賊徒を征伐し、民政を整える。 罷免《ひめん》された李鋼が復帰し、流罪となった蔡京《さいけい》が死亡する。 金軍が再び開封府を包囲。李富、妓館を消滅

	李媛、開封府を攻めるべきだと強弁し、顧大《こだい》嫂《そう》に締め上げられる。 楊令、江南の地を見てまわる。鄔梨《うり》と会談し、方臘軍残党を洞宮山へ派遣する。	させる。 韓世忠、宋水軍の梅展《ばいてん》とともに、金国の開封府攻撃軍の兵糧《ひょうろう》を奪う。
一一二七	領内の戸籍整備が始まる。 武松、西夏《せいか》で牛直《ぎゅうちょく》と出会う。 韓成、西夏での工作活動のため、蕭珪材の書簡を携えて西夏の帝に会いに行く。 徐絢、南京応天府の宮殿から宋国開祖の系図を持ち出し、死亡する。	金軍、開封府を陥落させ、帝をはじめ宋王室の者を会寧府へ連行。宋王朝の廃止を宣言。 秦檜、金国の捕虜となる。 呉乞買が張邦昌を帝に推戴し、中原《ちゅうげん》に金国の傀儡《かいらい》国家・楚《そ》を建てる。 南京応天府で宗沢《そうたく》が趙構《ちょうこう》を推戴し、抗金の義勇兵を募る。張邦昌、楚を放り出して南京応天府へ逃亡し、その後自殺する。 斡本《オベン》、張家軍《ちょうかぐん》を一蹴して南下、開封府を占拠。 趙構、劉光世に守られ南京応天府から離脱。
一一二八	葉敬《ようけい》、梁山泊の兵役を拒否していたが、楊令に誘われて正規軍に加わる。	

一一二八（続き）

楊令軍と呼延凌軍の騎馬隊が張家軍とぶつかり、張俊の力を測る。

秦容、郤妁《げきしゃく》とともに子午山を下山し、西夏で韓成護衛の任務に就く。

李俊ら、交易船の安全確保のため、梁山湖に拠《よ》っていた旧宋水軍を潰滅《かいめつ》させる。

金大堅《きんだいけん》、死亡。

韓成、西夏の帝・李乾順《りけんじゅん》の兄である李桂参《りけいさん》に会う。皇太子・李仁孝《りじんこう》暗殺の命令書と引き換えに、商隊の通行許可をもらう。

楊令の護衛する最初の商隊が、西域へ向かう。

欧元《おうげん》、沙谷津《さこくしん》で楊令と出会い、従者となる。

楊令、耶律大石と会見する。

領内の戸籍が完成し、法整備が進む。

岳飛、汾州《ふんしゅう》の賊徒を討滅。崔如《さいじょ》と出会う。

隆徳府の兵糧を焼かれた報復として金軍の兵糧を奪う。汾州の賊徒で俘虜《ふりょ》となった軻輔《かほ》、於乾吉《おかんきつ》、単琅《ぜんろう》が岳家軍《がくかぐん》に加わる。

斡本、開封府から南下して長江北岸に軍を展開する。

宗沢、開封府で抗金の義勇兵を集める。

岳飛、反抗する荘をひとつ討滅する。

岳飛、背に盡忠報国《じんちゅうほうこく》の刺青《いれずみ》を入れ、崔如のもとに通う。のち結婚。

兀朮《ウジュ》、訛里朶《オリド》、蕭珪材が、斡本軍増援のため、長江沿いまで南下する。

宗沢、病死。

一一二九

兀朮、長江を渡渉、江南に進攻。斡本、唐昇に守られ北帰しようとするが、岳飛に撃破さ楊令、商隊の警固を終えて聚義庁に戻る。

西域からの玄珠《げんしゅ》を砂金に替えて、耶律大石の国家建設の資金とする。

皇甫端、牧を岳家軍に襲われて死亡する。

秦容、郭盛軍の兵卒となる。


れる。蕭珪材、斡本を守って岳家軍を突破。

韓世忠、梅展から譲られた旧宋水軍を李富に売り込み、南宋水軍となる。

李富、梅展を巴蜀《はしょく》へ派遣する。

岳飛、梁山泊の牧から馬を強奪するが、伏《ふく》牛山《ぎゅうざん》、隆徳府で梁山泊軍に大敗する。

一一三〇

通信網が西夏まで拡《ひろ》がる。のち、西遼《せいりょう》まで伸長。

呉用、燕青の要請で、宋太祖《たいそ》七世の存在を調べる。

李媛の指揮する商隊が、訛里朶率いる金軍に奇襲される。王定六《おうていろく》、梁山泊に走るも死亡。

李媛、任務を逸脱した弟の李英《りえい》を解任する。

楊令、訛里朶を俘虜とするが、兀朮が単身謝罪に現われ、解放する。


劉光世、李富の命令で趙構を守り抜く。兀朮、趙構を追って江南を転戦するも、会寧府からの帰国命令により北帰する。

斡離不、病死。金国朝廷内で、粘罕《ネメガ》と撻懶の対立が続く。許貫忠の暗躍により粘罕が政争に勝利し、劉豫《りゅうよ》を推戴した傀儡国家・斉《せい》を中原に建てる。都は東平府《とうへいふ》。

南宋《なんそう》が国としての姿を整え始める。宋禁軍旗が揚がり、『抗金』の檄《げき》が飛ばされる。

趙構、紹興府《しょうこうふ》に入る。紹興府に仮の宮殿が置かれる。

撻懶、秦檜を南宋へ帰す。秦檜、南宋の宰相

	杜興と粘罕、燕京で和議交渉を行う。燕青、臨安で包囲される。周炳《しゅうへい》を斃すも、こめかみを打たれて失明する。	となる。 南宋の都が、杭州改め臨安府《りんあんふ》と決定される。
一一三一	杜興、梁山泊に波紋を広げようとした李媛を静めるため、自裁。 燕青、郝嬌《かくきょう》と子午山へ行く。 鮑旭、張俊の急襲から双頭山《そうとうざん》を守って戦死する。 専売品である昆布《こんぶ》の交易により、厖大《ぼうだい》な利が上がり始める。	李富、脊《しん》を趙構の皇太子に冊立《さくりつ》する。 許貫忠、死亡。 岳飛、斉に駐留中の完顔成率いる金軍とぶつかり、打ち払う。 西夏の皇太子、李桂参によって暗殺される。 李桂参、公孫勝らによって暗殺される。
一一三二	張俊への反撃として、北京大名府を占領する。 呉用の策により、北京大名府は経済特区とし、自由市場を立てる。 侯真、臨安府の宮殿を探る。褚律《ちょりつ》、燕青の後任として臨安府に入り、南宋の皇太子・脊についてを調べる。	耶律大石、西遼を建国する。 南宋朝廷が、紹興府から臨安府へ移る。 斉の宰相・劉彦宗《りゅうげんそう》が暗殺される。 張俊、斉と結び、張家軍を率いたまま斉禁軍総帥となる。 粘罕、阿骨打の嫡孫・合剌《ホラ》を皇太子とする。 張俊、江北《こうほく》の抗金勢力・翟興《てきこう》を討つ。

	王清、燕青を追って子午山へ行く。 顧大嫂が王貴、張朔《ちょうさく》、宣凱《せんがい》の三人を預かり、商隊に同行して西域へ旅する。 宣賛、梁山泊を出て北京大名府まで旅をする。	完顔成、再び岳家軍に大敗し、金軍総帥の任を解かれて退役する。 扈成、斉の宰相となる。斉の都が開封府へ移る。 兀朮、蒙古《もうこ》の侵攻に備えて北へ出動する。 完顔成、故郷に帰り、楊令の女と会う。 蕭珪材、陝西《せんせい》の金軍とともに岳家軍を挟撃。 岳飛、蕭珪材と一騎打ち。護国の剣が折れ、蕭珪材は戦死する。自領の民が金軍に加わって背後を衝《つ》かれ、戦は大敗。
一一三	斉の商人が梁山泊に出入りし始める。 褚律、霊璧《れいへき》で赫元《かくげん》の居場所を捕捉《ほそく》するが、致死軍とともに光肆の軍に包囲される。戴宗、致死軍の危急を知らせに走る。秦容軍が駆けつけ、赫元を捕える。 梁山泊軍、張家軍を潰滅させる。 楊令、梁山泊内で岳飛と会う。 南宋に捕われた阮小二《げんしょうじ》を救出し、張敬《ちょうけい》戦死。	呉玠・呉璘兄弟、岳家軍を抜けて巴蜀の義勇軍に加わる。 李富、阮小二を捕えるも、梁山泊水軍に奪回

	蔣敬《しょうけい》、青州《せいしゅう》の商人たちと会談し、中原の二十カ所での自由市場開催を決定する。李英、隊商が賊徒に襲われたと誤認し、金軍を攻撃。呂英に誘われて梁山泊軍を離脱し、斉禁軍に加わる。	される。岳飛、『岳』の旗を『飛』に替え、抗金の誓いを立てて南宋軍に加わる。岳飛、南下して黄陂《こうひ》に岳家軍の本営を置き、漢陽《かんよう》の商人・梁興《りょうこう》と出会う。
一一三四	李媛、消えた李英の探索に向かう。楊令ら、赫元の拷問《ごうもん》により南宋皇太子・沓の出生の秘密を知る。李英、劉豫と扈成の殺害に失敗し、自裁。侯真、東明《とうめい》城外で呂英を捕える。戴宗から李媛包囲の情報を聞くも、救出が遅れる。李媛は負傷し、まもなく死亡。戴宗、扈成を暗殺する。その後、羌肆と刺し違えて死亡。公孫勝、沓が偽者《にせもの》だということを示す証拠を燕青に託す。	兀朮、北の国境から会寧府に帰還する。張俊、斉を裏切って南宋に同心する。李英、斉軍を率いて岳飛とぶつかる。張俊のあとの禁軍総帥に推薦される。扈成、劉豫に斉の宰相を罷免される。扈成、戴宗に暗殺される。羌肆、戴宗に殺害される。撻懶、耶律越里《やりつえつり》を梁山泊から呼び寄せ、蒙古に対する北の国境守備隊に派遣する。
一一三五	中原で、自由市場がさらに勢いを増す。	梁山泊から解放された赫元が、李師師の希望

	江南の通信網が整備される。張横と童猛《どうもう》、青蓮寺の軍に襲われ、海に漂流して死亡する。 梁山泊水軍、洞庭山で南宋水軍に勝利する。 呉用、洞庭山の物資を江南に運び出させ、江南に自由市場が立ち始める。 花飛麟、梁山泊軍の総指揮を執《と》り、淮水《わいすい》を渡渉した張家軍とぶつかる。 楊令、再び同志に、新しい国のかたちを語る。 南宋軍と開戦。全軍で出動する。 阮小二、病死。 史進遊撃隊が劉光世軍を崩すも、郭盛が戦死。 南宋軍に大きな打撃を与える。	により殺害される。 韓世忠、南宋水軍を率いて洞庭山を攻撃開始。 兀朮、金軍総帥に任命され、呉乞買から「三年以内に幻王を討て」という勅命が降《くだ》る。 岳飛、淮水を渡渉して兀朮率いる金軍とぶつかる。 呉乞買が崩御し、兀朮は北へ退却する。 阿骨打の嫡孫・合剌が金国の三代目皇帝に即位する。 旧宋上皇の徽宗、女真の地で死去。 自由市場の立った三つの荘の民が、虐殺される。
一一三六	蔡福、金国の地で病死。 南宋軍と再び開戦。秦容軍が岳家軍とぶつかり、荀響《じゅんきょう》が岳飛に討たれる。梁山泊水軍、杭州湾に南宋水軍を封じて殲滅《せんめつ》するも、韓世	蔡福が病死し、粘罕、蔡豹への形見を託される。 粘罕、宣賛と会合を持ち、沙谷津に交易所の

忠は船を放棄して兵を逃がす。

宣凱、荷崩れにまきこまれ右脚を怪我《けが》する。

花飛麟、呼延凌、韓伯竜の軍が江南に出撃する。韓伯竜、韓世忠に討たれる。孫安《そんあん》、死亡。

宣賛、金国で自由市場開催の交渉を続ける。

花飛麟指揮のもと、梁山泊軍、岳家軍と対峙する。

長雨で河水が氾濫《はんらん》、大洪水が梁山泊を襲う。

蔣敬、陶宗旺《とうそうおう》、段景住《だんけいじゅう》が洪水に流され死亡。

呉用、臨安府で李富を暗殺する。公孫勝、呉用を庇って負傷し、死亡する。

楊令、道を整備し、民に穀物を行き渡らせる。

治安を固め、疫病に備える。

南宋軍と対峙が続き、楊令も出陣する。

宣賛、会寧府で粘罕に軟禁、殺害される。

梁山泊軍、岳家軍とぶつかり、軻輔、牛坤、於乾吉、趙乗《ちょうじょう》、龐仲《ほうちゅう》を討つ。

武松、金国の裏切りを知って梁山泊に走るが、

設置を認める。

南宋で、自由市場が急激に拡がる。

訛里朶、斉国内の抗金勢力を掃討する。

撻懶、軍を率いて南京応天府まで南下し、宿《しゅく》州《しゅう》で李富と会合を持つ。

岳飛、公孫勝に梁山泊へ誘われるも従わず。

岳家軍、梁山泊軍と対峙する。

李富、臨安府で呉用に暗殺される。

粘罕、金国での自由市場を認めないことを決定。会寧府に交渉に来た宣賛を軟禁、殺害。

張家軍、兵站《へいたん》を切られて脱走兵が出始め、四散する。

粘罕、武松に追手をかけ、降伏を勧めるも聞

	粘罕に追いつかれて死亡する。 楊令、岳飛を追い詰めるも金軍の奇襲を受けて退き、金軍に反撃を加える。 金軍が梁山泊に侵攻。呉用の指揮のもと、馬《ば》霊《れい》、鄧広《とうこう》が梁山泊を防衛する。史進遊撃隊が駆けつけ、金軍を潰走させる。 班光、岳飛に討たれる。 梁山泊軍、訛里朶を討つも、花飛麟が戦死。 梁山泊軍、金軍を潰走させ、岳家軍との交戦に入る。王韋《おうい》、于楷《うかい》を討つ。張平、岳飛に討たれる。 楊令、暗殺者・周杳《しゅうよう》の手にかかる。岳飛との一騎打ちで右腕を斬り飛ばしたのち、暗殺による毒で死亡。 梁山泊軍、楊令の遺骸《いがい》を梁山泊に運ぶため、戦闘を中止する。	き入れられず、殺害する。 兀朮、梁山泊軍を奇襲。金軍は梁山泊軍と交戦状態に入る。 兀朮、楊令に右脚を斬られ、金軍は梁山泊軍に敗北する。兀朮と撻懶、残兵を率いて南京応天府へ向かう。 韓世忠、岳家軍の増援に来るも戦場を離脱。 岳飛、楊令との一騎打ち。吹毛剣《すいもうけん》で右腕を斬り飛ばされる。 岳飛、梁山泊軍の隊列を見送る。

編集者からの手紙

面白くない。

この「読本」は闇《やみ》に葬ったはずだった。「楊令伝」ハードバックの担当者は私であるからして、「文庫にすると、定価が安い上に内容も豊富なのは、読者にとっていかがなものか」という理屈のような理屈でないようなことを言って、闇に葬った。しかし、いつのまにか、私の知らぬところで陰謀が進んでいて、ふたたび「手紙公開」という生き恥をさらすことになってしまった。

そのことが、面白くない、というわけではない。人間を長いことやっていると大抵のことでは驚かなくなるのである。

面白くないのは、手紙の内容である。まず、前回「水滸」読本の時のように、雑誌のゲラにつけていた手紙ではないので臨場感がない。次に、公開比率が高いので、出来の悪いものも入ってしまう。なかには、誰かの悪口、業界マル秘バナ、シモネタなんぞを全部削ったらなくなってしまったものまである。さらに、これは北方巨匠の意見だが、どこかで、公開される可能性を野性の本能で疑っていて、そのぶんお行儀がよくなってしまったせいもあるかもしれない。

ともかく、私は読み返してみて、あまり面白くなかった。「水滸伝読本」の手紙も面白くなかったが、もっと面白くない。それでもいい、と文庫編集部は言っている。ならば、勝手にせよ、と言いつつ不穏当部分に手を入れて、ますます面白くなくしている私なのであった。

（山田）

1（二〇〇五年一〇月二五日）

明日、いよいよ『水滸伝』十九巻完結編が店頭出ですねえ。

夢のような六年間でございました。

ところで、わたくし、重い病《やまい》に冒されてしまいました。

燃え尽き症候群ですね、おそらく。前向きのことが、なにひとつ考えられません。「水滸」が終わったせいでありましょう。贅《ぜい》沢《たく》な、とおっしゃる。

そのとおりでございます。

かわりに浮かんでくるのは、来《きた》るべき『楊令伝』のことばかり。

いろいろなシーンが脳裏にわきあがってくるのでございます。

思えば、『楊令伝』が原典とリンクしているかしていないか、という論議はナンセンスでありまして、『楊令伝』は「北方水滸」とリンクしており、「北方水滸」は原典とささやかにリンクしているわけですから。

書くのも考えるのも、わたくしではないのではございますが、わいてくるものは、止めようがございません。その、わきあがりのほんの一部を、ご迷惑を顧みずにご紹介しますれば、たとえば以下の如《ごと》きものなのです。

たとえば、李俊《りしゅん》。これには相応の扱いをしてやらねばいかんのですが、（原典にもシャムの王になるとありますので）トラウマは盟友、穆弘《ぼくこう》のことでございます。

李俊は若き王者・楊令《ようれい》の見たくなかった行為を見てしまう。楊令も神ではないので、いろいろといけないこともするわけです。見なけりゃよかった。李俊は、それを見たほうの眼を小刀でえぐりだしてしまうのです。そのあと発熱して燕青《えんせい》に介抱された李俊、「わしは何か言わなんだか」燕青「穆弘殿の名を呼んでおられました」李俊「うん、これでやっと穆弘の見えていたものが、見える」

なーんて、泣けるではないですか。

たとえば、秦容《しんよう》。ある日、朴刀《ぼくとう》と鉄球を使って不思議な武器を使い始める。王進《おうしん》に馬鹿にされながら、何日も何日もかけてその武器を完成させる。実は若き日の父・秦明《しんめい》を知っている「花栄《かえい》の息子の母」から伝聞した、秦明が若いときに得意とした武器を再現したわけです。それぞすなわち狼牙棍《ろうがこん》。しかし、バランスが悪くて使えない。秦容の、ひとり稽古《げいこ》が始まるわけです。

しかし、年齢的にまだ幼くて無理かもしれませんなあ。

花栄の息子といえば、親の積み残しのエピソードをここで継承するのもいいかもしれません。それはすなわち、花栄、梁山泊《りょうざんぱく》初見参の折りに天行く三羽の雁《かり》をヤキトリ状態にしてしまった神箭《しんせん》の術。楊令と初対面のときにでも花栄息子の頭上を三羽の雁がよぎるといいかもしれない。

でも三羽の空中ヤキトリはファンタジーが過ぎるかもしれませんね。

などなど。などなど。しかし、そろそろ社会復帰しないとまたスタッフに怒られそうであります。

〔『水滸伝』全十九巻完結時。〕

2（二〇〇六年一〇月三日）

ごぶさたしております。

再開、つくづくお疲れさまでした。

一五〇枚、読ませていただきました。

さっそく呉用《ごよう》がはた迷惑。呉用の出し方は

もっと際どくあざとくするかと思っていたのですが、意外にも直球でありましたね。さっさと殺してしまいましょう。

百八人の外の人々の成長が始まりましたが、あだ名がいりますなあ。さっそく無責任なことを思ったりしております。まず、張敬《ちょうけい》。叔父《おじ》の張順《ちょうじゅん》には「浪裏白跳《ろうりはくちょう》」と「浪裏白条」とふたとおりあり北方「水滸」では前者を採用しましたので、「白条」は生かせるかもしれません。次にもっともっと強くなりそうな、侯真《こうしん》。父のあだ名が「通臂猿《つうびえん》」ですが、親父《おやじ》より出世しそうですから、「猿」は止《や》めましょう。ものの本によれば、猿→猴→猩、と変容していくわけで、テナガザル→ニホンザル→オランウータンというような目安です。「猴」があだ名の一字に入っているといいですね。北方「楊令」の強靭《きょうじん》な胃袋は、チャールズ・ダーウィンまでのみこんでしまうのであります。あと、趙林《ちょうりん》と韓成《かんせい》。これはもうすこし様子を見たいですね。

また、扈三娘《こさんじょう》の兄。文庫の追加では「扈《こ》成《せい》」と原典どおりだったのですが、変えているところに深い企みがあると愚考しておるわけです。

楊令が、結局現れないままに一五〇枚が終了してしまったわけですが、「幻王《げんおう》」が楊令と同一人物かどうかはさておき、私としては別の会社でうっかり出してしまったと邪推する「吸葉剣」がどうなってしまったのかが、気になるところであります。

それにしても、もう「日本」が出てきたのにはびっくら仰天《ぎょうてん》いたしました。瓊英《けいえい》はこういう才能があったのね。

しかし、当然のように、ゆくゆく日本人が出てくると妄想してしまうのですが、北宋《ほくそう》滅亡の時には平清盛《たいらのきよもり》はまだ十歳にもならず、

『楊令伝』の時代は貴族が和歌ばかり詠んでいる時代で、まったく日本は面白くないところ。対宋貿易は、平忠盛《ただもり》がそれなりにやっていたくらいでありますなあ。死体のあがっていない日本の有名人がいないのがとても残念でおじゃりまするが、義経《よしつね》だの平知盛《とももり》だのを出すにはタイムスリップしかないしなあ。

それにしても、これから出てくるであろう方臘《ほうろう》がどういう扱いになってくるのか興味しんしんでございます。

では来月も楽しみに。

〔第一巻一二三ページ（以下、ページ数はすべて文庫版）、「地闘《ちとう》の光」第四節の終わりまで。燕青と侯真が女真《じよしん》の地で楊令を探す。〕

3（二〇〇六年一〇月三〇日）

お疲れさまっす。

六二枚まで拝見いたしました。

花栄の息子、いいですね。童貞だったんだあ。童貞キャラは初めてかもしらん。あ、楊令がいたか。

扈三娘も妖艶《ようえん》になってきて、ようございました。

顧大嫂《こだいそう》は、太湖《たいこ》の取材で現物を見たせいか、ますます生気を帯びてまいりましたねえ。

ところで、用件が珍しくあるのですよ。

菊地信義《きくちのぶよし》氏から連絡がありまして、単行本『楊令伝』のカバーの人物を描いてくれる絵師のOKはもらったのですが、この人が、来年分の三巻分、つまり三人をすみやかに決定して、こういう顔と体形でこういうポーズをしておる、というのを早急に指定せよ、ということであります。

無理、と言ってはミもフタもないわけで、一巻、楊令、二巻、花栄の息子、三巻、侯健《こうけん》の息子とか、（たとえば）決めてしまわないといけんようなのですよ。

二週間は待ってくれ、ととりあえず言っておきましたが、ご執筆のさなかに心苦しいところではございますが、頭の片隅に置いておいていただければ、幸甚でございます。

せっかくだから、蛇足をふたつ。

楡柳荘《ゆりゆうそう》四人組には綽名《あだな》がすでにあります。費保《ひほう》は赤鬚竜《せきしゆりゆう》、倪雲《げいうん》は捲毛虎《けんもうこ》、上青《じようせい》は太《たい》湖蛟《ここう》、狄成《てきせい》は痩臉熊《そうれんゆう》、です。わかりにくくてすみません。

また、綽名のパターンですが、『水滸伝』の泰斗《たいと》、高島俊男《たかしまとしお》氏によれば、次の九パターンあるそうです。

一　肉体的特徴　例、豹子頭《ひようしとう》、九紋竜《くもんりゆう》
二　携帯物　例、鉄扇子《てつせんし》
三　性格　例、霹靂火《へきれきか》、急先鋒《きゆうせんぽう》
四　元の職業　例、白日鼠《はくじつそ》、船火児《せんかじ》
五　特技　例、神行太保《しんこうたいほう》、神算子《しんさんし》
六　武器　例、大刀《だいとう》、双鞭《そうべん》
七　過去の人物になぞらえ　例、小温《しようおん》侯《こう》、病尉遅《びようつち》
（「病」には、「〜に似ている」という使い方も王勇《おうゆう》氏によればあるそうです。）
八　動物などになぞらえ　例、混江竜《こんこうりゆう》、母大虫《ぼだいちゆう》
九　大言壮語　例、神機軍師《しんきぐんし》、百勝将《ひやくしようしよう》

なんとかなりそうでございますねえ。

〔第一巻一六七ページ、「地刑《ちけい》の光」第三節の終わりまで。顧大嫂、孫二娘《そんじじよう》、扈三娘の三人が、花飛麟《かひりん》に酒を飲ませようとする。〕

4

（二〇〇六年一一月二日）

第二回、一五〇枚まで拝見いたしました。

そうか、幻王はふたりおったのか。北の冬

は寒いから幻冬王《げんとうおう》なんちって。社長はもっと株価を上げる努力をすべし。

　ところで、カンシのトーンを変えようとして「陸游《りくゆう》」を導入したのですが、どうもしっくり来ないので「西遊記《さいゆうき》」をひっぱって来ました。おかげで、トーンは確かに変わったのですが、みごとに意味不明になってしまいました。

「西遊記」はさすがに面白い。

　意外なものをめっけました。

孫悟空《そんごくう》が天界で「弼馬温《ヒッパオン》」という役職をもらって、馬の世話役にされてしまうくだりで、馬の名前が三十頭も出てきます。紫燕《しえん》、銀騧《ぎんかつ》、飛黄《ひこう》、赤兎《せきと》、追風《ついふう》、絶地《ぜっち》、浮雲《ふうん》、紫麟《しりん》、八《はっ》駿《しゅん》、九逸《きゅういつ》ほか九百九十頭が孫悟空の管轄なのであります。赤兎、が入っているところを見ると、『三国志演義《さんごくしえんぎ》』の作者と同じ資料からかっぱらったのかもしれませんね。

　それにしても楊令はどこに行ったのか？　十巻の最後に登場したりすると、さすがに温厚寛容なファンたちも怒ることでありましょう。

　次回には会えそうですが。

青面獣《せいめんじゅう》・楊令。しかし、痣《あざ》は青くないじゃん、という若いものが増えてきてだれ言うとなしに「聖面獣」と綽名が変わる、と私は賢察しておったのですが、かなりぶっ壊れて野蛮な魔王になってしまったようで、怖いような気もします。しばらくは「聖」の字はつけられそうもありませんね。

　盛栄《せいえい》、もいいですね。こういうトリックスターがいるとストーリーが澱《よど》んだときに使い勝手がよろしい。呂牛《りょぎゅう》の二代目ですね。

　二代目といえば、敬愛していて死んだ英雄の跡目を継いだものの綽名はですね、たとえば、鄭応《ていおう》は小豹頭。しかし、これはモロすぎるな。あくまで、このパターンもありだな、ということだけで。

今回は、呉用が出てこないのが、うれしいです。

『楊令伝』で最初に死ぬのはこの漢《おとこ》になるのであろうと愚考するのでありまして、早いところ、いくばくかの活躍をさせていただきたいものです。

来週は、二夜、サイン会とビンゴ大会、よろしくお願いいたします。

〔第一巻二三五ページ、「地損《ちそん》の光」の終わりまで。蔡福《さいふく》、山中にいる幻王に会いに行く。〕

5（二〇〇六年一一月一七日）

昨夜は、お疲れさまでした。

頭がまだ中国方面に行っておられぬことは承知しておりますが、とりあえずの報告ほかを伝達させていただきます。

これから菊地信義氏と会いますが、以下のような感じの絵柄候補を叩《たた》き台にしようと思っております。ゆくゆくは、童貫《どうかん》、岳飛《がくひ》、聞《ぶん》煥章《かんしょう》なども入れこんでいくことになるでしょうが、とりあえずこんなところで。

一巻（二〇〇七年四月刊）
カバー表一　楊令。騎乗にて、片手に吹毛《すいもう》剣《けん》、片手に「替天行道《たいてんぎょうどう》」の旗
　表四　呉用、史進《ししん》（すべて原画あり、以下同じ）
二巻（二〇〇七年七月刊）
カバー表一　侯真。指定イラストをアレンジ
　表四　公孫勝《こうそんしょう》、張清《ちょうせい》
三巻（二〇〇七年十月刊）

カバー表一　花飛麟。指定イラストをアレンジ
　表四　呼延灼《こえんしゃく》、扈三娘

さて、綽名の件ですが、酒場で「決めた」のは以下八名です。

一　侯真・跳猴
二　張敬・破濤児《はとうじ》
三　張平《ちょうへい》・天蓬鬼
四　趙林・超阮
五　花飛麟・神箭
六　穆盛（呼延盛）・七星鞭《しちせいべん》
七　盛栄・片臂猿
八　韓滔《かんとう》の息子・崢嶸将

このうち、一、五、六はこのまま使えると思います。

二、三、八はちと再考ですかしらね。三の「天蓬」は「西遊記」の猪八戒《ちょはっかい》の別名ですので、タッグチームのようなのが、将来登場すれば沙《さ》悟浄《ごじょう》の別名と一緒に流用すべきでありましょう。たとえば二は「白条」という二文字を入れこめば、「青」だか「赤」の色を使って兄弟をシンメトリーにできると思うのですが。

四は、いいのかよくないのか、よくわからん。

七は「猿」のところに、「狢」とか「狐」とかセコそうな動物を入れかえれば使えると思います。

また郝瑾《かくきん》ですが、彼に命をくれたのは「花《か》項虎《こうこ》」龔旺《きょうおう》、でした。全身、虎《とら》のイレズミの男ですね。だから、豹のイレズミを入れさせて「花項豹」。安易かなあ。豹のイレズミにこだわらず、「豹」のところに「鳳」「凰」「鴻（おおかり）」「蠍」「蛇」「蟲」「鯉」「犀」

などを入れてもいいのではないでしょうか。「花項蟲」、「花項鯉」、なんてね。ご存知でありましょうが、「蟲」も虎の意味があるのですね。

とりあえず、お送りさせていただきます。頭が中国方面に戻りましたら、見てください。

八、はもう少し考えてみます。

〔第一巻二三六ページ、「天猛《てんもう》の夢」以降の執筆前。〕

6（二〇〇六年一一月二七日）

七八枚まで、読了させていただきました。

相変わらず、逆境にお強い。

作家の鑑《かがみ》にして、根性の権化でございます。

それにしても、花飛麟の三日で二十一発はすごい。さすが神箭。しかし、三日で銀ひと粒契約だとすると、一日二発計算として十五発分は余計でありましてチップをやらねばいけん。一発銀三分の一計算として、十五発で五粒、年増だからすこしディスカウントしてもらって、四粒をチップとしてあげるのが正しいといえるでありましょう。

それにしても根性なしの呉用がえばりすぎだなあ。

会うなりそっ首を宙に舞わせるのが、楊令だったりして。

先生におかせられましては不整脈ということですが、私も金曜の逢坂剛《おうさかごう》チームとのソフトボール試合で二試合連続完投して一勝一敗なのはいつものことで驚かんのですが、サイクル・ホームランを浴びたのはショックであり、立ち直れそうもありません。おまけに、腱鞘炎《けんしょうえん》も発症してしまったし。

そういうことはさておき、ここしばらくの間に思ったこと調べたことをいくつか。

趙林の綽名について。立地太歳《りっちたいさい》（凶星）が、養父阮小二《げんしょうじ》の綽名です。趙林の綽名は「超阮」も悪くはないが、阮小二がふたりの弟の名前を組み合わせてつけてあげるとか。「短《たん》命二郎《めいじろう》」が五、「活閻羅《かつえんら》」が七だから、「閻命五郎」、でどうだ。あ、「閻命阮三」というのもあるぞ。これは養父がつけてくれた場合で、自分で名乗るとしたらかんたんに「阮小八・趙林」でもわかりやすくていいかもしれません。

先の話になりますが、宋《そう》の官側に、李忠定《りちゅうてい》、という使えそうな人がいます。ものの本によれば、「北宋末、金《きん》との和議に徹底反対。高《こう》宗《そう》の時代に重用されて、行政官としても、野戦司令官としても活躍する」とあります。司《し》馬遼太郎《ばりょうたろう》の「峠」によれば、あの河井継之助《かわいつぐのすけ》が心酔して、心の師匠とした人だとか。

また、岳飛についての沿革報告をします。

田中芳樹《たなかよしき》氏の本によれば、一一〇三年 相《しょう》州《しゅう》湯陰《とういん》県生まれ。父が五十代、母が四十代という恥かきっ子ですね。一一二〇年方臘の乱、金が遼《りょう》に侵略開始。一一二五年に遼が滅亡、一一二七年靖康《せいこう》の変《へん》、高宗即位。一一二九年金軍の南下、というスケジュールですが、一一一七年か一八年に岳飛は一族と武挙《ぶきょ》を受けて、強すぎて落第。賄賂《わいろ》のこともあるのかも。特に得意なのは強弓《ごうきゅう》と騎乗武術です。しかし、田中芳樹氏の『岳飛伝』は小説らしいので、お借りした部分が田中氏のオリジナルだったりしたら、笑いごとでは済みませんから、もうこの本は手にとらないことにします。

この岳飛をうまくとりいれられるかが、ひとつのバー、と思います。

盛岡《もりおか》文士劇には、二日に行くことになりました。そちらでは、よしなに。

では、がんばってください。
〔第一巻二九三ページ、「天猛の夢」の終わりまで。花飛麟、秦容と公淑《こうしゅく》を守って子午《しご》山《さん》へ向かう。〕

7（二〇〇六年一二月五日）

盛岡文士劇、お疲れさまでした。浅田次郎《あさだじろう》氏の謎《なぞ》の沈黙の翌日、北方さんもセリフをすべて忘れてしまったとか。

私はコバルトのパーチーのあとに唯川《ゆいかわ》大嫂と飲みに行きましたが、特にひどい目にはあいませんでした。

昨四日は志水辰夫《しみずたつお》氏のコキの会とかで、またしんどく飲みました。しかし、みんな年齢を重ねましたね。

ところで、レイプといえば、扈三娘。彼女に聞煥章のパール・バック攻撃が炸裂《さくれつ》したりして。すなわち扈三娘を組み敷いて、背後から男根サマをねじ入れようとする基本技ですな。その挿入寸前に、父親の遺品の長大強弓で聞煥章の顔面をこっぱ砕くのは、神箭・花飛麟に決まった。しかし、助けてもらったくせに、扈三娘がさせてくれないのですよ。女心と秋の空。またまたいじけて子午山に帰ると言い出す花飛麟。そこに李富が出てきてリメンバー・パール・バック！　わしにもやらせろ。いやこれでは、別のハナシになってしまうじゃないですか。

子午山といえば、張平はこんなに強くなってしまっていいんだろうか。侯真とともに、剣と素手のエキスパートを創っておこうということでしょうが。

致死軍《ちしぐん》は、戴宗《たいそう》が任されたはずだが、いつのまにか公孫勝がとり戻してしまいましたね。人員削減の折、仕方ないと思いますけど。

史進、張清、呼延灼はそろそろ個別の視点

でいろいろ動かさないと、新しい読者には区別がつかないかもしれません。新しい読者がいればの話じゃが。原典でいえば、張清の妻も飛礫《つぶて》の名手。北方版では武術はからっきしだけど、張横《ちょうおう》がそうであったように、ここ一番では、隠し飛礫技で後の倭寇《わこう》になる海民を一撃で海に叩き落としてもいいかも。

それにしても楊令、出てきましたねえ。二十歳なのに髭《ひげ》だらけとは頼もしいではありませんか。騎乗が風のよう、というのはわかりましたが、どのくらい強いのか、どのくらい崩れたのか、興味津々であります。略奪した女性たちを金の兵士と強制結婚させるなんて、ギリシャ兵とペルシャ娘を強制結婚させたアレクサンドロス大王のようでもありますが。

童貫が、よしよしとうれしがるのが目に見えますが、畢勝《ひっしょう》のほうも異常成長をしていて、非合法現地採用の岳飛とともに、右腕左腕になるとうれしいですね。

逆境をものともせずに、最初の五〇〇枚が片付きました。

来年四月刊行ということで、単行本制作にゆるゆるとかからせていただきます。

次回もよろしくお願いいたします。

〔第一巻「玄旗《げんき》の章」の完結まで。燕青がついに楊令と再会を果す。〕

8（二〇〇六年一二月二五日）

九三枚まで、読了させていただきました。だんだん役者たちが復活、新登場してそろってまいりましたね。

呉用はさっそく聚義庁《しゅうぎちょう》を名乗って、えばり始めましたが、宣賛《せんさん》とどちらが醜いのだろうか。それはさておきこの性格の悪い呉用から「陰湿で、猜疑心《さいぎしん》が強く」と思われた方臘はどれほど悪い奴《やつ》なのでありましょうか。

わしはまた、空中浮遊などして人をたぼらかすような人だと思っていたのですが。

扈三娘の兄は原典では「扈成」であり、初登場のときにセンセイに確認したところ「原典に準じる」ということで、本では「扈成」に直すように校正者にお願いをしてしまったのですが。それにしても、この兄の扈家荘《こかそう》出奔の本当の理由が妹に対する道ならぬ恋だったりしたら、聞煥章との関係が面白くもやっかいになっていいかもしらん。

ところで、唐昇《とうしょう》、許定《きょてい》と懐かしい名前が出てくると、許貫忠《きょかんちゅう》さんはどうしておるのであろうか。梁山泊陥落前夜の時点では、楊令の軍師なり、呉用の副官なりの将来があったようにみえたのでありますが、切り札として、作者はどこか北でも南でもないところに隠匿《いんとく》しておるのでしょうか。

それにしても、楊令は邪悪だ。これではまるで人斬《ひとぎ》り以蔵《いぞう》ではありませぬか。まさか武《ぶ》松《しょう》の傷害保険がたっぷりかかっているであろう「黄金の拳《こぶし》」を斬り落とすとは思わなかった。武松は原典の方臘戦では左の肘《ひじ》から先を無くしたのですが、北方版では「右の拳」に意味があるのでしょうね。

宋はわしが倒す、と豪語しておるわけですが、その前に遼が滅び、その戦いは童貫が指揮するのが史実らしいのですが、そこでは、童貫・楊令は同盟軍ということになったりするのでしょうか。

童貫がびっくらこくほどの残忍さを見せるとして、しかしどうやって楊令を人間に戻すかは考えておられることでありましょう。

楽しみでございます。

〔第二巻八一ページ、「天魁《てんかい》の夢」の終わりまで。楊令が、武松の右拳を吹毛剣で斬り落とす。〕

9（二〇〇六年一二月二六日）

昨日は別荘で執筆中に業務連絡をさしあげて失礼いたしました。

重版連絡だけは一刻も早く、と思ったものですから。

きのう、「許貫忠」はどうしたんですか、と書いたらさっそく出てきておりましたが、私の手紙はご自宅あてですから、偶然でありますね。

それにしても、武松の手首切断にああいう深い意味があったとは知らんかった。しかし、どんどん身体障害者が増えていくのはやむをえぬとして、武松の戦闘能力が落ちてしまうのは困ったものだ。

そうじゃ、「燃えよ　ドラゴン」の悪役親分がしていたような鉄爪義手を戦いの前に装着して、敵を引っ掻《か》きまくるという手があったぞ。それにしても、武掌がまずかったのは塩胡椒をしなかったにちがいありません。

それにしても根性なしの呉用が方臘陣に潜入するとは思いもしませんでした。

遼の滅亡と方臘蜂起《ほうき》は相前後して起こるわけで、たちまちドラマは激流化していくわけでしょうが、呉用がまたどじを踏んで素性がばれ、磔《はりつけ》にされて志をまっとうするか、見苦しくも命乞《いのちご》いして方臘の参謀の下回りになるか、また興味が増えました。

張清もいいけど、瓊英もいいですね、飛礫もうまいし。日本人のひとりかふたり連れてきて欲しい。梁山泊残党による平安武士拉致《らち》事件、なんと現代にまでつながってしまいますねえ。

次世代も楽しみなのが増えてまいりました。花飛麟、侯真、張清の息子。それに、あの、井上馨《いのうえかおる》みたいな生傷男・秦容。

来年も大いに楽しめそうであります。

私は明日から豪州はゴールドコーストで世捨て人生活を行って、社会復帰は八日からとなります。

よいお年を。重ねて申しあげます。

〔第二巻二二六ページ、「地走《ちそう》の光」第三節の終わりまで。張清、息子の張朔《ちょうさく》に飛礫を教え、帰りの船中で燕青と語る。〕

10（二〇〇七年一月二二日）

岳飛についていくつか正史を見てみました。「平凡社百科事典」によれば、（寺地遵《てらじじゅん》という学者のページです）

「一一〇三年生、一一四一年没。河南《かなん》省湯陰県生まれ。二十歳（一一二二年）、義勇軍に参加、戦功を重ねて二十七歳に独立、『岳家軍《がくかぐん》』を率いる。三七年、宣撫使《せんぶし》、最高指揮官のひとりに。厳しい規律と盛んな戦闘力で知られる。金との講和を進める秦檜《しんかい》宰相と対立して逮捕、毒殺される。三十九歳。書家としても著名」

ということになっています。

「百科事典ウィキペディア」によると、

「〇三年生。農民の出だが学問あり。父を早く亡くして母の手ひとつで育てられる。二十一歳で、宗沢《そうたく》という老将の募った開封《かいほう》防衛義勇軍に参加。三四年、節度使《せつどし》に。四一年、和平派の秦檜に一族ごと誅殺《ちゅうさつ》される。養子・岳雲《がくうん》、参謀・張憲《ちょうけん》。実子の岳雷《がくらい》、岳霖《がくりん》、岳《がく》震《しん》、岳霆《がくてい》の運命は不明。後、冤罪《えんざい》が証明され、武穆《ぶぼく》の諡《おくりな》をもらう。中国では関羽《かんう》以上に、歴史上の英雄として名高い」

ということで、大きな差異はありません。

「人物中国の歴史　七　中国のルネサンス」（集英社刊）の「岳飛と秦檜」の章では若干、詳しく記述があります。

一一〇三年生まれ。少年のころより三百斤《きん》の弓をひき、八石《こく》のオオユミを射た。弓術の師は周同。十九歳の時に鎮州《ちんしゅう》を宣撫、劉韐《りゅうこう》の募兵に応じて軍隊に投じ、各地を転戦して昇進を続ける。その四年後「靖康の変」が起こる。その翌年、岳飛のライバルになる文官・秦檜も捕らえられて金国に送られる。同年、岳飛は康王《こうおう》（後の南宋《なんそう》の高宗）と初めて会う。（秦檜の帰還は一一三〇年です。）

要するに、北宋滅亡のあたりの経歴が空白ならば最高なのですが。

つまりは、「靖康の変」の時点では、義勇軍に参加して南方で戦っていたらしいが、まあまだ下っ端で、頭角を現してきたのは、北宋滅亡以降なのでしょうね。

岳飛もさることながら、秦檜も使えそうですね。聞煥章の秘蔵っ子だったりして。

それにしても、岳飛の後半の生涯は、かの楊業《ようぎょう》に似ていますね。『楊家将《ようかしょう》』の原典が、岳飛に対するオマージュだったのかもしらん。

以上、かいつまんでのご報告でした。

〔第二巻一二七ページ、「地走の光」第四節以降の執筆前。〕

11（二〇〇七年一月三〇日）

八五枚まで、拝読いたしました。

岳飛、たちまち出てきましたね。しかし、いきなり出てきて楊令並みに強い、というのは困ったものだ。楊令の生い立ち、楊志《ようし》林《りん》冲《ちゅう》王進の教え、などの属性が今のところはないわけですからね。しかし、おいおい手柄を立てつつ、そういう属性は形成されていくのでありましょう。史実的なところから拾うなら、「劉光世《りゅうこうせい》」ではなく、劉韐になりますが、深い考えがあるのだと愚考いたします。

童貫はいい人材を見つけましたね。

岳飛といえば秦檜だけど、秦容を影武者・秦檜にしてしまうのには年齢差という壁が立ちふさがりますなあ。それにしても、なぜ岳飛は「替天行道」を読んでおらぬのだ。たぶん絶版品切れになったのか、せこい呉用めがまた版権をどっかの版元とバーターしてしまったにちがいないぞ。

岳飛と花飛麟の弓合戦が、今から楽しみであります。

絶倫龍・花飛麟といえば、子午山でさりげなく花栄の「上空の雁のヤキトリ射ち」の挿話、を消化したのはとてもいいことです。まだ、「飢えた燕青のカササギ打ち」であるとか「馬を盗まれて激怒する呼延灼」であるとか「流罪人・王義《おうぎ》を救った九紋竜」であるとか、まだまだいろいろな忘れられたエピソードがありますが、それはそのときのこと。

王母《おうぼ》の寿命もそろそろですか。公淑が王進をたぼらかして嫁になってしまうと、もうこれは蟲《むし》も殺さぬ顔をして男をついばむ某O物女優にさも似たり、ですがまさかね。

武松はやっぱり海賊フックになってしまったのですか。戦闘能力があまり落ちないといいのですが。右肘の使い方も研究しましょう。陽気になったのはいいのですが、オタベリになってしまうと弱いかもしらん。

あの個体保存本能にたけた趙安《ちょうあん》の前頭葉にずんばり、とカギをぶちこんだはいいが、抜けずにおたついているところを禁軍《きんぐん》兵士に槍《やり》ぶすま、とか。おう、武松の最期《さいご》が一瞬見えたぞ。もちろんターミネーター趙安はしぶとく生き延びるのであります。

武松は回想の中で、楊令と自分の掌を喰らった時に、李逵《りき》の香料のことを思いださねばいけませんねえ。

というわけで、あと六五枚、がんばってく

ださい。

五日の講演もお忘れなく。

七日と二十日の店も決めなくてはいけません。

もろもろよろしくお願いいたします。

〔第二巻一九一ページ、「地妖《ちよう》の光」第二節の終わりまで。花飛麟が、王進と真剣で稽古をする。〕

12（二〇〇七年二月吉日）

今月もお疲れさまでした。

このごろ、メカ知恵が若干つきまして、2ちゃんねる「水滸／楊令」スレッドをちらほらと見ています。

いろんな読者がいるもんです。すごい人もいますね。「小すば」の切り抜きから、文庫の直し部分まで見比べている人までいる。もっと、礼儀を知らない人々かと思っていましたが、そうでもないのは意外でした。

私は長年この仕事をしているのですが、読み手の反応が、こんなに早く聞ける時代になったのですねえ。西洋文明、恐るべし。

岳飛の登場、方臘の動きと一気に物語の翼が拡《ひろ》がってきました。

もう、若干の歴史的事実以外にはなにもないわけですから、どうころがっていくのか、誰にも読めない。ひとりひとりの性格ができていって勝手にはばたいて行くことになるのでしょう。

岳飛といえば、秦檜。この使い方がまた興味の的になってまいりました。

林冲が生存していれば四十八歳と聞いてびっくら。すると童貫なんてのは推定六十五歳。まあ、宦官《かんがん》は歳《とし》をとらないなどという文献もこれあり（嘘《うそ》ですけど）、どこの世界にも例外というものはいるものですからね。

ところで、例のスレッドのなかで、呉用の人気がぐんぐん上がってきているのが、面白くない。もともと死んでいたのを、裏口生存をしおってからに。これはもう、それはもう、ばれた時に方臘にどんなひどい目にあうか今から楽しみでございます。方臘といえば、かすかに宗教色を出してみるのも差別化のためにはいいかもしれません。マジシャンがひとり側近にいればいいのですから。

しかし、呉用めは寝返るかもしらん。

話はかわって、ふと思うのですが、西郷札《さいごうさつ》化した梁山銭《りょうざんせん》はまだどこかにあるのでしょうね。ひとりくらい、梁山泊陥落の時に梁山銭を大量に持ちだして、泣きながらながめている、という奴がいてもいいような気がします。これを日本に輸出したりして。

日本人は誰か出せませんかねえ。藤原純友《ふじわらのすみとも》の甥《おい》とか、平将門《たいらのまさかど》の庶子だとか。いかんな将門系は山男だから船酔いして使い物にならんかも。そも、急先鋒・索超《さくちょう》の死に方は海音寺《かいおんじ》版将門の死に方と酷似しておったのだ。関係ないけど。

ところで『血涙《けつるい》』を読んでいて思ったのですが、八娘燐花《はちじょうりんか》、九妹瑛花《きゅうまいえいか》とありました。ということは、扈三娘、顧大嫂、孫二娘はすべて通称であって、その下に正しい別の名前があるかもしれないのですね。忌み名であって、人には教えない名前だったりして。「デス・ノート」が恐いし。

しかし、であります。花飛麟が扈三娘の中で激しく果て続けながら、「あなたの名前が知りたい。おれだけがあなたの名前を呼びたい」とささやくところを妄想してしまいましたよ。

楊家《ようか》の娘たちの名前は原典にあったのでしょうか、創作なのでしょうか。

しかし、これから考えるのはめんどいですよね。来月もがんばってください。

〔第二巻二三九ページ、「地妖の光」の終わりまで。李富《りふ》と李師師《りしし》、江南《こうなん》の旅の途中で洞庭山《どうていざん》を見てまわる。〕

13（二〇〇七年三月吉日）

いやいやいや。昨日はお疲れさまでございました。終わりよければ、ということにいたしましょう。高井《たかい》先生には帰りのタクシーの中で、学術対談ではなくエンタテ対談でありまするゆえに、いろいろと言ってもいないことが活字になっておる可能性もあろうけれど、そこのところはひとつよろしく、と鄭重《ていちょう》にお願いしておきましたので、なんとかまとまることになるだろうと思います。

ところで、今回。

読了するになにやら大きな骨格が見えてきたように思えます。

方臘の死までが第一部。

童貫の死までが第二部。

岳飛の死までが第三部。

そして全十巻というお言葉は過去の経験上、最低十巻、というふうに受け止めておりますので、さらりと終える方臘が長引きそうで、すでに十巻では済みそうもない予感もしております。

それにしても方臘は大物感を漂わせ、宋江《そうこう》よりもすごそうです。呉用が寝返って、例の銀塊を盗掘に行って、燕青、史進にずんべらり、と斬られたりして。

方臘の宗教はマニ教ということになっていて、ものの本によればゾロアスター教原理主義であって、善と悪との二元論、ま、ともかく拝火教と訳されておるわけであるからして宗教がらみのところに「火」を使えばいいですねん。呉用を火あぶりにしてもいいし。もう半焼けなんだからいいでしょう。宗教儀式には方臘番の妖術師に包道乙《ほうどういっ》、というのがいますから、使い勝手がいいかもしれません。

さて。

きのう、ちとくっ喋《ちゃべ》ってしまいましたが、塩の道についてです。そもそも「塩の道」はどこで塩を生産、入手していたのか。青蓮寺《せいれんじ》が生産地の塩田から洗っていくと、ばれてしまうような気がします。いや、絶対ばれます。ばれないのは青蓮寺がただの無能集団ということになり、これはまずい。

では、どういう鬼手があるんか。輸入、でございます。

高橋克彦《たかはしかつひこ》氏によれば奥州《おうしゅう》藤原氏は青森県西側に十三湊《とさみなと》という貿易港を持っていてそこから砂金を輸出しておったそうです。当然広大な塩田もこれあり、それを知っているのはいまや燕青ひとり。文庫版で盧俊義《ろしゅんぎ》が執拗《しつよう》に燕青に暗誦《あんしょう》を繰り返させた末尾が奥州平泉《ひらいずみ》というのはやりすぎの上に手遅れですが、はるか後の燕青の知るところとなる、盧俊義の本名は盧山三郎俊義《としよし》。北にもルートを作っておくと第三部「金滅伝」（ぬはは）のときに南からは平家の残党が、北から義経と弁慶《べんけい》藤原忠平《ただひら》が大陸にやってこられるのに便利かも。なんという鬼がむせる遠大な加害妄想でありましょうか。

次回も楽しみにしております。

〔第二巻「辺烽《へんぽう》の章」の完結まで。公孫勝の部下が意図的に方臘の信者を殺し、方臘の乱が一気に始まる。〕

14（二〇〇七年四月五日）

お疲れさまでした。もう一二〇〇枚もぶっ書いてしまったのですね。

さすが豪腕。

なぬ、日本人をふたり瓊英が連れて来ましたか。武士か貴族か。百姓か猟師か。子供か大人か男か女か。そのあたりは例のごとくまだ考えられていないこととはいえ、遠大な構想の第一歩でありますなあ。しかし、将門も純友も坂上田村麻呂《さかのうえのたむらまろ》も八幡太郎義家《はちまんたろうよしいえ》もみーんなつかえず、腹のでっかい妻を上から押し付けられてスネ太郎になった平清盛の父親ぐらいでは知名度が低いしなあ。

しかし、はるか後のこと成った暁《あかつき》に、中国残留派と李俊率いる日本亡命側に分かれるというようなラストが見えてまいりましたねえ。いつになるかはさておき。

ところで武松。たちまちもっと強くなってしまった。もともと武松には、腕をなくして人格が変わった花和尚《かおしょう》魯智深《ろちしん》についての深い想《おも》いがあり、自分も人格を初めとするもろもろを変えたいという願望があるはずなのです。魯達《ろたつ》がカラフルなファッションを好んだように、手鉤《てかぎ》も沢山、色ちがいで集めて使い分けたらいいですね。また、もうひとつ、黒旋《こくせん》風《ぷう》・李逵への想いもございます。ここは一番、綽名もかえてしまう。「おしゃべり」が「行者」では都合が悪かろう、と思います。さいわい「鉄牛《てつぎゅう》」の名前が欠番になっていますが、これから濁音をはずし、誰言うとなく「鉄球」の武松、というのはいかがでしょうか。

それにしても方臘はすごい。てごわそうな上に、原典最強の男のひとり、石宝《せきほう》将軍が活躍しそうで長引きそうですね。しかも、人減らしが目的とはいえ、太子《たいし》をぶった斬ってしまうところが特にすごい。三国志、が始まってしまいそうですねえ。呉用が裏切りそうなのが、わくわく。どういうひどい目にあうのか楽しみでございます。ま、呉用を経由して、部分的に南朝《なんちょう》方梁山泊が協力する可能性だってないわけではないのでしょうが。

ひどい目といえば扈三娘。原典の扈三娘の得意技は、二刀のほかに縄術（忘れていたけど）。赤い縄を投げて梁山泊の好漢を馬からひきずりおとして、からめとったわけですなあ。明日はわが身。来るべきその日に備えて、それ用に招いた団《だん》節度使の指導を仰ぎつつ、赤い縄でダッチワイフを緊縛している聞煥章。それをのぞいている呂牛の息子。

そんなことをしておるから国が滅びるのだぞ、聞の字。こら、もっとしっかりせんかい。

岳飛がまた負けたのはとてもいいですねえ。ドライチ高卒ルーキーがプロの洗礼を受けておるわけですね。どんどんこれから強くなって、石宝将軍との一騎打ちを想像すると今から鳥肌がたつ思いでございます。どこかで、あの花栄以上の強弓を引かせてみせるのも手かもしれません。弓だけはすでに楊令に勝っていることにして。

ますます次回の講釈が楽しみになってまいりました。

今月は次の締め切りの直後にサイン会ふたつでございます。よろしくお願いをいたします。

〔第三巻一二七ページ、「地賊《ちぞく》の光」第二節の終わりまで。方臘、方天定《ほうてんてい》の首を落とし、小石を渡してさらに膨大な数の信者を集めようとする。〕

15

（二〇〇七年四月二七日）

いやあ、ドラマの進行が速いですね。

風の如く、烈火のごとし。

それにしても、方臘はすごい。方臘、童貫、岳飛と敵側ばっかりキャラが立ってしまい、公孫勝、史進、張清、呼延灼の影が薄くなってしまいますが、そこはそれ楊令がどどーんとおるわけですから大丈夫。

方臘といえば、今は遠い中国版『水滸伝』で方臘を捕獲するのは花和尚魯智深。だとすれば、石宝vs岳飛はさておき、どういう戦いになるかもさておき、梁山泊が方臘軍と対峙《たいじ》するなら、方臘捕獲はやはり武松の役目なのでしょうか。

新寨《しんさい》が完成し、ここらあたりの陣営にほろほろと綽名がついてくる、と考えていいのでしょうか。いろいろとひとりにつき何種類か考えて、次回の書き出しまでにお送りしておきます。もとより不採用前提でとりまぜて作っておきます。やはり酒場で綽名をちょろりと考える、というのは無理だと思います。

子午山も急を告げてまいりましたねえ。王母の衰えが雲の如く速いですね。大女優のOさん似の公淑の夜這《よば》いも近い。私としては、公淑なんぞ蹴《け》り倒して、王進「まだ、童貫に教えることがある」と言って下山して欲しいのですが、壺《つぼ》だの皿を作って喜んでいるうちは駄目かも。そうじゃ、盧俊義のあとをついで「闇壺《やみつぼ》の道」を作る、という手があったぞ。日本で最初に高値がつくのは王進の作った青磁だったりして。

ところで、呉用は裏切るのでありましょうか。

方臘のほうが、よっぽど根性なしの宋江よりも面白い。信徒に菜食を強《し》いて生肉を喰らっているところがいい。史実があるからして童貫の南下は避けられないのでしょうが、そこで呉用、楊令、梁山泊はどうする?? 裏切りではなく方針の対立もありですか。

うーむ、北方完全オリジナルの「三国志《さんごくし》」を『楊令伝』の中に呑《の》みこんでしまおう、ということでごわすなあ。五国史ぐらいになって収拾がとれなくなった時のために、各団体に暗殺者を保育しておくことをお勧めします。テロ、というのはいつの時代も、時として有効な場合もあるのですよ。

というわけで、明日、あさってのイベントをよろしくお願いいたします。

私は五月一日よりマカオの研修旅行に行きます。

〔第三巻二三八ページ、「地佐《ちさ》の光」の終わりまで。童貫、梁山泊戦への決意と政事への不信を、侯蒙《こうもう》に吐露する。〕

16（二〇〇七年六月七日）

お疲れさまでした。

これでもう、一五〇〇枚なんですねえ。

もう、行く先は物語に聞いてくれ状態ではありますが、あくまで主役は楊令と梁山泊の好漢たち。童貫の地の文と会話で二度にわたって繰り返している「真の敵は梁山泊」というくだりは、作家も自分に言い聞かせているのだろうなあ、と思いました。

方臘は、すごい。釣りばっかりの宋江と何万人に石ころを渡している方臘とでは、人間の器量がちがうような気がします。呉用が方臘に抱きこまれてしまっても、しょうがないかな、という気さえしてまいります。「武鉄球、泣いて呉用を打つ」なんてカンシがすでに浮かんでは消え浮かんでは消え。

ところで、方臘軍について気になることがひとつ。石宝です。中国版『水滸伝』における隠れ最強は実はこの石宝なのであります。勝敗表を丁寧《ていねい》につけていくと、一番、勝率がいいのです。こ奴をなんとかできぬか。

第一世代は歳をさらに重ねていきます。第二世代は飛躍的に力をつけても経験不足。上が詰まっております。

石宝が生き残って、梁山泊にワラジを脱いだら、これは楊令と史進の間に、個人技、指揮能力の双方に長《た》けた人材が誕生するのでありますが。

しかしまあ、普通に読めば、石宝の役は、岳飛ブレークのための生贄《いけにえ》という役割りなわけですが。

ところで、聞の字はまたろくなことは考えない奴ですなあ。北に定着してしまったら、扈三娘への劣情の行き場がないではないですか。扈成もいることだし、あ、扈三娘が北に人事異動になればいいのか。

ところで、朝鮮半島の根元から漂流するとやはり青森県西側に着くのは昔も今も同じであります。梁山泊は大宰府《だざいふ》のみならず、奥州安倍《あべ》一族とも交易するといいですね。「破軍の星」のあの黄金は梁山泊から流れてきた収益もふくまれていたりして。

綽名は継続して考えておりましたが、金庸《きんよう》の本をどかんと買ってきたら、ぎゃっ、これが強そうでおいしそうな綽名の羅列。にわかに読者の綽名募集が不安になってまいりました。読者が金庸とかから盗用でもしたら、とても対応できませんからなあ。香港武俠《ぶきょう》小説の大巨匠でありまして、チェックのしようがないうえに、まだご存命のようです。

しかしまあ、綽名募集はもうチャラにはできません。

募集要項の相談の電話を明日にでもいたします。

また二巻の最終チェックが、十五日前後です。

もろもろ、よろしくお願いいたします。

〔第三巻「盤紆《ばんう》の章」の完結まで。呉用、軍師・趙仁《ちょうじん》として、進軍する方臘の傍《そば》につく。」

17（二〇〇七年八月一三日）

ごぶさたいたしております。

「楊令伝　三巻　××の章」のゲラをお送りさせていただきます。

この巻でやっと楊令が頭領の地位についたわけで、なんかあの晁蓋《ちようがい》が梁山泊に入山したあたりのことを思いだしました。

感無量ですね。ずいぶん遠くに来てしまいましたが、もう引き返すことなんかできませんね。

ここから「三国志」が魏呉蜀《ぎごしよく》に分かれる以前の混沌《こんとん》状態のようなバトルロイヤルが始まるわけで、それだけでも大変なのに、時空を超えて、武帝《ぶてい》の時代の十六州も同時並行執筆するわけだから、こりゃ大たいへんでございます。

さて、このゲラの細部のことはさておき、四巻の三〇〇枚時点での気になった点をいくつか書かせてください。

梁山泊一派のほうはさておき、それ以外の人物たちが躍動しすぎておりまして、その始末に困っているようなところもこれあり、楽しんでいるようなところもこれあり。

まず、童貫。死に方は史実にのっとるので動かしようがないとして、このごろどうも童貫視点が多い。すると気になるのは、「宦官」の人生観であります。宦官は権勢欲と金銭欲に奔《はし》るのが普通だが、童貫は戦さに勝つことにのみ興味があった、というのは「水滸伝」までのことでありまして、「楊令伝」ではその先の性格の深みが知りたくなるわけであります。文庫の加筆はあくまで、変容していく性格付けに合わせただけです。童貫は望んでなった宦官なのか、親の意向でなった宦官なのか。何歳くらいで宦官になったのか。女性なるものをかつてどう考え、今はどう考えているのか。

それにしても、北方謙三氏と浅田次郎氏が、童貫と春児《チュンル》（『蒼穹《そうきゅう》の昴《すばる》』の主役の宦官で神のような性格ですが）という過去のイメージを払拭《ふっしょく》するあたらしい宦官像を提示したのはただの偶然ではありましょうが、すばらしいことであります。

次に方臘。これは史実のほうの方臘でありましょうから、無理に原典のエピソードをひっぱってきてツギハグとかえって変なことになってしまうのでしょう。呉用を生存させた副産物として始まったにせよ、この方臘の造形ぶりも不気味なほど精彩を帯びておりますね。呉用が惹《ひ》かれてしまうのも、説得力があります。しかし、南に帝国を築かせてしまうわけにはいきませんから、方臘が夢見た国はとだえるとして、その志は、梁山泊に部分的に移植されるといいなと思う次第です。つまり方臘軍は壊滅しても全滅する必要はなく、生き残りが梁山泊に合流する。そのつなぎの役が呉用ですが、これは早めに殺しておかないと、また変なことになってきそうな予感がいたします。戦にまた負けてしまうではないですか。褚律《ちょりつ》とか残し勝手のいい人物がいるわけで、こやつに思いださせてやればいいのであります。

岳飛。これはもう、V字型の急成長を遂げている最中でありますから、方臘側の考え抜いた秘中の秘、の水も漏らさぬ逆転のこの一手、これが破れたのは、この若者の存在が方臘側の想定外だった、ということでありますね。たかが従卒のひとりひとりまでは、リストにはないはずですからね。この一戦で、畢勝さえもが一目おかざるをえない活躍をしていただきたいものであります。そして、童貫亡きあとのために岳家軍のメンバーをすこしずつでも組織しておかなくてはなりませぬ。

　趙安。この人は、仙人のように、片手片足片耳片金片目を失ってでも長生きして欲しいものであります。そして、ぜひ鉄塔の上で呼延灼と酒を酌み交わす江戸川乱歩《えどがわらんぽ》『二廃人』パターンを見たいものでございます。ふたりは取っ組みあったまま、絶叫しつつ鉄塔から落ちていく、というのは誰でも考えることですから止めましょう。

　秦檜。これが難物であります。今度は渡辺《わたなべ》淳一《じゅんいち》先生『光と影』。岳飛との「光と影」問題はあとで考えればいいことであって、いずれ得意の「立場ごとの正義」に収斂《しゅうれん》するはずで、今から考えることでもなかろうというう当たり前のことを思うわけでございます。

　聞煥章。このごろめだたないのは、北でまたせこいことを画策しておることでありますね。しかし、扈成がいて呂英《りょえい》がいて、あっちに扈三娘がいて、なにもしないではすみませんのだ。ほっておくと扈三娘が扈三婆になってしまうではありませんか。扈三娘を人事異動で北方に移動させて近づいて、聞の字の劣情に火をつければいいのであります。しかし、扈三娘が鮮やかに料理の腕を見せる一瞬は見たいと思うのです。

　李富と李師師。このふたりと秦檜がくっつくわけでありますね。しかし、秦檜というのは徽宗《きそう》と一緒に金に抑留されていた期間も長く、そのあたりが正体不明の怪物、というような予感もこれあり、岳飛だって梁山泊と気脈を通じている可能性もあるわけです。しかし、岳飛を売国奴《ばいこくど》にしてしまうと中国ではますます売れなくなるうえに遠い将来実写版北方水滸伝の映画の撮影許可がおりないということもあるが、それもまた先の先、そのうち考えればいいのであります。

というわけで、ゲラの戻しは二十一日二十二日あたりでお願いできればうれしいな、と思う今日このごろでございます。

〔第四巻一二七ページ、「地健《ちけん》の光」第三節以降の執筆前。〕

18（二〇〇七年九月吉日）

お久しぶりでございます。

今月で『楊令伝』は、二〇〇〇枚に達してしまったわけですね。

おとろしいことだす。

衰えを痛感されているとおっしゃる今日このごろではありますが、作品のパワーは増すばかり。死域《しいき》は続くよいつまでも、でございますねえ。

単行本三巻のカバーイラストは「方臘」でありまして、石を持ったおぞましい髭中年が完成したのはいいんじゃが、方臘さんはいい人だったのではありませんか。これで梁山泊側だけがカバーに出るわけではないということが提示され、では二巻の少年は誰だったのか、と2ちゃんねるの話題になることでしょう。わはは。意表をついて岳飛なのだよ。四巻のカバー表一には花飛麟を予定していたのですが、王母というダークホースが現れて、ただいま思案中でございます。

ところで、二巻の終わりあたりでは片付いているはずの「方臘軍壊滅」が四巻が終わっても片付いていない。これはいつに「キャラがたってしまった」結果なのでしょうが、うれしいような悲鳴、完結前に作者がおっ死《ち》んだらどうしようという本当の悲鳴が交錯して、もう行く先は物語に聞いてくれい、というのが正直なところでございましょう。

しかし、先生も、もうそろそろ還暦なのでありますから、男の意地もさることながら、体調不良の場合はSOSを早く出していただくと万人のためにいいかもしれません。

私にしたところが、顔面の皮膚病と右肩の麻痺《まひ》のための合法ドラッグのやりすぎで擬似死域に入ったりしておりまして、思考が停止することしばし、しかしあさっては逢坂剛さんチームとのソフトボールで十四イニングほど投げるかもしれません。困ったものでございます。

ところで、王慶《おうけい》の処理がすばらしかった。原典派の溜飲《りゅういん》も下がることでしょう。方臘と童貫の戦いが、人間観の戦闘になってしまうというすさまじさ。身のふるえる描写でした。そして、王母の死。鮑旭《ほうきょく》が地面に自分の名を記すところなど、読者には落涙するものも多いと愚考いたします。

それにしても、どんどん若い者が出てくるのはすばらしいが、覚えきれない。覚えきれない上にひょっとしてすべてに綽名が必要だったりして。準備はしておきますので、必要でしたら、緊急会議はいつでも招集してください。

文庫は来年春のファイナルフェア以前に今年の秋に『水滸』フェアをやると言っております。そこに「待てない」人向けに『破軍』『波王』『林蔵』のミニフェアもぶちこめと言って、現在、検討中でございます。

サイン本、色紙などは当分、遠慮してもらいますが、負担にならない程度のご協力はお願いする可能性はございます。よろしくお願いをいたします。

〔第四巻二四〇ページ、「天牢《てんろう》の夢」の終わりまで。呉用、「方臘様に、勝たせたいのです」と言い、生肉を喰らって酒を呷《あお》る。〕

19（二〇〇七年一二月一〇日）

いやはあ、凄《すご》かった。

方臘、童貫の人間観の戦いになりながらも、ひとりひとりの脇《わき》の人物まで目配りが行き届き、人肉食の問題までクリアしてしまい、方臘、呉用、包道乙たちが食っていた肉は、ではなんなのなら、ということには謎を残しておこうということで、磐石《ばんじやく》の第一部二五〇〇枚が脱稿したわけでございます。まさに巻措《お》くあたわず。

すったもんだで、石宝は岳飛のブレーク役になってしまい、呉用は生き残ってしまった。しかし、若干の成長は見られるようなので、呉用のおバカ指揮のせいで、また負けてしまうことはないでしょう。

梁山泊に戻った呉用、さっそく鬼謀の才を発揮して、宣賛の妻に夜這いをかけて叩きだされるわけですな。顔がくずれているからわからない、という理系サラリーマン的あさはかさは前とかわらず、「戦さは生き物である」などといまさらのようなことを言って、裸族・九紋竜の陰茎パーンチをもらったりするのであります。

それにしても、裸族・九紋竜は2ちゃんねるのレベルでは評判が高い。結局、煮詰まってぶっ書いちまったことが、楊令のキャラクターに場所を空けてやった、ということになってしまったわけであって、そこまで神謀の計算しておられるとは今さらながら、北方さまは偉大な作家であります。

二千五百人の方臘の精鋭の合流はまっこと心強いものがありますが、こいつら、人の肉を食いたがって亀裂を呼ぶのではありますまいな。新梁山泊もどんどん力をつけておるようで、二世にも人材集まり技術これ練磨を続け、ついにセカンドステージでありますなあ。

それはさておき、ラストに懸案のヒキを作ったのはさすがというかなんというか。これをばっくれると怒る読者も多いでしょうし。しかし、ふたりいるガキのうち扈三娘の実子だけをさらえばいいのに、脚の短いほうがそうに決まっておろうが、というのは呂の字の知るところではないのであって、そも、どっちが扈の腹でどっちが白寿《はくじゅ》の腹で、などというのは作家自身が、ふたりの日本人がどーなったかと同じで考えておらぬであろうからして、呂の字の知るはずもないことなのであります。

ついに、扈三娘の料理の腕も見られそうだし、（乾いた肉マンは電子レンジに入れればいいのであります）逆上した花飛麟の矢が聞煥章の残った膝《ひざ》を粉々にするのも見られるきゃあも。

扈三娘について一つだけ。得意技は日月剣《にちげつ》の二刀のほかにもうひとつあります。縄術です。赤い縄を縦横に使って中国版では梁山泊の好漢どもをからめ取っておりました。この「赤い縄」が出てくると、かすかにまだ原典とつながっていないわけではない、と微笑《ほほえ》む老人もいるかもしらん、と愚考する次第なのでございます。

年内は、お目にかかる予定はありませぬが、「銀座の歩く財布」が必要でしたらいつでもはせ参じますので、ご留意を。

〔第五巻「猩紅《しょうこう》の章」の完結まで。呂英が王貴《おうき》と王清《おうせい》を攫《さら》い、聞煥章に交渉を持ちかける。〕

20　（二〇〇七年一二月二八日）
今月も、いや本年もお疲れさまでした。

あっという間の一年でしたが、来年もあっ

という間のような気がします。

それにしても、次回の直木賞候補には笑った。友達知り合い会員イチオシの羅列ではないですか。北方イヂメの並びとしか思えませんね。来年も、選考会→花粉→年貢とカメラを向けずとも、眉間《みけん》の縦皺《たてじわ》は消える暇なし、というところでございましょうか。

それはさておき、子供というのは早く成長するものです。

蔡豹《さいひょう》、秦容、王貴、王清。

みーんなあと三年もすれば、一軍を率いることのできそうな面構《つらがま》えではないですか。その分、当たり前ですが、呼延灼だの公孫勝だの呉用だの杜興《とこう》だのは確実に爺《じじ》いになっていくわけですが、そこはそれ、英雄好漢は老いてますます強く賢くなるのだという小説的お約束ごともありますのでね、気になさらぬように。ホームズもターザンもダルタニャンも眠狂四郎《ねむりきょうしろう》も歳を重ねるほどに強くなってしまったという歴史があるわけですよ。

要は、そうなんだ、と強弁して読者をねじ伏せてしまう筆力があればいいのであって、そういう意味では、歳を重ねるほどに強くなる代表が北方センセーだったりして。

蔡豹の今後は楽しみですね。ひとりくらいは王進先生の鞭撻《べんたつ》も馬耳東風、蔡福をずべらとぶった斬るのがおってもいいのかなと思ったり。そこはそれ、王母（最後まで名前がなかった）と公淑の違いかもしれませぬなあ。

扈三娘が単身奔馬の如く、聞の字の陣営に乱入してたちまち捕縛され、一部の読者が涎《よだれ》を流して待っていた、というＳＭシーンはないかもしれん。それより、青蓮寺との微妙な亀裂に悩んだ聞の字が転向して王兄弟を手土産《てみやげ》に新梁山泊に同心したはいいが、たちまち顧大嫂さんに拉致監禁されその巨体の下で圧死する、という笑えない局面まで見えてまいりました。顧大嫂、妊娠。うん、これはやめたほうがよい。扈三娘の兄の文官が、不気味。こやつも妹を犯してしまうのが嫌で出奔した武松二号だったりして。

　李富のブレのない生き方を闇の字は見習うがよいのじゃ。

　さても、ふたりの日本人、ついに登場ですなあ。武士のようなものが二人、ということですが、船に弱い東国武者というより、西国の倭寇の祖先なのでありましょうか。さすがにもうすこし先のことは考えておられようが、このふたりが倭刀をぶん回して梁山泊で一軍を任せられてあだ名が必要になってきた場合、どうなるのか。短命二郎・五郎《ごろう》に源義家・源《げん》太《た》というわけにもいかないし。まあ、なるようになるのでしょうなあ。

　三十日から七日まで、マカオです。マカオは現在、エラいことになっております。中国資本とアメリカ資本が、競合してカジノホテルを乱立させております。でも大地震が来たら、ホテルは将棋倒しでございます。本も、たくさん持っていきます。

　よいお年をお迎えください。

〔第六巻一三〇ページ、「天哭《てんこく》の夢」第三節の終わりまで。梁山泊に戻った呉用のもとに、李俊が蒼香《そうこう》を連れてくる。〕

21（二〇〇八年二月四日）

　いやあ、きのうおとつい、ギョーザばっかり食っちょります。あまりに悪いＴＶめが中国産毒ギョーザの映像ばっか流すので食欲中枢を刺激してまたしてもカロリー過多。

　そも、中国華北《かほく》人の食うギョーザは蒸しギョーザ、水ギョーザであって、あまりもんを下女召使に食わせるために案出したものが鍋貼ギョーザで、それを好んで喰らう野蛮な日本人につべこべ注文をつけられながらゴミ銭のために作り続ける誇り高き中華人の心中はいかばかりか。

　農薬をぶちこみたくなる気持ちもよくわかるのでございます。

　しかし、農薬ごときではあの雑木の如き「団塊」は死なないんだから。

　それはさておき、今月もご苦労さまです。

　聞煥章が紳士になってしまったのはこりゃ如何《いか》に。花飛麟をはじめ、無断出陣が続出して宣賛のかつての呉用化が加速するのがすでに眼に浮かぶのでございます。

　侯真はしっかり強くなった。というより公孫勝がすんなりと禅譲したことのほうが、驚きでございます。呼延灼戴宗張清以下、次々と禅譲を表明して元老院を結成し、楊令のやることにねちねちとケチをつけるといいかも。

何の意味があるのかと問われると面白いから、としか言えませぬが。

　ところで、かつて少しだけ綽名を「決定」したのをご記憶ですか？

決定　侯真　一撞鬼《いっとうき》　張平　九転虎《きゅうてんこ》
　　花飛麟　神箭　郝瑾　叩頭蟲《こうとうちゅう》
　　文祥《ぶんしょう》　小華陀《しょうかだ》　董進《とうしん》　神ビ捲
　　黄鉞《こうえつ》　獅殺将《しさつしょう》　山士奇《さんしき》　魑刺将《ちししょう》
　　蘇琪《そき》　照夜玉《しょうやぎょく》

　こんな具合です。侯真のあだ名も出してあげてよかったのでは。それにつけても、五巻のゲラにつける綽名案でパニクっております。なかなか「どーせ没」モードであってもこらたいへんであるなあ、というわけですが、八日とか十二日とかにお送りする単行本ゲラには、空疎《くうそ》な羅列が並ぶことでありましょう。

　さてさて、ふたりの日本人であります。長

い太刀《たち》をたばさんでいること、北九州から瓊英に連れて来られたこと、呉用と話しこんでいたことしか情報がないのですが、何者なのでしょうか。

　ずばり。このふたりは後の奥州藤原氏、安倍一族の末裔でいかがでしょうか。前九年の役に敗れた安倍一族。安倍貞任《あべのさだとう》以下の一族と藤原経清《つねきよ》らは悪い源氏に処刑されたわけですが、ひとり貞任の弟、安倍宗任《むねとう》は九州に流罪になりました。それから四十年くらい経《た》つわけですが、そこはそれ作家的創造力でなんとかしまっしょい。

　そういうわけで、次回は二〇〇枚。よろしくお願いをいたします。

　もう、『楊令伝』、二三〇〇枚もぶっ書いてしまったのですなあ。

〔第六巻二四三ページ、「地蔵《ちぞう》の光」の終わりまで。太湖にて、呉用の暗殺を目論《もくろ》んだ羌肆《きょうし》の部下を、侯真、羅辰《らしん》、褚律が撃退する。〕

22（二〇〇八年三月五日）
　こら聞煥章。聞の字。レイプはいいとしてパイプカットをしとらんのなら、扈三娘サマは妊娠し、運命の仔を出産してしまうではないですか。この子は、母に愛されず、ふたりの兄からもいぢめられ、武松と燕青とそして花飛麟にもかわいがりを受けるという史上最不幸の子供ですね。子午山に行って蔡豹と復讐鬼《しゅうき》タッグチーム結成というのはありがちすぎるので、白寿を扼殺《やくさつ》したあとに、二代目・李逵の狄成に弟子入りさせて、人生を学びなおすといいかもしれません。
　それにしても、快楽に目覚めた扈三娘を西村寿行《むらじゅこう》式性交奴隷にしてしまってはまた別の話になってしまうが、ある夜に体の芯《しん》がうずいた扈三娘が深夜高平《こうへい》を訪れ、鋼鉄の具を注文に行くシーンにはそれはそれで泣けるものがありますねえ。

ところで扈成。旧遼との人脈を持って梁山泊に合流、という可能性もありますねえ。「飛天夜叉《ひてんやしゃ》」の人、原典にあだ名があります。「飛天虎《ひてんこ》」ふたつもあるのですね。でも、あまり強そうでないので、なにかでっちあげてもいいかも。

そうそう、原典といえば、韓伯竜《かんはくりゅう》、という名前をご記憶ですか？　はるか昔の原典「水滸」の積み残しの一人です。

原典では梁山泊に合流しようとした大男の強盗。得意技は一条鉄棒。朱貴《しゅき》と連絡しあって合流の手はずはついていたが、ある酒店で無銭飲食&食い逃げをしようとした李逵をとがめて、逆に斧《おの》で撲殺されてしまう。思うにすでに百八人そろってしまったことを作者が思い出して、これはしまったと安易に処分したのでしょう。雑劇「梁山泊五虎」では、けっこう重要な人だそうです。李応《りおう》が仲間にしようと会いに行って、逆に助けられ義兄弟になる。あとから魯智深たちが現われ、例のごとくの汚い方法で仲間入りさせる、という由緒のあるヒトだったのですよ。

というわけで、李応の子供のどちらかがらみで、名前を拝借して登場させるといいかもしれません。おうそうじゃ、そんな小技ではなくて、一気に韓世忠《かんせいちゅう》の息子にしてしまう、という荒業《あらわざ》もあるぞ。ゆくゆくは岳飛の片腕が何人か必要になることだし、今のうちから準備しておかなくてはいけません。

童貫と王進の出会いは本当に実現してしまいましたなあ。お互いすごい貫禄《かんろく》でございます。

いよいよ大決戦に雪崩《なだ》れこみそうですが、

死ぬ時の視点が長そうなのが仰山《ぎょうさん》残っておるだで、長引いて読者をよろこばせることでしょう。

来月もよろしくお願いいたします。

〔第六巻「徂征《そせい》の章」の完結まで。楊令、洞庭山に逼塞《ひっそく》していた呉用を迎えに行く。〕

23（二〇〇八年四月四日）

ついに、戦さが始まりましたか。

これは、プロレスでございます。これこそ、プロレスなのであります。

童貫は勝つわけにはいかない。それでは歴史が変わってしまいエスエフになってしまいます。「童貫敗北」というシバリの中でどう盛りあげるか。これこそがプロレスなのでございます。

プロレスが好きだというだけで私の知的レベルが低い、と決めつけている船戸《ふなと》与一《よいち》巨匠。

スペインで闘牛を見て「これはプロレスですね」と褒《ほ》めた私を叱《しか》った佐伯泰英《さえきやすひで》大老。

わかりましたか、おふた方。

しかし、そこはプロレスですから、細かなところまで正確にシナリオを記憶する知的レベルがレスラーたちにあるわけもなく、北方に拉致されたはずの高俅《こうきゅう》がヨヨイのヨイになったりするのは、とってもありなのでございます。とするならば、童貫とて美しく戦場で散ってしまう選択肢もこれあり、史実で斬《ざん》首《しゅ》されたことになっているのは影武者だの突然出てきた双子の弟だの単なる空似人だったりしたっていいわけであります。

シナリオから逸脱というかただ単に煮詰まったというかヤケクソで書かれたにちがいない九紋竜史進の全裸大暴れのシーンは今でも語り草の名シーンであります。副産物として、楊令再登場の前に史進との区別化ができてしまった、というのも大きいことです。逸脱は、おおいに結構なのでございます。

しかし、プロレスを馬鹿にしてはいけませんん。ウケねばならんというシバリは絶対にこりあるわけでありますからな。もちろん画龍の点睛《てんせい》を欠いたりするのは論外でございます。

まあ、史進のごとくに、ウケまくるであろうことには何も不安はありませぬが。

なぬ。韓伯竜が本当に出てきてしまいましたなあ。これでは岳飛の副官になりようもないが、それはさておき、この韓伯、あだ名はないけど「一条の鉄棒」をつかうと原典にはありますが、そういう性格ではすでになく、ただいまの限定された情報からあだ名をつければ「透明人間」ですが、それではエスエフになってしまいこれまたまずい。いっそ、「韓伯竜」じたいがあだ名であってじつは、韓冲とか韓達とか韓国とかどこにでもいそうな本当の名前があった、という裏技はいかがでしょうか。

はて。扈三娘は妊娠していない。うーむ。聞姦章はパイプの切断しておったのか。おのれ安道全《あんどうぜん》、汝《なんじ》、なんの意ぞバイトにはげむ。もうそうにちがいないぞ。行間というか章間はおそろしいものでございます。

と、ここまで書いたのは、実は三日の夜ですが、なんと四日の昼には、韓国問題、影武者問題、決着がついてしまったようであります。残るは裏切り者の安道全の処断じゃが、死んでしまったものはしかたがない。

どうも、物語の進行は奔流を予感させるのごとく、急、でありますなあ。

次回もよろしくお願いいたします。今月はサイン会を二発、ぶっ放すのでございます。

〔第七巻二四一ページ、「地奇《ちき》の光」の終わりまで。趙安との闘いの直前。〕

24（二〇〇八年七月四日）

いやあ。先日はごちそうさまでした。

お好み焼き、おいしゅうございました。やきそば、チョリソおいしゅうございました。たきこみご飯、おいしゅうございました。しかし、かつて某大阪在住の作家氏に朝の新宿で牛丼特盛りをごちそうになって、とってもおいしゅうございましたが、この牛丼、一杯が××万円なのでございます。私が大阪家《だいさつか》に麻雀《マージャン》のお金の××万円お支払いして、それが一杯の牛丼となって戻ってきたわけでございまするが、それはさておき、あの銀座のクラブのお好み焼きは、なんぼじゃい、と心配するのは管轄外ではございますねえ。

ところで「編集会議」という雑誌で先生がおおいに語っておられましたね。

ヘミング爺いのあのバッタは保護色ではありません。

たしか「二つの心臓の大きな川」では、火事があって、その界隈《かいわい》のバッタにも黒い煤煙が降りかかり黒くなって、それを見たニック・アダムスが、「あ、おらの心の色と一緒ばい」という手法だったと記憶しております。

ははは。昆虫と賭博《とばく》と食い物とプロレスについては、ついムキになる私でございました。

それにしても、花飛麟は果報者じゃあ。しかし、王英《おうえい》、聞煥章と続くと扈三娘はサゲマンでありまして、どのくらいサゲマンかというと、ちらりと扈姫《こき》が心を動かしただけで、あの晁蓋まで死んでしまったではないですか。花飛麟クンのご冥福《めいふく》をお祈りいたします。

さてもさても、岳飛の強弓は凄い。史実でもそうだったらしいのですが、うん、史実といえば、「岳家将《がくかしよう》」とでもいいましょうか、岳飛には、養子に岳雲、実子に岳雷、岳霖、岳震、岳霆と五人も子供がおったわけでありまして、童貫に心酔するあまり宦官になっちまう前に、嫁を世話してやらぬとまじかんべいと愚考するわけでございますよ。

どういう嫁がいいか？　ずばり、李媛《りえん》でございます。

梁山泊、金、秦檜、南宋、青蓮寺との関係が何ひとつ決まっていない中で、いろいろと広がりのある人材というか女材というかにつきましては、李媛しかおらぬという現実がありますなあ。あ。顧大嫂がいた。うーむ。これは、男と女のことは何があるかわからぬし、年上妻はブームのようだし、実は、岳飛の好物は焼き饅頭《まんとう》だったという反則そのもののストーリーラインもあるわけで。ともあれともあれ、嫁でございます。実はすでにあちゃこちゃの田舎《いなか》に私生児が仰山おったりする呼延灼型反則もございまするが、この手は使いましたからね。

そや。秦檜も動きだしたわけですね。扈僊《こせん》も。扈僊は干からびた聞煥章の性器を何の意ぞ、持ち歩いていたりして。

〔第八巻二二七ページ、「天退《てんたい》の夢」第二節の終わりまで。花飛麟、扈三娘と結婚の約束を交わす。〕

25

（二〇〇八年一〇月六日）

豚に喰われて死んでしまえ。

ひょっとして先生の口癖のこのお言葉は由緒伝統があるのではないでしょうか？　じつは、必要があって海野十三《うんのじゅうざ》という戦前のエスエフ作家の本を読んでいたら、その言葉がそのまま出てきました。昭和十四年に「新青年」に発表された軍事小説短編で、「のろのろ砲弾の驚異」という怪編です。軍事探偵が機密を持って失踪《しっそう》したマッド科学者を、「豚に喰われて死んでしまえ」と罵倒《ばとう》しておりました。

そんなことはさておき、まず、緑衣。そうですか。八巻の十人の緑衣をゲラで直すのではなく、あとでフォローをいれましたか。するとですなあ、その残った九人の中のいちばん強い奴が緑衣を着続けて、そして張朔の初参陣の時に、黙ってその衣を着せかけてやる、というシーンが浮かんできてしまうではないですか。狄成が、当然、不機嫌になって、ふたりは、かの朱仝《しゅどう》、李逵のような関係になってくるのですね。それにしても、瓊英サマの性欲を満たしてさしあげるのは、まさかケチのうえにゴケゴロシの絶倫・花飛麟ではないでしょうね。

邵房《しょうぼう》。このフォローも終わりましたね。楊令の評判もかなり回復することになりそうです。さらに公孫勝の回想の中で、「かなり怪しいけれども、証拠がなかった。しかし、ともかく、懐《ふところ》に替天行道を忍ばせていたのが気にくわなかった」とでもすると含みがあってもっといいかも。

童貫はあっけなかった。しかし、拡がりまくって双方水を背にした戦線の全面対決では、往々にしてこのようになるのかもしれません。楊令の頬《ほお》にも、童貫と同じような傷跡が残るといいですね。後年、語り部になった楊令老人が傷をひとつひとつ若い者に見せてえんえんと解説するわけです。「この痣は青面獣・楊志、この傷は元帥・童貫。こっちが李師師の爪痕《つめあと》でそっちの小指が徽宗の歯型、あこれは岳飛にやられた痔《じ》」

すみません。

カンシは童貫元帥の死に際しての渾身《こんしん》の四行を詠《よ》みたかったのですが、力不足を思いしらされました。せめて童貫が宦官になったいきさつ、いやがる童貫少年を両親兄たち伯父《おじ》二人と叔父三人がおさえこんでちょんぎったとか、初陣で大戦勲をあげるも嫉妬《しっと》讒言《ざんげん》を浴びて宮刑《きゅうけい》になってあとで冤罪が判明許されて復帰抜擢《ばってき》されるとたちまち頭角を現したとか、そこのところがわからないと、どうしようもないのですよ。弁解ですが。

ところで、戚方、という人がいます。岳飛と同世代で、金にも南宋にも属さない武装匪《ひ》賊《ぞく》だそうです。なんか使えそうではありませぬか。護国剣の蕭珪材《しょうけいざい》のように、これから梁山泊に合流してくる人もいるわけでしょうし。

では、あさって。今回もご苦労さまでございました。

〔第九巻一二七ページ、「地伏《ちふく》の光」第三節の終わりまで。水軍が金軍を援護し、狄成が李明《りめい》の首を奪《と》る。〕

26（二〇〇八年一〇月三〇日）

さてさて、国というか楊令率いるユートピア共同体に向けて出発進行がはじまりましたなあ。

ここにひとつ問題が生じるような気がいたします。

お金です。闇塩の道はそういうことになってくると、ただの塩の道になってしまい、いままでのような暴利をむさぼるわけにはいきません。といって租税を高くとりたてるわけにもいかず。どこから、ユートピア作りの原資を持ってくるのか。消費税を導入するか。

名案がございます。

金です。国の金ではなく、ゴールドであります。

今、いろいろと調べておりますが、漢《かん》民族

とゴールドの関係がはっきりしません。エジプト、ローマ帝国、ペルシャなどはかなり早い時点でゴールドを通貨としておりました。しかし、漢民族というか中原《ちゅうげん》を制した人々は、なんと清《しん》末まで銀本位制だったのですね。げんに北方「水滸」にしても原典水滸にしてもゴールドの描写はほとんどありません。

ゴールドは宝石のような装飾品にするか、さっさとヒトコブラクダにつんで、シルクロードに向かったのかもしれませぬ。

しかも、です。近くには当時世界一の産金国、日本があったわけですね。飛鳥《あすか》時代から奈良時代にかけての奥州金は世界をかけめぐったと想像されます。源氏と奥州藤原氏の騒乱もゴールドの争奪だったのかもしれません。

そこで、であります。

国の金は砂金を産出する土地から勃興《ぼっこう》したという説もあるくらいで、むしろ北方騎馬民族のほうがゴールドについての知識があった。いや、あったということにしてですな、日本のゴールドは奥州十三湊から李俊率いる水軍の手によって梁山泊に流入し、秘密の北方（ほっぽう、と読みます）シルクロードを通じて、遠いゴールドを有難がる民族の手に渡っていくということでいかがでしょうか。

五郎、源太の出番もあるし。

そもそも、あの「破軍の星」のなかに、連綿と伝えられてきた埋蔵「金」があったではありませぬか。

キタカタ・ワールドをみんごと繋《つな》げるミッシング・リンク、それは奥州は十三湊のゴールドであったとすると、感慨深いものがあると感じる次第でございます。

〔第九巻二三九ページ、「地察《ちさつ》の光」の終わりまで。金軍を援護した李俊が、完顔成《かんがんせい》、斡離不《オリブ》、撻懶《ダラン》の三人と別れを告げる。〕

27（二〇〇八年一二月五日）

さて、ゴールドの道を調べようと、ただいま刊行中の講談社「興亡の世界史」全二十一巻の関係していそうな巻を読み始めたのですが、いやあ、世界史も四十年も経つと変わるものですなあ。ヨーロッパと中華の狭間《はざま》の国々に多く巻を割《さ》く、という方針らしく知らないことが団体で出てきて、眼に鱗《うろこ》の集団がとびこんでまいりました。

いわくソグド人という国ではない集団が天《てん》山《ざん》山脈の北から西に勢威をはり、八世紀から商業的特権を維持すること三百年に達した。いわくシルクロードというのは東西の線ではなく東西南北にはりめぐらされた面であった。いわく隋《ずい》も唐《とう》もトルコ系民族の征服的王朝だった。いわくロシア帝国の祖・イワン雷帝《らいてい》は母も妻もモンゴルの名門の出であった。

うーむ。つまりは日本人が教わってきた世界史は、西欧文明中心だったのみならず、中華思想にも歪曲《わいきょく》されておったのですなあ。世界史のジャンルにも網野《あみの》先生のような人がいるようです。

感心していては進みませぬので、「史実とされている金の道」の探索を続けたく存じます。

と、ここまで前もって書いておいたのですが、さすが楊令、先を読むこと光の如く、すでに日本の奥州藤原氏をたぼらかし、西の耶《や》律大石《りつたいせき》にまで使者を送るという神速さ。これぞ天才という人はいるものであります。

日本の朝廷は奥州金を中心にほそぼそながら、すでに大宰府から宋国に砂金を輸出していた、という史実に近い点は、読者には伝達しておく必要はあると思います。

ともあれ、「楊令伝の世界」は、童貫の死

とともに、ぐわあっと拡大しました。

　こうなってくると、北方史観の一要素であるところの「環日本海文化圏」の問題がいずれ浮上してくると思います。

　すると無視できない土地が、どん、と控えております。

　朝鮮半島でございますね。

　私はチェ・ジウ様とビビンバは好きだが、それはさておき、高麗《こうらい》、李氏《りし》朝鮮などの歴史の資料を今から蒐《あつ》めておくのは無駄ではないかもしれません。

　西遼《せいりょう》からさらに西は耶律大石が知っていればいいことだし、朝鮮もあまり関わりを持たなかったことにすればいいのではありますが、（そうなる予感はありますが）知らずに書かぬのと知って書かぬは大違いであります。

　次回からの十巻目にかかる一五〇枚も楽しみでございます。期待すること大、でごわす。

〔第九巻「遥光《ようこう》の章」の完結まで。金軍が開封府を包囲し、李富が妓館《ぎかん》を消滅させる。〕

28（二〇〇八年一二月二六日）

　本年もいろいろありましたなあ。

　本当にお疲れさまでした。

　私も今朝は疲れました。

　文語調でいきます。

　過日烈日星霜な冬の午前十時出社をせむと家出れば肩を叩かれふりさけ見れば官憲ひとり「汝此家ニテ何ヲシタ人ゾ」我「住ンドル」官「証セヨ」我「シカシ（惑）」官「デキヌトアラバ」我「サレド（困）」官「署マデチト」我「嗚呼《アア》我ガ社員証ト表札ヲ汝視《ミ》クラブベシ喝」官「疑ワシキハ、コレニテサラバ」。

余の官憲より職務質問さるること国の内外問わず多けれど我が門先にては他例を見ぬことなれば哀《かな》しうこそものぐるおしける或冬の日なりけり。

ところで、よく考えたら、奥州安家《あっけ》一族は「金を出さずに蓄える」役割ですから、瓊英の色香に迷って金塊輸出に手を貸したら、変なことになりますからな。安東《あんどう》の本家が安家だったりして。安家は良家を駆逐するのでございます。

いずれにせよ、このルートさえ作っておけば、弁慶義経はもとより、シャクシャインでも最上徳内《もがみとくない》でも受け入れ可能ですがな。そうじゃ。秦朝舎から北に帰る人の群れはとても静かで凍結した冬の海峡を歩いて戻って来た間宮林冲というのを出しましょうか。どういう意味があるのかとは聞かないでください。

顧大嫂、老いず。強い。十巻のカバー裏は悪夢の顧大嫂、李俊、孫二娘の三人でどうだす。偶然だけど。鉄塔、懐かしいですね。誰が書いたか「淩」という字が尺刀《せきとう》で彫ってあったりして。いや、やりすぎはいけません。北京陥落じゃが、あれから秦檜、どこに行ったやら。いずれ、びっくり仰天の再登場をすることでありましょう。扈成は妹の死を知っているのだろうか。ラストの杜興と岳飛のやりとりは、しみじみとした味がありました。この十巻にあたる部分は典型的な「静の巻」になると思いますが、こういうシーンが増えるとうれしいですね。

それはさておき、三省堂へ行って、ぶっ買ってまいりました東洋経済史、シルクロードなどの本を読みはじめましたが、さすがに奥が深いですね。この年末年始は自宅で楽しめそうでございます。それにしても神君・楊令様は、北の「光金の道」を拓《ひら》きそうな勢い。取引物品などの具体的なことを細部、行間散らすことができれば、もっといいかも。

〔第十巻一二七ページ、「地勇《ちゆう》の光」第三節の終わりまで。岳飛、嵐州《らんしゅう》で旅の途中の杜興と出会う。〕

29（二〇〇九年二月六日）

今回もお疲れさまでございました。ところで、いささか唐突ですが、柴田錬三郎《しばたれんざぶろう》、と申す巨匠がおりました。この方は偉大だったのです。どのくらい偉大かというと。

「流儀を問わず、剣の極意は、吸毛の剣にある、と云われる。微風に吹かれて、刃頭に触れる秋毫《しゅうごう》をも切断する剣、という意味である」

偶然読んでいた、若き千葉周作《ちばしゅうさく》が眠狂四郎に挑む件、「眠狂四郎殺法帖」の一節でございます。たぶん、なにかの資料にあったものを、吉川《よしかわ》先生と柴田先生が借用し、それを白土三平《しらとさんぺい》先生と北方謙三先生が借用されたものと賢察します。

それにしても、物語の系譜はたゆとう大河の如きものでございます。

さて、いろいろと動き始めましたなあ。一つの里標が「楊令の死に方」さらにその次の里標が「岳飛の生き方」でございます。なに、歴史などは、それらに合わせて改変していけばよいのである、と本官は考えます。

楊令でございますが、「弱点」を知っている戴宗あたりが離脱して秦檜にチクる。青蓮寺、おびき出した楊令の前で、あの親子の親の首を斬り、この親子の子の喉《のど》を抉《えぐ》り、とやっておりますと、楊令に発作が起きるわけです。しかし青蓮寺の誤算は、発作が起こるとただでさえ強い楊令がますます強くなってしまうことでありました。楊志が百人斬りなら、楊令千人斬り。歴史を改変した青蓮寺の鉄砲隊の出番でありますなあ。やはり、ぽっきりと吹毛剣が折れて正気に返ったところを掟《おきて》破《やぶ》りのフルメタルジャケット弾群の猛襲、でやっと腕一本を不全にした、というくらいでありましょうか。

岳飛に関しましては、まだよくわからないのであります。別に北方版でも南宋に盡忠《じんちゅう》報国《ほうこく》の人にならねばいかんということはないのであって、何をしてもそれは岳飛の自己責任というわけでありまして、案外、楊令の国造りの理念をいっちゃん理解しているのが岳飛であったとしても、それはそれで構わぬわけでございます。

ただし、さすがにそろそろ、岳飛クンもそこそこ大家なわけだから、家族団、家臣団を用意してやらぬとゆくゆくの大きな絵は描けないかもしれません。岳雲以下の養子実子がうじゃうじゃいたのをどう処理していくのか。子供を沢山持った女侠を嫁にもらってその連れ子をみーんな養子にして名前だけ辻褄《つじつま》をあわせたりしたってかまわんのですよ。ところで、ものの本には岳飛の将軍のひとりに「王貴」の名前があります。これはただの偶然でありましょうか。王貴のスカウトに成功すると、楊令斬死梁山泊分裂のあとに扈三娘への思い断ちがたい絶倫・花飛麟の同心があるかもしれません。

しかし、なぜ梁山泊が分裂してしまうと本官は思ったのであろうか。

歴史、正史のほうですね、にこのままいくと梁山泊が教科書の中国史のパートに残ってしまうではありませんか。それはそれでいいような気もしますが、新教科書問題で第二次日中戦争をぶっこくくらいの覚悟が必要かと存じますなあ。以下次月ですねー。

〔第十巻二三八ページ、「地鎮《ちちん》の光」の終わりまで。岳飛、徐史《じょし》と国のありようについて語る。〕

30（二〇〇九年三月七日）

九巻のゲラ、拝受いたしました。

いやあ、お疲れさまでした。

今回の先生の死域は格別だなー、と思って同情をばしておったのでありますが、ラストで葉敬《ようけい》という人が死域のバーゲンセール。クリエイティブな作業には書き手の状況・心境が滲《にじ》み出してしまうことがあるなあ、と思いました。

『楊令伝』はここに、全体小説に加えて私小説的側面が加味されました。

ところで、楊令というと、団体を率いていて一番困るのはどんな時か。

中間管理職をそれなりにやった経験から言うと、（やってなかったという説もありますが）それは「上司が出した指示（命令）を守らずに、しかし結果として手柄を立ててしまった部下にどう対応するか」でございます。楊令クンがこういう局面に立ったらどうするか興味がありますなあ。呉用のせいにしてしまえば楽なんですが。

楊令棟梁《とうりょう》もいろいろあって、人間に戻ったところで、無念の吹毛剣がばきらんと折れて不慮の死を遂げ、志半ば、ということになるのでしょうか。人間、いつ死んでも志半ばなのである、というのは夢枕《ゆめまくら》獏《ばく》氏の盗用でありますが、案外、その残りの志を一番、理解していたのは岳飛だったりして。岳飛といえば、うじゃうじゃ出てきた子供らをアンジェリーナ・ジョリー様のようにみんな養子にしてしまえば、岳雲以下の子供問題が一挙に解決してしまいますなあ。崔如《さいじょ》との間に生まれるかもしらん唯一の実子に史実の「岳飛の養子」の名前を付ける、という荒業を想定しておられる、と読みました。

そういえば、女真の地に複数の妾《めかけ》をおいていた楊令には子供はいないのかしらん。いるとまた面倒、というのもわかりますけど。

それはさておき、戴宗がいいですね。人間臭くてよろしい。初のアル中好漢になるかも。戴宗の動向しだいで新梁山泊は割れるかもしらん、という危機感を読者にもたせるのが、さらにいいですね。

もっとも、「割れる」「滅びる」とすればそれこそ「神の意志」によるべきで、当然それは複数・同時多発の外的要因です。蝦夷藤原の内紛が飛び火して砂金の流入がとどこおり、西夏《せいか》でもいろいろあり、岳飛隊に戦線でぼろ負けし、金軍も大量南下し、そこでいきなり宣賛が勝手に累進課税消費税を導入するとの内憂外患。

そうか。租税一割というのも私小説的願望の発露でしたか。非体育会系は体が弱くて早死にするという偏見もそうかも。次は花粉のない美しい国造りでありますが、当時はないものはどうしようもありません。誰かほどよいのを黄砂《こうさ》アレルギーにでもしますか。狄成が黄砂を浴びると、突如凶暴になったりして。なにはともあれ、明日から西安《せいあん》の取材旅行でございます。

前半はゆるゆるとした活動にすべきだと、本官は愚考いたします。

〔第十巻「坡陀《はだ》の章」の完結まで。葉敬、史進との稽古で死域に入る。〕

31　（二〇〇九年三月三〇日）

昨日はお疲れさまでした。

今回は、執筆前に一筆啓上いたします。

本官の眠り病は治る気配がありません。これはアフリカの風土病ですね。サバンナから飛来したツェツェ蠅《ばえ》に西安で刺されたせいでしょう。電車の中で、また会議の最中に、眠りこけてしまうことしばし。過日も三鷹《みたか》から電車に乗って会社を目指しましたが目を覚ましたらまだ三鷹でありました。事故かと思って時計を見るに、眠りこけているうちに、三鷹→東京→立川《たちかわ》→三鷹と戻ってきてしまったようであります。時空の谷間に堕《お》ちたSF状態。昔もこんな体験がありました。かつて御《ご》殿場《てんば》の船戸氏別荘で眠りから醒《さ》めて、なんでわしは安房鴨川《あわかもがわ》の北方氏別荘におるのだ、とパニクった時ですね。眠っている間に時空を超えたのではなく、単に両別荘の間取りがまったく同一だったことによります。こういう新本格ミステリ的現象が冒険・ハードボイルド別荘で起こるのは不思議だ。それにつけても二十年の不眠症から回復すると、二十年の過眠状態が続くようです。明日にでも会社に冬眠休暇を申請せんといけませぬなあ。

さて、つぎのゴールデンウィークに『楊令伝』既刊分を通読するつもりですが、その前に気になっていることだけ書きます。

まず、楊令。十代の女真の地での虐殺について。また、女真娘の複数の愛人たちについて。虐殺は心神喪失で責任能力のない状況下での何回かだけ、という証言を張平あたりにさせるといいかもしれません。愛人については、惚《ほ》れられたからしちゃったもんねと強弁する。子供については、なぜかしてもしてもできなかった。だから、子供の帝位を相続、などと言わず、「選挙」なんていいだした、という含みを持たせることでうやむやにする、ということでいかがでしょうか。

次に張敬。日本刀に興味を示し、五郎の太刀に触らせてもらい、自分も欲しいと思う、という記述、すでにあり。だから、あだ名の候補は、「切玉刀」「倭竿刀」にしておきましたが。もっとも、手に入れたもののうまく使えないのを見た葉敬が、「貸せや」といって鮮やかに使ってみせ、なにかと物々交換、という手もありますが。

三人目、郝嬌《かくきょう》。燕青にひとめ惚れ。李師師は婆だからもういいのではないかと。

四、荀響《じゅんきょう》。李媛におか惚れ。李媛は岳家軍に奔って配偶者をみつけるような気がします。戦場での荀響との再会は胸が痛むのであります。

さらに、扈成はどうなったか。科挙《かきょ》の首席合格とありましたが、それは大変なことでありまして、すぐに地方に派遣されてしかるべく任官され賄賂取り放題、というのが普通です。そうならなかったのは、受験前に祝家荘《しゅくかそう》が炎上してしまい、(文庫で増やかした扈三娘のせりふでは、科挙に通ったとは言っておらず、都で勉強中となっていたはずです)いろいろと苦労したのね、というのがうかがえます。そして、銭がすべてずら、というような暗い人生観を持ったのかもしれませんねえ。

五、褚律はどこだ。あだ名さえもまだない。候補はいっぱい出したような気がしますが。呉用の護衛はもういいだろうから、どこか他のセクションへ異動させたほうが生きるかも。李俊の用心棒なんてどうですかねえ。あ、戴宗の用心棒なら、侯真とのスデゴロが見られるかも。

今回はここまでなのであります。

〔第十一巻「傾暉《けいき》の章」の執筆直前。〕

32（二〇〇九年四月一三日）

ものの本を読んでおりましたら、一八二〇年頃に、アシュトンというカナダ人が「ロビンソン・クルーソー」のマネ本を実話にもとづいてぶっ書いたそうです。このアシュトン、元海賊で、カリブ海の島に置き去りにされちゃった。クルーソーとの違いは、ビンボーで銃や道具もなく、また臆病《おくびょう》で野生の豚や鹿《しか》に追いかけられて逃げ回るという上に、泳げなかった。根性なしだったわけですね。まあそういうことはさておき、実はその島は絶海の孤島でもなんでもなく、ちょっと向こうに人がいっぱいいる島があった、という情けないオチであります。問題はその舞台となった島の名前でありまして、東西五十キロ南北四キロの「ロアタン島」、というそうです。一九九二年に、北方さんと佐伯泰英氏と私が訪れた、あのホンジュラスの北に浮かぶロアタン島でございます。長生きはするものでございますね。

さて、今回分で気になったところをふたつ。まず、秦容。かの狼牙棍は子午山に忘れてきたということはないでしょうね。楊令と向かい合う時に出てくるという解釈でいいのでしょうか。彼は、「童貫にあだ名をつけてもらった唯一の男」にして「戦場で会おう、という童貫との約束を守れなかった男」でもあるのです。だから、決戦に呼んでくれなかった、二重の意味で義兄にあたる楊令に複雑な気持ちを持っている人なのかもしれません。

次に相撲《すもう》のこと。焦挺《しょうてい》が「相撲が得意だった」という回想がありましたが、旧聞ながら「水滸二巻」の焦挺登場の時に、「漢民族は拳法専一で、相撲には染まらなかった」という説を先生は採用し、（岩波文庫吉川訳とは違うのですが）燕青の技も含めて、「体術」

にほぼ統一しました。北方「水滸」「楊令」には「相撲」という格闘技は存在しないのでありますす。これは単行本でいぢればよいですね。

今回ではないのですが、狄成。楊令との初遭遇で、「板斧《はんぷ》を使ったら」とアドバイスされたようですが、うまくいかなかったのかなあ。しかし、こういうアドバイスは放置してはいけないと思います。いまさらではありますが、李明のそっ首を叩き斬ったときの得物《えもの》は板斧であったなあ。これから、張朔と一緒に研究を始める、という手もありますけれども。

この際ついでだから、文庫で直してしまおうコネタをひとつ。死に瀕《ひん》した蕭譲《しょうじょう》が本当にまねしたかったのは、実は「鮑旭の字」なのではありますまいか。それほど、「鮑旭の字」には北方「水滸」のシンボリックな意味性があると愚考します。

さて、今月も一五〇枚をがんばっていただくとして、ゴールデンウィークに『楊令伝』九巻プラス、ゲラ&原稿で十一巻の三分の二を精読させていただきます。なるべく、撒《ま》いた伏線はコネタでも収穫しておかれたほうがいいかと思いますので、その方向で、読みます。

よろしくお願いいたします。

〔第十一巻二二六ページ、「地闊《ちかつ》の光」第三節の終わりまで。岳飛、反抗する荘《そう》を討滅し、背に「盡忠報国」の刺青《いれずみ》を入れる。〕

33（二〇〇九年四月二四日）

先日は、お疲れさまでした。イワタとの「男どうしの話」はうまくいきましたか。

「替天行道」「梁山泊」の新落款《しんらっかん》のデビューは、八月のサイン会になりそうですね。紫色の朱肉があるといいのですが。

　さて、今後の展開の認識ですが。

　国家を破壊する者と建設する者はちがいます。過去にも信長《のぶなが》が破壊し家康《いえやす》が建設し、ロベスピエールが破壊しナポレオンが建設しました。西郷が破壊し大久保《おおくぼ》がもっと壊したかどうかはさておき、楊令は破壊をしたため、建設する資格を失ったわけです。少なくとも自分ではそう思っておる。しかし、秦容という手のよごれていない建設者を見つけた。ところが、もうひとりの建設者、岳飛と秦檜がひそかに育っていた。というような感じが、今後の見取り図という認識でいいのでしょうか。

　しかし、割拠《かっきょ》する軍閥をひとつひとつ書いていては二十巻でもたりません。ほどよくはしょってですね、さくさく行きますべい。

　ところで、新梁山泊の経済についてです。


租税一割はいくらなんでも乱暴ではなかろうか、と思っている次第です。しかし、名案があります。

　「闇塩の道」はただの「塩の道」になってしまいましたが。「道」は生きていて燕青はまだ覚えています。当然、塩は潤沢に梁山泊に存在する。この塩をですな、宣賛あたりが活用するわけです。かつて「宋の売る塩」の三割の価格で民人に売っていたとして、宣賛は塩を「旧宋の六割」で売ることにする。楊令にナイショで。すると、利潤は減るものの、それでも差額はかなり大きく、財政がなんとかなってしまうわけですね。

　塩は、ドロップとちがって必需品ですからな。こうして、租税一割という楊令の理想主義的国家経済破綻《はたん》を、宣賛の現実主義的国家経済再生がとりあえず救う、ということになります。

交易がうまくいき始めれば、「茶」という中国の雑草は日本では「万能の薬」ですから、茶で黄金を釣る、という暴利をむさぼることが可能であり、さらに傭兵《ようへい》でもなんでも雇い放題、梁山泊は、一瞬の幻想にひたることができるのであります。

ちと、気になったのが、岳飛陣営の軻輔《かほ》。彼は「楊令の皆殺し」の生き証人なわけですが、彼は「岳飛の皆殺し」についてどう思ったのか。ここを記憶しておくと、将来的にいろいろ使い勝手のいい人物になってはきませんか。もともと、対楊令の秘密兵器として登場したとしても、であります。

秦容の、狼牙棍の使い方に期待しております。いずれにせよ、単行本十巻のカバーは「狼牙棍を遣う秦容」であります。

臨安《りんあん》、杭州《こうしゅう》については、もともとの経験主義者の漢人のネーミングが悪いのであって、あまり気にされないよう。直すなり詭弁《きべん》をひねるなりして対応しようじゃありませんか。

今月も、ひと汗、よろしくお願いいたします。

〔第十一巻二二六ページ、「地闇の光」第四節以降の執筆前。〕

34（二〇〇九年五月八日）

今回もお疲れさまでした。

秦容がいいですね。努力して暗い楊令と才能あって明るい秦容。そういうふうにアバウトにまとめてしまうと、こうなるわけです。遅れて梁山湖《りょうざんこ》から太陽を背に現れた楊令、

楊令「秦容、敗れたり」
秦容「なぜですかあ」
楊令「勝つものならば、なんすれぞ鞘《さや》を捨つる乎」
秦容「狼牙棍には鞘はないのですう」

こんな感じですかねえ。

しかし、秦容に敗れた楊令、初めて心の底から莞爾《かんじ》と笑うわけですね。

「五年。五年は自分が頭領をやる。あとはおまえだ。敗れたために、肩の荷が下りた。重かったのだよ、狼牙秦容」こうして楊令は明るくなって、ついに自分を取り戻して完全に人間に戻るわけでございますね。

ところで、このGWに、『楊令伝』九巻と十巻のゲラ、十一巻の五分の三を一気読みしました。体力の衰えはいかんともしがたく、四日もかかってしまったが、結論から言うと、実に面白かった。

加えて興味深かったのです。

興味、というのは『水滸伝』が架空人物主人公の『眠狂四郎』だとすると書かれるべき『岳飛伝』は実在人物主人公の『竜馬《りようま》がゆく』、するとこの『楊令伝』はハイブリッドな『鬼平犯科帳《おにへい》』といった位置づけなのですね。だから、いろいろ余分な苦労が前門の虎、後門には恐怖の『史記《しき》』が控えており、強行突破しかないのである、というセンセイの居直りが見えている、という興味でございます。

しかし、いろいろとコネタの処理が『水滸伝』のようにはいかなかった、というのもわかりました。

一例をあげると、狄成。初登場では得意得物は「剣と戟《げき》」になっていましたが、二度目では「剣と鉞《まさかり》」。そして楊令と初対面で「鉞よりも板斧」を遣え、とアドバイスされました。楊令様のアドバイスは絶対であります。ひそかに板斧の修練をするわけですね。そしていよいよ飛燕《ひえん》となって李明の首を落とすところで、初めて板斧を遣うわけです。隣で目撃しているのは行者《ぎようじや》・武松。すると当然、武松と狄成の物語が底流ではありますが、できてくるのです。狄成のあだ名を「鉄牛」に変えてしまうのはやりすぎとしてもです。

こういう例は残念なことに、結構あるのですよ。しかし、全部、書き込み、付箋《ふせん》をつけてあります。間に合うものは間に合わせ、残りは文庫化のときにできるものはやりましょう。

あと四冊と五分の二です。がんばりましょう。

〔第十一巻二三五ページ、「天暴《てんぼう》の夢」の終わりまで。楊令、初めての商隊の同道を終えて、聚義庁に戻る。〕

35（二〇〇九年五月二七日）

ゲラ、いただきました。

史記頭を楊令頭にして、またモードを戻すというハナレ技に感服しております。しかし、お疲れでございましょうが。それにしても、褚律がいたり、狄成が板斧を遣ってくれたり、葉敬に刺青があったりして、なんか幸せな気分になりました。

ところで章のペケペケでございますが、実はこっちを急いでいるのでございます。そこまで知らん、というのはよおく理解しておりますので、原案を提示させていただきます。

十巻のキーワードは「西」と「沙」であろう、と愚考いたします。

以下、私のアンチョコをめくりつつ、十二項目ひねくりだしました。

一　西遊　西に行くこと。ベタですね。
二　西極　西の果て。
三　西胡　西域全般の人や物。
四　緑泉　オアシスのこと。
五　鬼方　絶縁の地。

六　朝暾　朝の陽。ちょうとん

七　遐荒　都から遠く離れた異族の住む地。かこう

八　棒沙　赤い砂、ないしは砂漠。こうさ

九　渺沙　限りなく広い砂漠。びょうさ

十　浩沙　ひろびろとしている砂。こうさ

十一　幽尋　幽玄の地を訪ねること。ゆうじん

十二　八裔　八方に拡がる碧空《へきくう》のこと。はちえい

どうも、「西」を入れると総じて、いけませんね。私としては、四、五、八、十二あたりが、そこそこかなと思う次第です。六月一日あたりまでに決心していただくとうれしいのですが。

というところで、例月の執筆直前レターに移行させていただきます。

こんなんはいかがですか。

金の建国と遼の殲滅戦《せんめつせん》の頃。熟《じゅく》女真を匿《かくま》っている邑《むら》の皆殺しを郝瑾は命じられるが、女子供の一部を独断で救ってしまう。楊令の知るところとなり、斬られるのを覚悟したが、楊令、黙認。そのうち女の一人が楊令のもとに夜這って行って、小刀で楊令の胸を刺す。楊令、泰然。そのまま性交してしまう。翌日別の女も楊令のもとに夜這って刺すけど性交。楊令は刺されることで、心の渇きと痛みが癒《いや》されるような気がしたのです。錯覚だけど。そのうち、毎晩、乱交状態。しかし、誰もまったく妊娠しなかった。

むはは。楊令がどこで回想するかですなあ。岳飛の殲滅戦について「これで奴もしばらく

眠れないだろう」とでも伏線を打っておいて、しかるべきあとということでしょうか。

遠い過去に秦容に敗れた楊令が、感慨深く回想するわけです。

そして、完全に人間に戻った楊令は、崖の解熱薬草を採りに降りるところに泥酔した戴宗の投げた岩にあたって転落、さらになぜかころんだところにいたスッポンの甲羅《こうら》に後頭部をぶつけて不帰の人となり、ついに梁山泊の分裂が始まることになるわけです。喝喝喝喝。

次に忘れられてしまったかわいそうな人、事象のリストの一部でございます。もちろん忘れたままでいいのも混じっております。

一　許定の息子　「開封の高級役人」であります。青蓮寺がねじこんだ、というニュアンスですが、当然、現在行方不明。

二　張俊《ちょうしゅん》　この人は畢勝軍の生き残りです。

三　耶律大石　「玄珠《げんしゅ》」という石を宋に売ってもうけていた過去があります。その石は黒真珠とも翡翠《ひすい》とも想像されますが、はっきりしません。

四　呉用　生肉を食すとゲロを吐くシーンがあってもいいかもしれません。

五　王定六《おうていろく》　戴宗にスカウトされました。もしも戴宗がなにかするとしたら、味方をするかも。戴宗は旧梁山泊陥落あとに、呉用、李俊、公孫勝、燕青とともに復興に功のあった五人のうちの一人で正しい人だったのであります。

六　許貫忠　いつのまにか唐昇の幕下から離れ、金の宮廷にいるようです。

七　褚律　行方はわかりましたが、このままではもったいないのでは。楊令と素手で四分六で闘った漢なのですぞ。

八　白寿、王貴、王清　まとめてどこかにはいるでしょうが。

九　侯蒙　童貫のラインの文官でしたが、死んだんでしょうねえ。

十　李俊　撻懶から「飾りのついた短剣」をもらっております。

十一　郝嬌　燕青に一目惚れをいたしました。

十二　あだ名　だいぶ無名氏が溜《た》まってまいりましたが、どこかで一斉処理をしないといけんですなあ。

というわけで、今回も体力知力を絞ってくださいませ。ご健闘に期待いたします。

〔第十一巻二三六ページ、「地微《ちび》の光」以降の執筆前。〕

36（二〇〇九年九月二八日）

過日草木も眠る午前四時本官は空腹のあまりヤキソバを作らむとてピーマンをきざんでおりましたら左手薬指の先端を斬ってしもた。血だば。にもかかわらずヤキソバを完成させ食してしかる後に止血をしたのだがよく考えると、止血をする→ヤキソバ完遂→食す、というのが正しい人々の対応ではないかとふと思ったのです。

職業柄相手に合わせて変なヒト演じること三十五年、ふと気がついたらただの変な人になってしまった自分について深く考えてしまったのであります。それにしても、わが血液をヤキソバに混ぜて食べなかったのは、まだ理性のかけらが残っていると判断するものであります。

そんなことはさておき、「李俊だけ殺してあとの第一世代は存命予定」のご発言に考え込むこと深深、どういう梁山泊になってしまうのかと愁《うれ》いと愚考を重ねておったのでありますなあ。

少子高齢化の波は梁山泊にも押し寄せてきます。

それはさておき、現在の梁山泊は、世界史的にはどういう国であるのでしょうか。

租税一割、というのは、珍しくはあってもないわけではありません。かのローマは税率一割といいます。「もっとも成功して理想的な共和国家」という学者のような人がいましたが、この人は「奴隷制度に立脚した」という部分を忘却されたようですね。現代政治のモデルには無理があります。現在でも税金ただ同然という国があります。クウェートとブルネイです。

さて、ローマ帝国、帝政になってからいろいろあって税率を二割、さらに三割と上げていって人民の怒りをかっていった、とは塩野《しおの》七生《ななみ》先生の受け売りでございますが、五割を三割にすると嬉《うれ》しがられ、一割を二割にすると怒られる、という予定納税の如き、人間の矛盾がどーんとあるのでございます。ロシアのピョートル大帝は金欠解消に髭にまで課税して革命が起きそうになったとか。性善説に基づく政治の限界が、楊令の致命的な誤算になってくるかもしれません。

そもそも、北方小説の登場人物は、やたら国を造りたがりますが、その前に既にある国を毀《こわ》さざるをえず、そこで力尽きるパターンがおおいのであります。よく考えると、初めての国造り物語なのかもしれません、『楊令伝』は。

帝《みかど》とか王とかのいない国、というのもあちこちに点在したようです。未確認ながら六、七世紀のソグド人の国、長くつづいたイタリアのヴェネチア、日本でいえば堺《さかい》ですか。いずれにせよ、優秀な傭兵を仰山雇うお金の余裕があったという共通点がございますね。

さて一個で「国が買える」玄珠ですが、バブルの時代にはいつでもこういうあだ花はあったもので、オランダのチューリップ、南宋の闘蟋《とうしつ》、ギンザのワインというあたりでしょうか。

それにしても、この「楊令梁山泊」、かなりあやうい均衡のもとに運にも恵まれて成立している、という気がします。日本の状況の変化、流通過程の値上げ、四囲の隣国との関係、内部の意見不一致、増税による内乱。どれかひとつでも打撃でしょうが、これらが同時多発的に起これば、楊令「なぜだ」と言いつつ分裂亡国の危機に一気に突入、ということになるわけです。運気が去れば、すべてわや、というのはカシノのみならず世間の常でございますね。カンシに倣《なら》えば、楊令、画竜点睛を欠き、梁山、一場霧夢と成る。

それはさておき、李俊以外の第一世代も筆の勢いで死んでしまうこともありそうですし。

〔第十二巻「九天《きゅうてん》の章」の完結まで。撻懶と粘罕《ネメガ》が、それぞれ蔡福の家を訪れる。〕

37（二〇〇九年一〇月三〇日）

いよいよ『楊令伝』、ぶつかりあう国家観、という思想小説の色彩様相を帯びてまいりましたねえ。どういう国がいいのかなどということは、これまでの五〇〇〇年の人間の、歴史という名の経験を重ねても結論が出ていないわけでありまして、いかな楊令岳飛李富の頭脳をもってしても、正しい結論など出るはずもなく、どのような正しい政治政策にしたところで、ちょっとした天気のいたずらですべて、わや、ということも歴史が証明しております。神、と呼ばれることもある存在が決めてくれるものなのでしょうが、そうではあっても今月の締め切りを神がなんとかしてくれるはずもなく、作家がひとり煩悶《はんもん》する孤独な夜、ということになるわけでございます。

　宣賛、戴宗あたりが同志をつのり逆賊の汚名を着せた韓伯竜と日和《ひよ》った李媛を血祭りに上げ賛同する者しない者入り乱れて応仁《おうにん》の乱のごとく、逃亡癖のある李俊は日本を目指して出航したところモンスーンにあって難破して南宋の船に助けられ、楊令はあの訛里朶《オリド》が昔の過ちの結実、すなわち実子だったことが判明して持病の親子別れシンドロームが現出し梁山泊のことどころではなく、呉用は耄碌《もうろく》し公孫勝も老人性鬱病《うつびょう》で使い物にならず秦容は介護に追われる日々、そろそろ武松史進張横王進あたりと合わせて死に場所を探してやらんといけんと思う今日このごろでございます。

　それにしても、王定六、鮑旭のような比較的「小者」クンたちにもあれだけ枚数を割いてしまったということは、うーんこれは十五巻で大丈夫かと思う今日このごろではございますが。

　金国はあいかわらず方針が定まらず護国の剣は錆《さび》がうき、秦檜は頭角を現すものの李富との間に対立の芽が生じ李師師は淀君《よどぎみ》化し、岳飛は悩んで悩んで北へのインパール作戦を敢行し、日本の奥州では政変があって安東一族が失脚して砂金の道の源が涸《か》れ手紙もこれなく、ぐじゃぐじゃのまま十五巻とりあえず完結ということになってしまっても案外それが歴史的リアリズムだったりするわけですから、小説の奥は深き闇の如くでございますね。

〔第十三巻一二五ページ、「地数《ちすう》の光」第三節の終わりまで。岳飛、岳雲と領内を旅して回り、民の窮状を目の当《ま》たりにする。」

38（二〇〇九年十一月六日）

今月もお疲れさまでした。

死域も慣れれば、死域にあらず。

ただ謐《ひつ》たる木鶏《もっけい》を目指すのみ。

それにしても、蕭珪材が死んでしまったじゃないですか。護国の剣も空《むな》しく折れて、これは吹毛剣も折れる伏線じゃなかろうかというのはもとより読みすぎでありまして、楊令の時には別の手を考えなくてはなりません。

王清が「顚僧軍団」の長男として旅に出ますなあ。そろそろ危険が迫ってくるような気配。三兄弟、ばらばらになって、王清は岳飛軍に合流ということでしょうか。確か「金《きん》史《し》」のなかに岳飛軍の将軍として名前があったのは「王貴」のほうでした。まとめて行動させますか。それにしても、王貴は小ざかしいガキになりましたなあ。

宣賛が、不気味な考えを抱き始めましたな。しかし、勝ったあとの軍隊をどうすべい、というのはかの劉邦《りゅうほう》もフビライ・ハーンも豊臣秀吉《とよとみひでよし》も西郷隆盛《たかもり》も悩んだところでありまして、国家破壊に功のあった軍人は、建国には邪魔である、という普遍の定理があり、誰しも考える次の一手は「外征」であります。

楊令のバヤイはだいぶちがうのでありますが、儲《もう》かりすぎた、という誤算は誤算であり、かの十字軍だって基本的には金持ちに喧嘩《けんか》を売りたいという白蛮の邪悪な動機に立っておりました。当然、金持ちのほうは喧嘩したくないのでありまして、だから歴史はねじくれるのでありますが、それはさておき梁山泊が嫉妬の対象、富の象徴として狙《ねら》われることは大いにありうるでありましょう。

しかし、いくら顧大嫂の商隊が襲撃されても、日本海海戦で一敗地にまみれても、人の和が崩れぬうちは、組織は、なかなかにつぶれはしないものと愚考します。

やはり、人的亀裂が必要でございます。派閥、党争の発生でございます。

そろそろ、ある収束に向かわないと、十五巻の終わりで楊令唐突な転落死、という困った終わり方になってしまったりしてはいけんので、次回十三巻のラストあたりでは、梁山泊崩落の芽をもっと伸ばしておかぬといけないでしょう。

呉用、公孫勝、戴宗はまったく頼りにならない状況下では、李俊、宣賛が楊令の対立候補でございますが、いまひとつ弱い。ここは、秦容ほか若手将校の暴発というのが、皇道派以来の伝統というものでございまして、それを操るのが扈成、いや秦檜の初手柄にしましょうか、まあ、そういうところでございましょうか。そして、どう動くか若い者頭の苦悶竜史進。

さて、もうすでに「十二巻」の単行本のゲラを読んでいます。鮑旭の死んだあとに、懐から砕けた筆が落ちたらいいですね。筆の先は鮑旭の血を吸って、真紅なのでありんす。

では、次回は二〇〇枚ですが、またひとつここは死域に入んなすってくだせいまし。

〔第十三巻二三三ページ、「地短《ちたん》の光」の終わりまで。岳飛、蕭珪材に勝利するも、晋州《しんしゅう》で民が金軍に加わり叛乱《はんらん》が起きる。〕

39（二〇〇九年一二月二八日）

今月も、今年もご苦労さまでした。

潜在能力　未《いま》だ枯れるを識《し》らず、

カンシにすれば、こういう感じでございましょうか。

それにしても、李英《りえい》が志を捨てていなかったことは仰天、でありました。せめて、扈成くらいは整理させてあげたかった。あと八五〇枚でまとめなくてはならんのですから、人員削減が急務なのでありますが。

ところで、張平の鉄笛《てつてき》。岳飛の後ろで吹き始めた時には、楊令の目配せひとつで、毒矢を飛ばすつもりだと踏んだのですが。岳飛は首筋に殺気を感じて、岳雲は「ではわしも」と暗器《あんき》の琵琶《びわ》を弾き始め、これではまるで「鴻門《こうもん》の会」ではないですか。

しかし、今はすっかり暗器であることを忘れてしまったようですが、これでは横入りして作らせた鍛冶《かじ》屋の面子《メンツ》が立ちません。いずれここ一番というときには思いださせてやって欲しいのです。李英のところに張平がいたら、二人も削減できたかもしらん。

燕青はどうしているのか？「暗闇拳」をひっさげて戻ってくるのか。そうじゃ、子午山の始末も残っております。王進師範ももう七十歳近いはずです。公淑妊娠などというややこしいことはやめてですね、（自分の子供を頭領にしたがるに決まっているからますますやばい）岳飛のもとでストレス性うつ病になった青少年を送りこむとかいうのも止めてですね、燕青の悟りの一撃が覚えずして師範の人中《じんちゅう》を捕らえるのもいかがなものか、あ、まだ父の仇《かたき》を忘れつつある根性なしの蔡豹がいたか、ともかく子午山の件もなんとかしてくだされ。

それから、顧大嫂ほかの少年隊はどうなったんじゃ。顧大嫂に一夜にして童貞を奪われた三人組、それ以来老婆を見ると楊令化して斬りかかるというような展開はのぞましくありませんねえ。それにしても、顧大嫂だけは実物を見ているので、何か親近感があるのですよ、とっても。

あ、瓊英はどうしたんだ。日本海のモクズになるのか、蝦夷地《えぞち》について公淑化するのか、無念の飛礫がトビウオに当たってはかなくなるのか、楽しみでございますねえ。日本の安東、藤原の内乱に巻き込まれるのも一手ですが、あと八五〇枚だからなあ。とても貴重な八五〇枚。無駄遣いはできません。

ところで、四国在住の八十二歳男性から手紙がきました。「天地の星」とは誰じゃかわからん、このままでは死にきれんそうです。資料にもないのですが、晁蓋の死ぬあたりなので、「天罡《てんこう》」「地煞《ちさつ》」百八星から創作をばして晁蓋のことであろうと推察するのですが、勝手に返事するわけにも行きません。思い出してくださりませ。もっとも教えた直後にその八十二歳、死んでしまうと困るのですが。

なにはさておき、よいお年をお迎えくださ い。

〔第十四巻一二五ページ、「地捷《ちしょう》の光」第二節の終わりまで。李英、劉豫《りゅうよ》と扈成を飛刀《ひとう》で殺そうとして失敗し、自裁する。〕

40（二〇一〇年一月二九日）
先日はお疲れさまでした。
私も休みボケで、銀座ではへろへろでした。それにしても巨大な白子でごわした。若い者たちが、フグ白子というのはああいうものだ、と思うのが怖いですけどね。
さて、中国翻訳の話はどうも実現に向けて動きそうであります。単純な興味として、中国の学者や評論家の意見はさておき、中国大衆の感想が知りたいですね。中華の民人激怒のあまり、紛争の口火となったとしてもそれはそれで作家冥利《みょうり》というものでありましょう。

それにしてもあと八五〇枚。いやおうなしに、終局へ向けての疾走を余儀なくされることでありましょう。原典は遥《はる》か遠いものになりはしましたが、ひとつだけ気になることが残っております。

李俊が南方の島嶼《とうしょ》に建国するのはいいとして、武松、ですね。原典では方臘戦で片腕の廃人となり、山中の庵《いおり》で林冲たちの菩提《ぼだい》を弔《とむら》ってひとり長く生きた、とあります。するとですね、廃屋となった子午山に傷心の武松が戻ってきて、自分の老いをみつめながら、死んでいった者たちと語らい続ける。しかしまた例によってまたしても死ねずに長生き、というのはいかがでしょうか。もちろん子午山の人々にある始末をつけるとしての話ですが。

さらにキーパーソンは秦容です。楊令が不在の場合、彼が序列の上で急浮上してくることは明白ですが、いまだに底をみせていない。花飛麟以下、同心する者も多いだろうと推察されます。日本史における南北朝《なんぼくちょう》における楠木正儀《くすのきまさのり》化してあっちこっちとくっついたり離れたりするのは、リアリティはあってもロマンがありません。強い強いと言われつつ、負けてばっかりの岳飛軍と合体すると、納得のいく軍隊になっていくかもしれません。

さて、楊令梁山泊の崩壊にはいろいろな不幸な偶然の羅列が必要であろうと思いますが、ひとつ追加の不幸はいかがでしょうか。

黄河《こうが》の増水→洪水、でございます。

いままで氾濫《はんらん》しなかったのがおかしいくらいの暴れ大河だったわけですからね。いずれにせよ、作物の大凶作が誘発されると、いろいろと梁山泊にとって困ったことになるのではありませんか。玄珠砂金満載秘密倉庫が濁流に流されちゃった、というのはやりすぎかもしれませんが。

　いずれにせよ、第一世代のかなりの部分に始末をつけないといけんだろうと愚考します。戴宗あたりは、朝見に行ったら死んでましたでいいのですが、例えば、公孫勝、しぶとそう。呉用、一度死んだ者はしぶとい。史進、やはり戦死させてやりたい。張横、見せ場をせめてもうひとつ。張横の死のあたりで楊令の持病が出てもいいかもしれませんね。あとはヲヲモノ系では燕青だけであります。

　今月の潜在能力氏の健闘を祈ります。

〔第十四巻一四二ページ、「地捷の光」第三節の終わりまで。戴宗、羌肆と差し違えて死亡する。〕

41（二〇一〇年四月二日）

いやあ、お久しぶりでございます。

梁山泊が楊令派と秦容派にまっぷたつ。突然起こる激突テロ殺戮《さつりく》の宴《うたげ》。呉用の皺首がころがるわ逃げ惑う宣賛は三枚におろされ武松は残った片腕もなくしてなにやら喚《わめ》き公孫勝はげらげら笑い誰が誰派かわからぬまま、楊令と秦容がなかなか刃《やいば》をあわせず、金も南宋も岳飛も出てこずにこういう終わり方でいいのかいいのかと思っていると、急に体のあちこちを損傷した九紋竜の視点になって、ちと小便してくるわと史進、そこで汗だくになって目が覚めた私。トイレに行きました。

　夢オチではなくて、ただの実話なのであります。

　しかし、なにを考えて私はこんな夢を見たのでありましょうか。

　それはさておき、「立松《たてまつ》さんのお別れの会」はご挨拶に行けず失礼いたしました。座席についたとたんこれは過呼吸が出そうだと思い、クスリを倍量飲んだところぐうぐう眠ってしまい、たぶんイビキをかいたのでありましょう、隣の純文学男に突っつき起こされけっこう自責の念にかられてちと小便してくるわと外に出たとたん、すかさず私のタマ稿が掲載されておる冊子も入った紙袋を渡され、なんか帰らんといかんことになってしまったのです。

これは、実話でありますが、ただの弁解でございます。

さて、今月もお疲れさまでございました。一四二枚まで、読ませていただき、カンシをぶっ書いたところでございます。

それにしても、いろいろ考えさせられますね。

自由市場というのは、楽市楽座の利権による経済力で鉄砲硝石《しょうせき》を買い占めた織田信長を想起させます。藤原純友→足利義満《あしかがよしみつ》→信長という文脈で発想されたのかもしれません。

租税一割だった時のローマ、初代皇帝が値上げを画策して反乱を起こされかけたとか。面積ではとるにたらないヴィクトリア朝イングランドが経済と武力で世界の大半を実効支配したとか。

いずれも楊令梁山泊を想起させます。もろもろの人類の歴史を踏まえておるのですねえ。

それにしても、あと三五八枚、爺いどもはますます元気でございます。小便たれ未遂の九紋竜・史進には死亡フラグが立ったような気もしますが、欧元《おうげん》の出番が増えたり黄河が増水したりとある収束の方向は見えつつありますねえ。

しかし、李俊と燕青だけは、あとのことがありますから殺さぬよう生かさぬよう。

あと子午山の始末も必要かもしれません。王進が悟りを開いて羽化登仙《うかとうせん》してしまうとそれはそれで面白いのですが、別の小説になってしまいますからね。

誰と誰を殺すのか。楊令がどうなるのか。興味はそこに絞られてきているように思われますが、あと二回、作者は死域に入らざるをえませんなあ。死域はさておき死なないでくださいね。

ご健闘をお祈りいたします。

〔第十五巻一二六ページ、「天殺《てんさつ》の夢」第三節の終わりまで。増水した河水《かすい》が決壊し、楊令、武邑《ぶゆう》に向かう。〕

（収録に際し、若干の加筆をいたしました。それぞれの末尾の短文は、文庫編集部のヨシダが執筆しました。〈山田〉）

読者へ

遥かなる子午山

北方謙三

西安《せいあん》は、古い都だった。中国では、そういう言い方にあまり意味がない。数多くの都があるからである。しかも中原《ちゅうげん》と呼ばれる黄河《こうが》流域の平野部は洪水が頻発し、多くの都が土砂に埋もれて地下にある。

長い歴史の中で、開封府《かいほうふ》が古い都かどうかは議論が分かれるだろうが、『水滸伝』の開封府は、地下七、八メートルのところにある。現存しているのは、わずかに鉄塔と呼ばれる、石積みの塔ぐらいであろうか。

それに較《くら》べると、山岳部に近い西安は、まだ洪水の影響を受けていない、と言える。近郊ではなく、ほぼ隣接した位置に、長安《ちょうあん》もある。

私が、編集部のI青年と、その上司であるYとで、西安に行ったのには、ひとつの大きな目的があった。ついでだから、長安の未央宮《びおうきゅう》という漢《かん》代の宮殿区にある、宣室殿前殿跡や、武帝《ぶてい》の墓である茂陵《もりょう》なども見てはきたが、目的はただひとつであったのだ。

そのためには、西安を出て長駆しなければならない。

「しっかりと、道などを調査してから、行くべきでしょう」

Ｙが、しごくまっとうなことを言った。しかし、延安《えんあん》へむかう高速道路からはずれると、ひたすら西へむかわなければならず、辺境に入ると、ほとんど情報もないのである。しかも回《かい》族の自治区とされている地帯なのだ。

「田舎《いなか》へ行くのだから、西安で食うべきものを、すべて食って行きましょう」

私が問いつめると、あっさりと肚《はら》の中にあるものを吐き出した。つまりＹの場合、常に食い意地が先行しているのである。Ｉ青年は、長い首をさらに長くして、いつも眠っている。首長眠り竜というあだ名をつけたのは、Ｙも私も『水滸伝』に浸りすぎていたからであろうか。この三名での中国取材は、これで三度目になる。

ドライバーの手配等があり、私も西安滞在を許可した。二人はどうでもよかったようだが、私にはどうしても行きたい場所があり、ある程度の日数を拘束でき、辺境の悪路に馴《な》れたドライバーが必要だったのだ。

準備を整える間、市内の書肆《しょし》をめぐったり、文具店街を歩き回ったりした。筆などを購《あがな》ったが、全体に土産物《みやげもの》が多い、という印象だった。Ｙは盛んに骨董街《こっとうがい》へ行きたがり、これは『水滸伝』、『楊令伝』での企画に使える、古い絵などが目的なのだった。

城壁沿いに、土産物専門という感じの屋台店が並んでいる通りがあった。なんの期待もせず、Ｙが巨大な扇子などを買うのを、呆《あき》れて眺めていたが、一軒の印鑑屋で私は足を止めた。見本に張り出してある字に、奇妙な魅力があったのだ。

字でありながら絵のようで、しかし象形文字ともどこか違う。値は、ほかの土産物屋と変らなかった。私はそこでいくつかの註文《ちゆうもん》をし、最後に『飛』という字を、丸い石に陽刻で彫ってくれ、と頼んだ。『楊令伝』は終盤にさしかかり、次の『岳飛伝』が頭にあったのである。『水滸伝』、『楊令伝』、『岳飛伝』と続けて、私の『大水滸伝』構想は終る。

数日後に受けとった『飛』の落款《らつかん》は、絶品であった。ホテル内にある、高級そうな印鑑屋で作ったものより、ずっと風格があり、値は安く、手にはよく馴染《なじ》んだ。その字を眺めていると、まだ書いていない『岳飛伝』が、彼方にだが見えてくるようでもあった。

さて、すべての準備が整うと、私たちは西安から、延安へ達する高速道路に乗った。

異変が起きたのは、その時だった。

不眠症に悩んでいたYが、車が動くと同時に、眠りはじめたのだ。吸う時も吐く時も、すさまじく品性の欠けた鼾《いびき》をかき、座席で丸まっている。食事の時は、ぱちりと眼を醒《さま》し、がつがつと食らうと、煙草《たばこ》を二、三本たて続けに喫《す》い、車に戻るとまた眠る。そのくり返しであった。首長眠り竜も、眠ることを忘れて、時々呆れたような視線を送っている。

延安の手前の富《ふ》県で、高速道路を降りた。小さいが、宿屋ぐらいはありそうな城郭《まち》だ。そこから、西へむかうことになるが、とりあえず宿を探した。

小さな宿があった。食事は外へ行かなければならず、その移動のわずかな時間も、Yは眠り続けていた。

三月だというのに、雪である。吹雪《ふぶき》に近い。宿に戻ると、暖房は夜十時までだと言われ、しっかりと酒で躰《からだ》を暖め、毛布を二枚被って眠る。雪が音を吸いとっているのか、静かな夜であった。

払暁《ふつぎょう》の出発。山岳部へむかう。

私は、子午山《しごさん》に行こうとしていた。『楊令伝』の中でも、子午山は特殊な場所で、それは『岳飛伝』でも続くかもしれない。

しかし、子午山の位置の確定は難しかった。宋《そう》代の地図に、子午山の表記はある。しかし、現代の地図では、子午山嶺《れい》と、大きく山脈として表記してあるだけである。

アイスバーンの山岳路だった。途中で、スリップして林に突っこんでいるトラックを二台見かけた。乗っていても、時折前輪が滑っているのがわかる。大丈夫だ、と言いながら、ドライバーの顔は強張《こわば》っていた。

いくつか山を越えると、雪がやんだ。

人家はあるが、人の姿はあまり見かけない。たまに見かけた人に、子午山の位置を訊《き》いてみるが、ひとつ山を越えたところと言い、二百キロ先とも言う。

要するに、現地の人たちも、子午山嶺という、大きなくくりでしか、認識していないのだ。

昼食は弁当である。その時だけ、Yは眼を醒し、がつがつと食らい、また眠ってしまう。

「不眠症が治り、数十年分の睡眠不足をいま取り返しているのです。めしの時以外は、起こさないでください」

昨夜の夕食の時、Yは真顔でそう言っていた。それにしても、人間がこんなにも眠れるものなのか。

街道の交差地点らしい、小さな街があった。高い建物などなく、道端で野菜が売られ、数匹の犬が走り回っている。

仕方がないと車から降りてきたYが、その犬たちに吠《ほ》えつかれる。なにか、犬を刺激するものを、Yは持っているらしい。怯《おび》えて車に戻り、また眠ってしまった。

その街から、舗装のない悪路に入った。いまの中国の田舎は、バランスがとれていない。野原の真中にきれいな舗装路があるかと思うと、ワゴン車が腹を路面に打ちつけながら進まなければならない、泥濘《でいねい》の道もある。

回族の村があった。回族に、はっきりした定義はないという。いろんな地方を回っているイスラム教徒を回族と言ったが、いまはひとつに集まり、自治区を形成しているようだ。家や塀は日干しレンガや石で、ウイグルあたりの建物かと錯覚するほどであった。人は着ているものも素朴で、この国の経済成長とは無縁のところにいるようだった。

子午山の場所を訊くと、ここだと言う。確かにここは、子午山嶺である。

さらに、悪路を進んだ。前夜からの雪で、道はぬかるんでいる。

車の限界まで行ったが、子午山にはついに到達できなかった。これから先は、冬山の装備が必要である。

帰路、やはり眠っていたYが、がばりと身を起こし、大声をあげた。

「催《もよお》してきました。大きい方です」

鼾に混じって、何度も放屁《ほうひ》の音が聞えたが、強烈な便意がYを眼醒《めざ》めさせたようだ。ドライバーが、道路から奥まったところにあるトイレを見つけてくれた。Yは、全力疾走でそこへむかった。しばらくして、すっきりした表情で、車に戻ってきた。

私と首長眠り竜も、小用を足しに、そのトイレに入った。ブロックで囲われているものの、戸すらない。溝の中には、厖大《ぼうだい》な糞便が溜《たま》っている。田舎のトイレは、大抵こんなものだ。糞便の上に、薩摩芋《さつまいも》のようなものが四つ転がり、湯気をあげていた。

風が、身を切るほど冷たい。日本は、花粉症の真っ盛りである。冬の装備はあったが、冬山の装備はなかった。

身を縮めながら車のそばに立ち、私は首長眠り竜が持っていた地図を拡《ひろ》げた。

「あれ、出したんでしょうか？」

「多分な、I」

私は、すべてを忘れることにした。

遠く、幾重にも重なる山脈に眼をやった。

「あのあたりだ、と思う」

昔の地図を見ると、子午山は子午山嶺のほぼ中央である。屹立《きつりつ》して高い山はなく、しかし深い。

「あと百キロぐらいは、あったんだろうな。それに、車じゃ無理だ」

「あんなものを出すなんて、ぼくには信じられません。あんなに大きなものを」

「忘れろ、I」

私は、地図を畳んだ。

西安に戻ると、長安があった地域を歩き回った。北宋《ほくそう》末、南宋《なんそう》初期、長安は京兆府《けいちょうふ》と呼ばれていた。長安の遺跡そのものは、ぽつぽつと残されているだけである。発掘予定地は、しっかりと囲いが作ってあった。

次の『岳飛伝』で、子午山はどうなるのか。どうするべきなのか。それを考えながら、山深い光景を、私はしばしば思い浮かべた。

思いつくかぎりの場所を訪れてみたが、京兆府は見えず、子午山も遠いままだった。

移動の間、やはりYは眠り続けている。

「明日は、眼をつけておいた本を、すべて買うぞ。運ぶのが、ひと苦労だ」

私は、市内のホテルに戻り、心地よく暖かい部屋で、魯智深《ろちしん》がはじめて子午山を訪ねる場面を読み返した。

山深い。ただ静謐《せいひつ》に、山深い。

（「小説すばる」二〇一〇年一一月号）

梁山泊の会

「梁山泊《りょうざんぱく》の会」とは――全国各地に百八名の読者が集結し、北方謙三氏の講演と質疑応答によって構成される、「大水滸伝」ファンのための集いです。熱烈な読者からの鋭い質問が飛び交い、会場は毎回、聚義庁《しゅうぎちょう》で行われる梁山泊の全体会議のような熱気に包まれます。

「小説すばる」誌に採録された中から、作者・北方謙三と読者とのやりとりをよりぬき、ここにご紹介します。

名古屋編（二〇〇七年五月一九日、『楊令伝』単行本第一巻刊行時）

『水滸後伝』との関係

Q　李俊《りしゅん》はシャムの王になるんでしょうか。

北方　先のことを聞くなよ。シャムの王になるというふうに『水滸後伝』では書かれているけれども、歴史的な事実はないわけですから。だから、シャムじゃなくて、もしかするとずっと西域のほうへ行って、ウイグルの王になるということだって考えられるわけだし、大体、李俊という人間が、王というものを希求する人間かどうかということ自体がわからない。実を言うと非常にアナーキストなんです、僕が書いた『水滸伝』の中では。そうすると、国を建てるということとは相反するような人間になっています。今のところ、『水滸後伝』のとおりには書きません、ということしか言えない。

「北方水滸」の取材法

Q 『水滸伝』や『楊令伝』の舞台は、実際に取材に行かれたんでしょうか。

北方 去年、太湖《たいこ》に行きましたよ。太湖はものすごく広くて、水平線が見えるというようなところですよ。車で舗装していないような道を延々と行ったら、船がとまっていた。そこになぜか顧大嫂《こだいそう》みたいなおばちゃんがいて、船を出してくれて、島までずっと回っていくということをやったんだけれども、風が強くて波があるわけ。ばっしゃんばっしゃん来るわけ。そのおばちゃんは船板を外して持って、しぶきをよけながら、漕《こ》いでいきましたね。

開封府にも行きましたよ。そうすると、楊業《ようぎょう》が帝《みかど》から賜った屋敷というのがある。宋代の開封府は、今より八メートルくらい下にあるわけだから、そんなことはないだろう、というんですが、向こうの連中は譲らない。だから、現地の人の言うことをそのまま信用して小説に使うというのは危険なんです。ただ、開封府には鉄塔というのがありまして、これは『水滸伝』に使いました。鉄塔に行く途中で、趙安《ちょうあん》と、まだ梁山泊軍に入る前の呼延灼《こえんしゃく》が出会って、その鉄塔に登っていく、という場面に。

木材ですけれども、鉄みたいな質感で、四十メートルぐらい立っています。本当はもっと高いんですが、八メートル埋まっているわけですから、八メートルから上がまだ残っています。

取材で見てきたものは絶対使います。想像で思いついたものも、できるだけリアリティを付与して使います。太湖にも、揚子江《ようすこう》にも行き、黄河にも行っていますが、宋代の遺跡は全て埋まってしまっていますから、行ってその場の空気に触れてくるということが一番大きいだろうと思いますね。そういう取材をしています。

（「小説すばる」二〇〇七年八月号）

札幌編（二〇〇七年一一月二三日、『楊令伝』単行本第三巻刊行時）

『水滸伝』の中の人肉食

Q　魯智深の腕を切り落としたときに、その肉を食べさせたのはなぜですか？

北方　中国では、あまり遠くない過去まで人肉を食べていた、という資料があるんです。原典の『水滸伝』にも出てきます。人肉の饅頭《まんとう》や、山賊の親分が肝臓を刺身にして食うとか、そんなのが幾らでも原典には出てくるんですよ。それは、日本人には、なかなかなじみにくいだろうと思っていました。

二十年ぐらい前に、ある新聞記事を読んだんです。がんにかかった人がいて、自分の腕を切り落とさなければいけなかったんですね。二十代の人だったんですが、切り落とされた腕をもらってきて、くやしくて自分で焼いて食った。もしかするとこれから、がんが体に広がって死ぬかもしれないと思ったときに、「このがんのやつめ」と思って、自分の肉を焼いて食ったという記事だったんですよ。それが頭に残っていて、魯智深の肉を、林冲《りんちゅう》と魯智深に食べさせてみようかと。

人肉食ということに関して、あの程度までは『水滸伝』である以上書いてもいいんじゃないか、と思っています。とりあえずあれ以上のもの、人肉の饅頭などは多分、今後も出てくることはないだろうと思います。『楊令伝』でも人肉食は出てきますけれども、まあ、『水滸伝』での魯智深の腕を食べる場面のほうがはるかにうまそうです。

楊令の今後

Q 楊令《ようれい》が、結婚する、もしくは子供ができるということは構想の中にありますか。

北方 楊令という人間は、『楊令伝』が始まった時点では非常に超人的な存在だった。それが、少しずつ人に近づいていったときに、まず、楊令の視点を出す。楊令の視点が出てくることによって、楊令の心理状態が直接的にわかるわけですよね。それによって、少しずつ、女に惚《ほ》れる心があるのかとか、自分の子供を求めているのか、というようなこともわかってくるだろうと思います。今のところ、私にもわかっておりません。

（「小説すばる」二〇〇八年二月号）

神戸編（二〇〇八年五月一七日、『楊令伝』単行本第五巻刊行時）

楊令は完全無欠？

Q　ものすごく答えにくい質問かもしれませんが、楊令の出生の秘密は今後明かされるんでしょうか。

北方　リアリティを持って明かすことができたら面白いとは思うんです。ところが編集者から、誰かの落とし胤《だね》だったということが判明するという風に書けと言ってくるわけですよ。例えば童貫《どうかん》の落とし胤だとか。生殖器を取っている宦官《かんがん》なわけだから、取る前の童貫の落とし胤が楊令である。そういう発想は面白くはある。しかし、リアリティを持って小説の中で書くというのはなかなか難しい。

『替天行道《たいてんぎょうどう》』という冊子があるんですが、中身が書いていないという苦情をいただきました。しかし、あれだけの男たちがあれだけ涙を流して読んだものを書く、ということになったら、とんでもないことになる。皆さんの頭の中に『替天行道』はあるということで納得していただきたい、とは思っているんです。楊令の出生の秘密を書けるのか書けないのかというのは、『替天行道』の中身を書けるのか書けないのかというのと同じくらい難しい。

楊令の出生に秘密があるのかどうかわかりませんが、楊令の育ち方の中に、楊令の弱点、アキレス腱《けん》とでもいうべきものが出てくる。そのぐらいは言っておきます。

原典にあるもの、「北方水滸」にないもの

Q 梁山泊の英雄の得意とする武器を一部、原典とは意識的に変えられたようですが、林冲の蛇矛《じゃぼう》を槍《やり》に変えられたのはなぜでしょうか。

北方 武器フェチの編集者が、林冲は蛇矛です、蛇矛を出してください、とあまりにうるさく言ってくるので槍にした(笑)。何でもいいんですよ。だって槍術《そうじゅつ》師範だったわけだから。

武器については、他にも色々言われています。双鞭《そうべん》呼延灼がいるじゃないですか。あの鞭《べん》はどういうものかというと、刃《は》がない刀みたいなものなんですよ。首を落とそうと思えば落とせる。最初は僕は鞭《むち》だと思っていました。

蛇矛以外で、もう一つどうしても出せ、と『水滸伝』の間に百回は言われたんじゃないか、という武器があります。何かと言うと、狼牙棍《ろうがこん》なんですよ。狼牙棍というのは、原典では、秦明《しんめい》の武器だったんです。棒があって、いわゆるマイクの喋《しゃべ》るところがでかいみたいな、棍棒のような部分があって、それにぎざぎざの突起がついているわけですよ。ただ、こんな武器では戦えないのではないか、という思いがあって出さなかった。

ただ、そのうち、だんだん狼牙という言葉が気に入ってきたというのと、大きさが現実的なもので狼牙棍を作ればいいんじゃないかと思うようになったので、いずれ出すつもりです。これは誰が使うか大体わかりますよね。秦明に関係する人間ですから、秦容《しんよう》です。あだ名は狼牙《ろうが》、になります。

あだ名は、五巻、六巻くらいからついてきますが、もともと梁山泊の会で、募集しようか、と言って、ホームページで募集したんです。応募されてきたのを見たら、みんな苦労しているね。そこで、採用したものが、盛栄《せいえい》という片手を李立《りりつ》に切り落とされてしまった人間が紡《ぼう》鵜《や》、李媛《りえん》が紅天雀《こうてんじゃく》、韓成《かんせい》が望天吼《ぼうてんこう》、になった。今後またこういう試みをやるかどうかは、わからない。けれども、今のところ予定はないです。というのは自分でつけるので精いっぱいです。自分で一生懸命つけて、考えてもまだ十五、六人しかついていない。新しいあだ名が出てきたら、あいつ苦労してつけたんだろうなと思ってくださいね。

武器の話に戻すと、他にも鄧飛《とうひ》の鎖鎌《くさりがま》が、どこへ行ったんだという手紙が来たりして、困っているんですけれども、『水滸伝』の登場人物に縁のある武器もいずれ出てくるかもしれません。

小説の中の料理

Q　解珍《かいちん》の肉のたれと、魚肉の饅頭がどのようなものか気になるのですが。

北方　はい、ご説明いたしましょう（笑）。解珍のたれは、くさやみたいなものだと思ってもらっていいです。中に、木の実だとか、山椒《さんしょう》の実だの、あらゆる野草、香草のたぐいと、さらには動物の血がいっぱい入っている、そういうものを日に干していると、泡が立ってきて発酵するんです。これは腐敗するんじゃなくて発酵するんですよ、毎日かき回していると。そのエッセンスが解珍のたれだと思っていただければいいです。

血をずっと置いておいて、腐らないで食えるのかどうかはわかりません。ですが、私がそれをうまそうに書いているんだからいいじゃないですか（笑）。生肉を食えないやつが、たれをつけたら食えたりするわけだから、これは皆さんが小説をお読みになったときに、心で召し上がるものです。そういうものも小説にはあるんです。

一つだけお教えすると、たれを引き継いでいる人がいます。おそらく皆さんにとって意外な人でしょう。実際に解珍に指導を受けて、きちっと引き継いでいます。まだ出てこないので、いるということだけお教えしておきますね。

魚肉の饅頭はうまいですよ。中華専門の料理人が、魚肉の饅頭を作ろうと思ったところ、生臭くて食えなかった。ところが魚を選んだら食えるんです。実際には、マナガツオとネギで作ると臭みがないんですよ。肉とは全然違う味と食感があるので、メニューに載せてもいいんじゃないかといったぐらいの出来でした。

『楊令伝』の行く末

Q　梁山泊にまつわる一連の話は『楊令伝』で完結するのでしょうか。

北方　梁山泊にまつわるいろいろな話は『水滸伝』で完結しているんです。楊令という人格も、小説の描写としては『水滸伝』で終わっているんです。楊令を例に挙げると、『楊令伝』が始まるときは、『水滸伝』の中で生きてきた楊令は別の人格として、一度書き上げた人格をもう一度元へ戻す、つまり新しい人間を書くつもりで始めています。

ですから、『楊令伝』で終わるのかと言われると、『楊令伝』自体は完結するだろう、としか言えないです。今、岳飛《がくひ》なんかが出てきますし、耶律大石《やりつたいせき》が西へ行ってしまった。耶律大石は歴史的には、西へ行って西遼《せいりよう》という国を作るということまで考えると、延々と歴史は転換している。転換しているけれども、私の命はそんなに長くないというところがありますから、どこまで書くかというのは、実を言うと自分でも読めていません。とりあえず岳飛という人間に非常に関心があるので、岳飛と楊令という形ではきちんと書いてみようと思っています。これはエッセイにも書いたことがないですから、ここだけの話です。

（「小説すばる」二〇〇八年八月号）

鹿児島編（二〇〇八年一一月二三日、『楊令伝』単行本第七巻刊行時）

輝けない登場人物

Q　梁山泊の人も好きですが、最近禁軍《きんぐん》の人たちがすごく好きなんです。特に、自分は天才ではない、と思いながら生き延びてきた趙安が好きなんですけど、先生はどのような思い入れをお持ちですか？

北方 世の中には、なぜ自分が一流になれないのかということを考える人がいっぱいいるんですよ。その中で、一流とは何なんだろうかということを考える。梁山泊では花栄《かえい》だったんです。花栄はずっと指揮官になれない。弓も上手《じょうず》だし、兵もきちんと統率する。しかし、何か一つ足りないと言われ続ける。そして、流花寨《りゅうかさい》を守って強弓《ごうきゅう》をひいたとき、初めて輝く。

禁軍では、それが趙安なんですが、彼には、輝きがなかなか与えられなかった。ただ、死にそうになりながら、なかなか死なないでいるうちに、だんだん童貫に次ぐ地位を確立していった。

しかし、自分よりも優れた人間にはかなわない。『楊令伝』では燕雲《えんうん》十六州を奪回する戦いで失敗する。そして、傷が疼《うず》くので、幕舎で寝るようになってしまう。少しずつ、ほんとうの一流になれなかった人間の弱さが出てきて、それが一流とぶつかったときに潰《つい》えていく。そういう姿を趙安を通して描きたかったです。

騎馬隊の魅力

Q 北方先生の『三国志《さんごくし》』をまず読ませていただいて、それから『水滸伝』『楊家将《ようかしょう》』『楊令伝』に進んでいるんですけれども、各作品に印象的な騎馬隊が出てきます。騎馬隊には何か思い入れがあるのでしょうか？

北方 中華は、漢が統一して、漢王朝を築いたんですが、常に新王朝に倒される。『楊令伝』

では女真族《じよしん》、清《しん》王朝になるときにも満州《まんしゆう》族に。戦《いくさ》になったときに、騎馬の戦いで敗れるということが多い。歩兵の人数では漢民族は負けないわけですから。だから、騎馬隊をきちんと描くことによって、中華における戦争のある側面を描けるのではないか、と思いながら、張飛《ちようひ》、呂布《りよふ》、林冲の騎馬隊を描いてきました。

彼に似た人

Q　『楊令伝』に入ってから、史進《ししん》が林冲に似てきているような気がしますが、史進にとって、林冲とはどのような存在ですか？

北方　まず林冲ですが、彼は強くて弱い。弱くて強い。そういう人間なんですよ。心の底には捨て切れない未練や不安を抱えている。けれど、きちんとした友情を持ち、人に対して愛情も抱ける。

林冲が二竜山《にりゆうざん》を率いるようになったとき、楊令は二回目の両親を亡くして、言葉をなくしているわけです。林冲が楊令に「強くなりたいのか」と聞くと、「強くなりたい」と言うので、滅多打ちにする。しかし、林冲が梁山泊へ帰るというときに、楊令を一度だけ抱きしめる。そういう優しさが林冲にはある。

それに比べて、史進は遊郭で敵襲に遭って、素っ裸で飛び出して、鉄棒を振り回すなんて、とんでもないことをやっている。また、部下の班光《はんこう》には、くびにする、と脅しをかけたりもしている。一見、林冲とは全然似ていない。でも戦場では、必ず犠牲が一番少ないように動く。死ぬんだったら、自分が一番先に死のうという戦をする。『三国志』でいうと、趙雲《ちょううん》に似ていますね。

真実を正面切って言えない人間っているじゃないですか、照れくさくて。誰かに何かを伝えたいというときには、罵詈雑言《ばりぞうごん》を並べて、その中にちらっと真実を言う。そういう人間として史進を書いているうちに、林冲とだんだん似てきたんじゃないかな、と思っています。

Q　殺して後悔した人物

時間がたって書き直したいと思われたことはありますか？

北方　自分が書いたものを一旦《いったん》発表してしまってから書き直したいと思ったことは、基本的にないです。もしそういうことがあれば、違う小説を書こうと思うでしょうね、私の発想では。

ただ『水滸伝』『楊令伝』に関しては、色々な人物を早く死なせすぎてしまった、という思いはあります。一例を挙げると、阮小五《げんしょうご》は、人格も深く掘り下げて書いていたのに、なぜか死んでしまった。そのことに対する悔いのような気持ちはありますが、いま書き直そうとは思わない。

ただ『水滸伝』を最初に書いたのは、十年前ですから、細かいところの齟齬《そご》を直していく、ということはあります。『水滸伝』の文庫版では、その作業はしました。ただ書き足して大きく意味が変わるような直しはしていません。

酒を呑む相手

Q　『水滸伝』『楊令伝』の登場人物の誰と酒をくみかわしたいですか？

北方　李立が、顧大嫂と孫二娘《そんじじょう》につかまって延々と呑《の》まされるという場面を書きましたが、女性二人と酒を呑む、というのは怖いですね。やっぱり酒は男同士でしょう。酒を呑んで、一番気持ちがいいのは、史進とか、その周りにいる連中だろう、と思ってるんですよ。燕青《えんせい》は暗いし、林冲も酔ってくると暗さを見せる瞬間があるかもしれない。李逵《りき》は明るいですが、呑むと何をしでかすかわからないですからね。その点、史進はノリが一番いいと思う。酒は、屈託があるかもしれないときは、一人の方がいいんです。好きな女性と一緒に呑むときは、少量の美味《おい》しい酒を呑む。さあ行くぜ、というときは男同士でやりたいです。

（「小説すばる」二〇〇九年一月号）

福岡編（二〇一〇年八月二八日、『楊令伝』単行本第十四巻刊行時）

理想の女性

Q　女性の登場人物の中で先生が付き合いたいと思う女性、またいい女だな、と思うのはどういう女性ですか？

北方　登場人物は男性が圧倒的に多いですが、女性もけっこういるんですよ。そうだなあ、公淑《こうしゅく》なんていいですね。子供を産んだけど死なれて、ヒステリックになっていたところを、宋江《そうこう》がいいなと思って見初《みそ》めた。しかし、秦明に先を越されてしまい、秦明と結婚して、秦容を産む。そして、子供を産んだら強くなる、そういう女性はいいですね。一番嫌なのはやはり、扈三娘《こさんじょう》かな。喧嘩《けんか》したら、負けますからね。男が女に勝てる部分というのは肉体しかないわけです。それが、旦那《だんな》の王英《おうえい》みたいに剣でもかなわなくて、逃げ出さなくてはいけなくなったら大変ですよ。

現実にはいそうもないけれど、本当にいいなと思って書いたのは金翠蓮《きんすいれん》です。「私は穢《けが》れています」と言ったときに、「自ら穢れようとしない限り、人間は穢れはしない」と言った宣賛《せんさん》に惚れる。こういう女性は、男の本当の姿をわかっている。とはいえ、扈三娘を含めて、全員自分が好きなところがある女性を描いたんじゃないかと思います。特に金翠蓮は理想的ですけどね。

究極の武道家、王進

Q　王進《おうしん》が好きなんですが、王進についてどう思っていらっしゃいますか？　人生に行き詰った人間が再生する場面で効果的に登場するように感じているのですが。

北方　王進はいまだに生きています。梁山泊の色々な人間を再生させてきたわけですが、本来は彼は武道家です。ただし、いつも自分の内面を見つめている。

しかし、内側に向かうことに、社会的な意味はなく、個人的な意味しかない。そこで社会との接点を持たせるために、魯智深が子午山に送り込んだのが鮑旭《ほうきょく》です。最初は野獣のような青年だったのが、王進の母親に字を教えてもらって、初めて人間的な感情を持った。そうやって人間的な感情を取り戻す場所として、子午山という舞台を設定して、梁山泊からできそこないの人間を送るようになった。人間は母親の胎内で羊水の中にいて安心していて、それから生まれてくるわけです。歪《ゆが》んでしまっている人間に、生まれる前の羊水の中にいるような場所を、もう一度与えることはできないか。そういう発想だったんです。人間的なものを取り戻すための場所なので、子午山に行く人間が全員強くならなくても別にいい。鮑旭なんかはあまり強くならなかった。素質を持っている人間はものすごく強くなりましたけどね。人間として生まれ変われれば、子午山の意味があり、王進にも意味がある。

今の子午山には王清《おうせい》、蔡豹《さいひょう》の二人がいて、蔡豹は、伯父《おじ》の蔡福《さいふく》を母親の仇《かたき》だと思って憎しみで凝《こ》り固まっている。そういう人間に王進は武道を徹底的にやらせて上達させるわけではない。武道を通じて少しだけ向かい合うことで何か取り戻せたらいいし、取り戻せなかったら、それはそれでいい。そこまでの人間だ、という悟りの中で王進は暮らしている。子は生《な》していませんが、王進はさっきの公淑と結婚して、家族というものも楊令をはじめとして、色々な家族がいた。彼の人生は山の中だったけれど、ある充実はあっただろう、と思っています。

一番大事な継承

Q 『楊令伝』では、吹毛剣《すいもうけん》や李逵の技など継がれているものが多いと思います。私はそこにロマンを感じるのですが、「継ぐ」ということに関して、どう考えていますか？

北方 継ぐということに関しては、私は考えて書いていると思います。物でいうと、解珍のたれを伝授するという形で伝えている。技を継承するという形では、李逵が石を空中に放り投げて板斧《はんぷ》で真っ二つにするというものがあります。そうすると実は板斧が研《と》げている、という技なんですけど、それは狄成《てきせい》が受け継いでいて、李逵の面影がだんだん重なってくる。最初に持っていたものを別の人間に重ね合わせることができる。小説家としては救いがあって、そこにいくんですけど、基本的にはそれぞれ別の人間だ、という思いもあります。

継承で一番大事なのは『替天行道』の思想です。ただ、凝り固まった思想ではない。『水滸伝』では今権力を倒さなければならない、というものだったのが、『楊令伝』では少しずつ新しいものを作るというふうに変化した。そうやって継承によって変化するものもある。考えすぎて書いたんじゃないか、という思いもあるんですが、考えに考えて、小説の中に出てきたのであれば、そのときの私の真情だろうと思います。

心情的に継承させているものもあります。それは「心の中で生きていれば人は死んでいない」という考え方です。人は一度は死ぬ。もう一度死ぬのは忘れられたときなんです。だから、忘れないということは大事なことです。これは私が現実の生活で感じていることですし、『水滸伝』のときからずっと受け継がれている考え方でもあります。

『岳飛伝』の展開

Q　燕青は『岳飛伝』では、どのように活躍するのでしょうか？

北方　それは聞いてはいけませんよ。燕青は『岳飛伝』で活躍させるために子午山にやった。それでいいではないですか。どのように、ということは申し上げられません。『岳飛伝』を読んでください。

（「小説すばる」二〇一〇年一一月号）

東京編（二〇一〇年一一月二八日、『楊令伝』単行本全十五巻完結時）

創作ノート

Q　僕は毎回確認しないと忘れがちな登場人物がいますが、北方先生は『水滸伝』『楊令伝』の登場人物名を全員覚えていらっしゃいますか？

北方　覚えています、作者ですから。何かきっかけがあってその人物を書いているわけですから。しかし、全員と言われると難しいかもしれない。登場人物を全員覚えるのは無理です。ただ、私は創作ノートを作っているので、それを見ればわかる。だからそこに記憶力のエネルギーを使う必要はないわけです、めくればわかる。しかもそのノートには、名前、生まれた年が書いてあって、身長、体重がセンチ・キロで書いてある、たとえば百七十センチ・六十キロとか。そうすると、中肉中背の印象になる。一番難しいのは特徴ですね。右目に傷があるといったん書いたとして、次に左目に傷があると書くとまずいじゃないですか、右手・左手どちらを落とされたとか、そういうことを書いておくわけです。

岳飛の剣

Q　物語の途中から、岳飛は普通の兵士が使う粗末な剣を遣いますが、どのような意図があるのでしょうか？　また、『岳飛伝』でも、岳飛はその普通の剣を遣い続けるのでしょうか？

北方　吹毛剣とか護国の剣ではない普通の剣ということですよね。その特別な剣を普通の剣でズバッと斬《き》る。それが腕なんです。岳飛は、蕭珪材《しょうけいざい》との対決のとき、普通の剣で護国の剣を折った。だから、自分の腕を信じようと思った。今後も遣い続けます。

旗の行方

Q　楊令が宋江から受け継いだ『替天行道』の旗は誰が受け継いだんでしょうか？　以前、『水滸伝』完結の梁山泊の会のときに、実際に旗を作ったとうかがったのですが、今どこにあるのでしょうか？

北方　旗を誰が受け継いだか、ここでは明らかにしません。受け継ぐべき人間は何人かいるんです。その中の誰かが受け継いでいる、という形で書いていきたい。『替天行道』の志は宋を倒すための旗印だったわけだから、宋が倒れてから後は志のありようとして残っているだけなんです。梁山泊の入り口に旗が翻《ひるがえ》っていて、これから童貫と戦うんだぞ、ということはもうないわけです。誰かが大事に持っている。

『水滸伝』完結のときの旗は、担当編集者が持っているはずですが、他に作った旗は別荘に飾ってあります。

哀しみの音楽

Q　戦のあと、人が仲間の死を悼んで音楽を聴いている場面が好きです。『水滸伝』では馬《ば》麟《りん》が吹く鉄笛《てってき》を林冲が聴き、『楊令伝』では、張平《ちようへい》が吹く鉄笛を楊令が聴いている。また、子午山では王英の息子が学んでいる。鉄笛についてどのような取材をされましたか？　また、哀《かな》しみを映すような音楽はどのようなものを考えられていらっしゃいますか？

北方　馬麟のあだ名が鉄笛仙《てってきせん》なんですね。そういう名前があるんだから、鉄笛があるんだろうと思って調べたところ、漢代からあるんです。横笛の形で描いてある。また、日本の資料にも残っている。ただ現在存在していないので、音色《ねいろ》を聞いたことはない。しかし、頭の中で馬麟の鉄笛の音を思い浮かべることができる。そこには、死んだ同志たちへの色んな思いがこめられているから。張平が使うときに、最初軽率に暗器《あんき》として書いてしまったけれど、結局暗器として書くのはやめました。やっぱり張平にも楽器として使ってほしいという思いがあった。
ポルトガルにファドという音楽があります。ポルトガルに行ったときに酒場で聞いて、へただったけれど、ものすごく迫力があって感動した。哀しみを映す、と言われた時に思い浮かべるのはファドです。

怒り

Q 北方さん、俺はちょっと怒っています！ 最終巻で人が死ぬペースが早いと思うんですよ。宣賛が最期に「もう少し時がほしい」と言ったんですけど、僕ら読者もそうでした。そうなった経緯《きいご》を教えて下さい！

北方 特別な経緯があるわけではありません。言われている意味はすごくよくわかります。あれだけ長く生きてきた人間たちが、バタバタと死んでいく。殺して申し訳ない。私も辛《つら》かった。一つ言えることがあるとすれば、梁山泊という国が強くなって、残りそうになってしまった。しかし現実の歴史では残っていない。そこで、敵に倒されるということではなく、弱ることを考えて、水害を起こした。あの時代、実際、水害は多かったんですよ。あそこで死んでいった人物たちに代わって、また新しい人物たちが『岳飛伝』で生きていく。そう思っていてください。

（「小説すばる」二〇一一年二月号）

作者から読者へ　北方謙三

〈文庫企画「Club 楊令伝」登録読者にメール配信された、作者からのメッセージです。〉

二〇一一年五月

前置きは、やめにしよう。

いま、時が、君の前にある。俺の前にもある。それぞれの時を前にして、立ち尽くすことが許されるのだろうか。俺は、一歩を踏み出す。『岳飛伝』を書くことに、存在のすべてを賭《か》けよう。それしか、小説家である俺にはできないのだ。

『水滸伝』を書き、『楊令伝』を書いた。『楊令伝』も今月から文庫化される。三部そろって『大水滸伝』という構想を、なにがなんでも実現させる。

『水滸伝』で反抗の闘いを、『楊令伝』で国家の破壊と建設を書いた。その間に、この国があれほどの震災に襲われることなど、夢想さえしなかった。あの津波の映像を観れば、俺の書いた洪水の場面との暗合に、慄然《りつぜん》とせざるを得ない。しかし、もう立ち尽くすのはやめる。『岳飛伝』を書きはじめる時を与えられたと考え、生き残った人間たちの人生と救いの物語を、全霊をもって、心をこめて書き上げよう。

二〇一一年六月

ここに、ひとつの物語がある。この存在が、人の役に立つのかどうか、震災の後、俺はずいぶんと考えた。直後に必要だったのは、明らかに物語ではなかった。求められたのは、水、食料、燃料であり、避難できる場所だった。一応の落ち着きが見えた時、俺は一通の手紙を貰《もら》った。被災地から来たその手紙は、封筒が汚れ、便箋《びんせん》も皺《しわ》だらけだったが、生き生きとした言葉に満ちていた。『水滸伝』の感想だった。書いてくれて、ありがとう、という言葉が眼にしみたよ。俺が書いたものも、わずかだろうが役に立ったのだ。物語の力を、信じ続けてきてよかった、とその手紙は思わせてくれた。いまから発刊がはじまる『楊令伝』は、国の破壊と建設の物語だ。震災との暗合を、俺はもう気にしない。物語は、君の心に拡がるものだからだ。本のむこうにいる、顔も知らない君の心にむかって、俺は発信を続ける。語りかける。俺の孤独を、君の孤独に投げかける。そうやって、読者である君と俺は、心で繫《つな》がる。

ほんとうの孤独なんて、ないんだよ。そのために、物語があるじゃないか。冬の夜、風の音に耳を傾けるような物語だったとしても、俺は必ず、俺の声をその風に乗せるから。寂しいし、つらいし、と思った時、本を開いて俺に逢《あ》いに来てくれ。楊令になり、史進に武松《ぶしょう》に、あるいはまた別の男になって、俺は君を待っているよ。

もう前を向こう、友よ。君に対してと同時に、これは俺自身にむかって言う言葉でもある。

またな。

二〇一一年七月

おい、君はしっかり眼を開いているか？　こんなことを言うのも、俺は最近、自分が眼を閉じてばかりいるのではないかと、ふと不安になるからだ。なにもこの世のあり方について、なにか叫ぼうというわけではない。せいぜい、自分自身を見つめているかどうか、忘れないでいたいのだ。

楊令伝第二巻が出た。これを書いていたころ、俺は間違いなく眼を見開いていたと思う。若いころの怒りさえも、時に思い出すことがあったのだよ。それが、書くエネルギーになっていた、とも言える。いまだって、眼さえ見開いていれば、という気はある。見たくないものは、見ない。見たくない自分も、見ない。そんな人生になっていたらどうしよう、という恐怖は、それでもたえずある。

なあ、君とは作品を通して繋がり合っている。俺の眼が閉じていると思ったら、俺になにかを伝えてくれ。それも友情だ、と俺は思っているよ。またな。

二〇一一年八月

第三巻が出た。君がそれを手にする頃、俺は多分、海の上にいるだろう。実は海がとても怖かった。静かな海を眺めていても、不意に暴れはじめそうで、とても遠出をする気になれなかった。そういう自分を、おかしいとも思わなかった。俺が津波に遭ったわけではないが、あんなに人の命を呑みこんで、という思いを拭《ぬぐ》いきれなかったのだ。もう克服しようと思ったのは、第一巻が出るころだったかな。いろいろ忙しくて、やっと海に出る時間ができたのだよ。夏も盛りだ。思い切り遠出をしてこよう、と思っている。時化《しけ》は望むところさ。どんな波でも、乗り越えてやるよ。そして、海から戻ったら、俺は『岳飛伝』の最後の準備に入る。

君に問う。心は震えているか。なにかを求めて、叫ぼうとしているか。俺はいま、震え、叫ぼうとしているのだよ。それを君に伝えたいのだよ。物語の力を、もう一度信じてみたいのだ。そのために、全身全霊で叫ぼうとしてるのだ。人は弱く、同時に強い。俺も君もさ。人恋しいのに、孤独を好んだりもする。そんなちぐはぐな自分でも、物語の中では、率直になれる。読むのと書くのの違いはあっても、同じだと思う。物語の力を信じるところから、なにが生まれるのか。生きていることの意味が、見えてくると、俺は信じる。

海などと、暢気《のんき》なことを言っているが、俺は俺の存在と命をかけて、書き続けるよ。君のためではない。俺自身のためさ。ただそうすることで、君が懸命に生きていれば、共振できるはずだ。どこかで、通じ合えるはずだ。

またな、友よ。面倒なことを書いたが、次は俺の愚痴《ぐち》でも聞いてくれ。

二〇一一年九月

もう、四巻に達してしまった。これを書いていた頃、俺は戦のことばかり考えていた。楊令と童貫。天才が二人。天才は天才を知るというが、書いている俺だけ天才ではないから、ほんとに振り回されたもんだよ。読む君だって多分天才ではないから、君に天才とわかるように、天才ではない俺が書く。なんとも奇妙なあがき方をしていたな。あがいただけの価値があるかどうか、いまもわからない。

元気か？　気持ちを萎《な》えさせてはいないか？　寂しくないか？　人はみんな寂しいから、物語があり、映画があり、音楽がある。君と、物語で会えて、よかったよ。俺と同じように寂しくて、孤独を持て余していて、いつかはここから出て行くんだと考えている君が、本の向こう側にいると思うと、気持ちが少しだけ暖かくなる。本を間に、そうやって暖めあおうよ。それが本というものだと、俺は信じて書いてるから。

やっと夏が過ぎ、秋の匂いがして、寒いともっと切ないだろうと、俺はいまから心の冬支度さ。君の冬支度にも、俺の本を入れておいてくれよ。カイロぐらいにはなるかもしれない。

酒の量が減らない。もういい歳《とし》で、いい加減身体はよれてるのに。酔って朦朧《もうろう》としていると、よく死んだやつが逢いに来る。この間は楊志《ようし》というやつが来て、息子の心配をしていった。その前は張青《ちょうせい》というやつが来て、女房がいつまでもこっちへ来ないと、ぼやき続けていたよ。さらにその前は……よそう。いつかこれを書いてみよう。それが俺らしい。またな友よ。ありがとう。なにがではなく、なんとなくだが、ありがとう。

二〇一一年十月

　このところ、身体の中でアルコールを分解する速度が遅くなったらしく、いつまでも酒が残ってしまう。いま、やっと抜けたところだよ。歳は取りたくないものだ。君は、大丈夫か？　俺のような、飲んだくれになるなよ。俺も常に飲んでいるわけではなく、書いている時は素面《しらふ》だからな。

　五巻が出た。これを書いているころから、俺はしばしば、死の恐怖に襲われるようになった。別に病《やまい》を得ていたわけではない。体は人並み以上に元気だったさ。親父《おやじ》が亡くなった歳に、近づいてきたのだ。きわめて元気なまま、突然倒れて、親父は逝《い》った。俺もそうなるのではないかと、ふと思ったりしたのだな。いま、親父が亡くなった年齢をいくつか超えると、あまり現実感はなくなり、記憶だけが、落ち葉のように残っている。そして時々、生きることの意味と、死という現実について、考えてみたりするのだ。

　人は死ぬよ。それが大切な存在であれば、死はなおさら重く心にのしかかる。君は、大切な存在を失ったことはあるか？　いまなくても、人生には必ずそういう時がある。どうしようもないことなのだ。だから俺は、哀しみもむなしさも、すべて心の奥に押し込めて、その人が好きだった本を一冊だけ読むことにしている。繰り返し読んでも、ページに涙は落ちるが、どこか悲しいだけの涙とは違う。いつの間にか癒《いや》されているのだよ。物語の力。それがあるのだと思う。俺ぐらいの歳になれば、もう何十冊の本を読んだか、わからないほどだ。

　君に伝えたい。死は別れではなく、新しい発見だと。今年、何人もの親しい人を亡くしたが、俺はそう思って、一心に本を読んだよ。哀しいだけの涙よりよかったのだと、自分に言い聞かせている。

酒が醒めたところで、性懲《しょうこ》りもなく君に愚痴を言ったかな。

またここで会ってくれるかな、俺の友よ。

二〇一一年十一月

時々、寒い日がある。俺は風邪もひかず、岳飛伝に打ち込んでいるよ。第一回は、ペース配分がうまく摑《つか》めず、締切より早く書きあがってしまった。書いていて思い浮かぶのは、ほとんどが楊令伝のことだった。ああ書けばよかった、こう書くべきだった、という思いはもうない。書き上げ、本になった作品は、作家にとっては、食っちまった食事と似ているといつも思う。

もう、第六巻が発売になる。早いものだ。君はここまで付いて来てくれている。作者としてもだが、登場人物にも成り代わって、礼を言うよ。ありがとう。君の心の中で、いろいろな男たちが、どんなふうに生きたのか、興味があるな。俺と喋る機会があったら、教えてくれ。読者の声というものが、俺にはほとんど聞こえない。ひとりで考え込むことも、少なくないのだ。

ところで、そのうち楊令伝の公式ホームページで、面白いことをはじめようと思っている。内容は、いまはまだ俺の頭にあるだけだが、考えただけでもわくわくするし、同時に気後《きおく》れと怖さも感じる。

なあ、君。人間というの、ほんとに思いつきの動物だよな。思いついて、しばらく考えたら、実行することが俺の場合は多い。それで失敗したことも、少なからずあるよ。しかし、いままで見えていなかったものが、不意に見えてきたこともある。だから俺は、実行してしまうのだと思う。新しく見えたものというのは、失敗を差し引いても相当魅力的だ。ま、もうしばらく待ってくれ。もったいぶるのって、いまの俺には快感なのだよ。

人生だって同じだと思うぞ。思いつきの中からだって、いろいろなものが出てくる。出てきたものを生かせるかどうかなのだ。

もっと寒くなり、風の音が心に響くようになると、俺は寂しさに身をよじりたくなったりする。そんな時の救いが、物語だった。俺の書く物語が、君の心のほんのわずかな慰みに、願わくば救いになれば、と思いながら、俺はまた万年筆を動かすことにする。

またな、友よ。北方謙三は生きているぞ、精いっぱい生きているからな。

二〇一一年十二月

師走《しわす》になった。いやになるほど、時は早いね。実に大きなことがあった年だった。俺にとっては、価値観が変わるほどの年だったと言っていい。俺は沈思の中にいて、物語が人間にどういう意味を持つのか、考え続けていた。書かないで考えることの不毛を感じて、『岳飛伝』を書き始めたのだと思う。これから書き進んでいく物語だが、あの震災の影響は、いやでもどこかに出てくるだろう。たじろがず、自分と向き合うとしか、いまは言えない。

君にとっては、どういう年だったのかな、と考えたりしているよ。誰もが、自分の生きている姿を、見つめざるを得ない年だったものな。

第七巻が、発売された。はや中盤に入ったが、第一巻が出てから、あっという間だったという気がする。ここに至るまで、原稿用紙の上で俺はきちんと闘ってきただろうか。いつも全力を尽くしたつもりになるのは、俺の欠点で、つもりになってしまうというのは、実に恐ろしいことだぞ、と自分に言い聞かせていた時期だったな。長く物語を書き続けてきた俺が、君にひとつだけ言えるとしたら、人は全力を尽くすことなどないのだ、ということだ。その時は尽くしたと思うだけだ。人の力は、無限だぞ。どこまでも、力は伸びる。俺はそれを、何度か実感した。だから、全力を尽くしたつもりになる自分の癖を、しばしば修正してこられたのだと思う。君がなにかに挑み、失敗してもそれは全力を尽くさなかったからで、成功しても、全力を尽くしていないから先があるということだ。失敗も成功も、自分に道を開くなにかを与えてくれるのだと思おうぜ。

酔ってもいないのに、説教めいたことを言っちまってるな。寒いと説教したくなり、暑いと暑気払いにやはり説教してしまう。俺と語るなら、春か秋だな。ただその季節、俺は釣りに恋にと忙しいぞ。恋というのは、ちょっと見栄《みえ》が入っているが。ま、還暦を過ぎた男がほざいていることだから、勘弁せい。

よいお年をとは言うまい。いま過ぎ去ろうとしているこの年を、忘れない。この年に生きていた自分を、忘れない。
ただ、君が健《すこ》やかであってくれることは、祈ってるよ。またな、友よ。来年、ここで会おう。そして、物語の中では、いつでも、いつまでも、会おうぜ。

二〇一二年一月
新しい年が来たな。俺は、本を読みながら、正月を迎えたよ。それからしこたま酒を飲み、酔いどれて混濁の中で眠った。俺の正月が、清澄だったことはない。なんだかんだと、できもしない決意をするタイプなので、酔いの混濁の中に逃げこむわけさ。消極的であるが、これも知恵のうちだ。実現できない決意は、どうも自分を腐らせるような気がするので、これでいいと思っているよ。
君の正月はどうだった。いろいろと決意をしたり、誓ったりしたかね。人それぞれだ。決意や誓いも、悪くないだろう。願わくは、『楊令伝』を読破するという決意でもしてくれたら、俺はありがたい。
第八巻が、発売になった。もうここまで来たのかと思うと、月並みだが時間の速さに驚いてしまう。童貫戦も、佳境に入る。当然、いろんな男が死んでいくから、書いていたころを思い出すと、俺は憂鬱《ゆううつ》になってしまう。この男もまた殺してしまった。そんな気分がいつまでも続き、酒に逃げこんでしまう。弔《とむら》い酒だなどとほざいてはいるが、ほんとうにこの男を生かしてやれた後の死なのかと、忸怩《じくじ》たる思いに襲われるのだ。そんな思い、阮小五のころからずっとずっと抱き続けているな。死は理不尽なものであると同時に、どうしようもない必然でもある。俺は、その必然を、死にゆく者に与えているのか。理不尽だけで死なせてはいないか。考えすぎると、一行も書けなくなるので、酒に逃げこんでしまうというのが、正直なところだ。俺は、死なせてしまった男たちのことで、アルコール依存症になりそうである。いや、もうなっているのかな。

男たちの一人一人に、目のくらむような恋をさせたい。生きることの喜びを、意味ではない実感で与えてやりたい。そんなことを考えながら酒を飲んでいると、醒めたとき、小説家とはなんと傲慢《ごうまん》な人種なのかと再び忸怩たる思いに襲われる。登場人物は、男も女もそれぞれに自分の人生を送っているのだ。小説家は、その場を提供しているに過ぎない。俺は目を閉じ、酒を満たした杯をまた口に運ぶことになる。新年早々、すまんな。これは、君に聞いてもらう愚痴だ。君がいてくれて、俺は救われているのかもしれない。

新年の挨拶《あいさつ》をしようと思ったのに、こんなメールになった。書く時だけは、素面で、命の限りの力を出すから、それで勘弁してくれよ。祈ることはあまりしないが、君の健康だけは祈ってるよ。またな、わが友よ。

二〇一二年二月

第九巻が発売された。もうここまで来てしまったのか。俺は、時の早さを思う。去年、年が明けたら面白いことを、ホームページではじめるぞと宣言したのに、それすら果たしていない。君は待っていただろうな。すまん。俺は、どこかで緊張感を欠いてしまっているのだろうか。来月、このメールが届くまでには、はじめておくよ。第九巻を書いていたころ、俺は常に緊張していたな。戦が終盤にさしかかり、気を抜くと、みんな死のうとしてしまうのだ。待てよと言うまもなく、突っ走ってしまう。まったく、男ってやつは、呟《つぶや》くしかない。おまえが呟いてどうする、と君には言われそうだが。すぐに死のうとするのは、男の純粋さと馬鹿さ加減なのかな。俺もやつらに劣らぬほど馬鹿なので、日常生活には充分気をつけている。この歳で殴り合いなどをやり、たとえ勝っても洒落《しゃれ》にも自慢にもならないしな。戦場があったらと考えたりもするが、俺の生活は、ほとんど原稿用紙の上の戦場だ。それ以外は、遊ぶ場所、乱れる場所にすぎない。原稿用紙という戦場で、万年筆という武器を携えて。考えてみれば、幸福な戦人《いくさびと》なのだな、俺は。これからも、いい戦を、君に見せようと思ってるよ。

第九巻は、ある意味、決別の章でもある。俺はこれまで、さまざまなものに決別して生きてきた。君も、そうだよな。これからなにに決別するか。男の人生のテーマだぞ。あとが少なくなっている俺は、これまでどうしても捨てきれなかった、自分の弱さと決別しようと思う。またな、友よ。常に、新しい再会を期して。

二〇一二年三月

第十巻が発売になった。早いものだな。ここまで付いてきてくれて、ありがとう。俺はこれを書いたころのことを、いま途切れ途切れに思い出したりしている。唐突だが、『八月の濡《ぬ》れた砂』という映画があった。藤田敏八《ふじたとしや》という監督だが、ここで映画の話をしようというわけではない。主題歌を、十巻を書いているころにふと耳にし、懐かしさで目を閉じてしまったのだ。七〇年代の歌だが、古いという感じはなかった。そして青春が惨《みじ》めに終わりかけていたころも思いだし、切なくなったのだよ。歳をとったのだな、俺も。心も体も、燃えない、焼けない。生活は平穏なものなのだ。原稿用紙の上だけで、俺は青春を取り戻そうとしている。いま、俺はその歌を聴きながら、このメールを書いているよ。君にも、そんな歌はあるか？　歌でなくてもいい。映画でも小説でも、なんでもいいんだ。ちょっと切ないが、慰められる。もしかすると、救われるかもしれない。たまたま十巻を書いていた時に、何十年ぶりかに耳にしたので、君に伝えてみたくなった。人生は思い切りだな。俺はこの歌を聴きながら、それまでやっていたことを諦《あきら》め、本格的に小説を書いてみることにしたんだよ。思い切りのきっかけは、どこにあるかわからないものだな。いやきっかけでなく、背景にそれがあったということか。俺は、ある惨めさからは抜け出したが、また別の深い惨めさの中で、何年も過ごすことになった。それぞれの青春がある。それぞれの人生がある。童貫の人生は終わり、楊令の人生はまだ続くが、二人はどういう光と影を交錯させたのだろう。

自分を見失わないで生きよう。哀しみも寂しさも、人生の友だちさ。負けるなよ。これは、君だけでなく、自分に言い聞かせていることでもあるんだが。

おかしなメールになってしまったな。こんなのが一度ぐらいあっても、まあ、いいかな。

このメールを読んでくれている君には、俺の肉声で語りたかったんだよ。また会おう、友よ。

二〇一二年四月

このひと月の間に、すっかり暖かくなった。しかし海は、おかしな低気圧が次々に来て、荒れてる日が多い。台風並みなやつもあったしな。おまけに俺は、花粉症だからくしゃみ連発で、格好悪いことこの上ない。君は、そちらの方面は大丈夫か？　まあ、花粉症では死なないと自分に言い聞かせ、通り過ぎてくれるのを待つしかない。

十一巻の発売である。もうここまで来てしまった。なんだか、時間が短いな。つまり一年近くは経《た》ったということだ。俺はこの間に、なにができたのだろうか。大したことはなにもできなかった。自分を変えることも、できなかったな。俺ぐらいの歳になると、たえず自分を変えようという意識を持たないと、内側から腐ってしまうのだよ。そうだ、仕事という意識を持たなくなった。書くことは仕事ではない。生きていることそのものだ。そう思えるようになっている。それでいいものが書けるかどうかは、わからない。ただおかしなものが出てきたら、俺はきちんと生きていないということだ。そういうところに立って、俺は書いていこうと思ってる。人生というものを、そうやって作り上げていくのかどうかは、これまたわからん。死ぬときに、生き切ったと思えればいい。いまの心境はそんなものかな。君の人生は、どんなものだ？　生きているか？

こんな話、辛気臭《しんきくさ》くていやだよな。だから、唐突だが、別のことを君に伝えておく。かねてから計画中だった、ホームページ上での試み、かたちになってきた。どんな試みかは読んでもらうしかないのだが。やっていて、俺は楽しい。俺だけ楽しんでいるということにも、ならないと確信している。しかし、物語を書いていると、いろんなことが思い浮かぶものだな。それを実行できるということは、恵まれているのだろう。君は、笑ってくれればいい。それがやさしい笑みであろうと、厳しさと軽侮に満ちたものであろうと、俺は受け止めるから。

また逢おう。ほんとのことを言うと、君のやさしい笑みを待ってるよ。

二〇一二年五月

元気か？　花粉がどこかへ行っちまったので、俺はきわめて元気だ。こうなってくると、無敵のオヤジさ。君は大丈夫か？　気力を失ってはいないか？　時々思うが、人生は気力をみなぎらせた方が、楽しいぞ。俺は、一年に何度か、自分で自分に気力を注入する。なに、難しいことではない。気息を整え、心気を集め、思いっきり自分を否定するのだ。心を、自分でぶん殴るのだ。すると躰《からだ》の底から、ぬおっという気力が湧いてくる。自分の心をぶん殴るのは、自分しかできない。だから徹底的にやろうとするやつはいない。君もやってみるか。徹底すればするほど、底から湧いてくる気力も、大きくなる。なに、人間は、ほとんど完全には自分を否定しきれないのだからね。なら意味のないことなどと言うなよ、と君は言いそうだが、ぼんやりした自己否定の中に留まるのが、人には一番よくないと俺は思っている。

思いっきり否定して、耐えきれないほどになったら、解放し、強力な逆ネジの力で肯定の極限まで飛び、そこから走りはじめる。ま、そんなところかな。俺のエネルギーの出し方だよ。気が遠くなるほど長い長い物語を紡《つむ》いでいると、そんな方法を持っていないと、どこかが緩んできてしまう。生きるって、そういうものじゃないかな。誰だってそんな方法を持っているに違いないのだ。朦朧とした日々の中で過ごすのは、できる限り少ない方がいい。

第十二巻の発売だ。ここまで付いてきてくれた君よ、ありがとう。俺はやはり、君に支えられてここにいるのだろう。しみじみとそう思うよ。ひとりで書いているなんて、俺は思ってはいない。読者である君が、いつも並走してくれていることを信じて、俺は走り続けてきたのだ。

このメールを書くとき、俺はしばしばその巻を書いていたころのことを、思い出す。一度も、孤独ではなかった。ひとりきりで書いていても、いつも君の息遣いが聞こえた。ページをめくる音が聞こえた。思い出すと、心が震えるよ。

もう少しで、完結だ。ほんとうにありがとう。

またな、わが友よ。

二〇一二年六月

夏がそこまで来ているので、俺の肉体は反応して、きわめて元気だよ。君はどんな具合だ。しょぼくれていないだろうな？　暑い時は、心も熱くするものだぜ。

第十三巻が出た。なんだかほかのやつに較べて、楊令の人気がないので、俺は戸惑ってるよ。そんなにおかしなやつかな？　みんな勝つことしか考えず、勝った先のことなど、どうにかなるだろうと、漠然と思っているだけだ。そして勝ってしまったらどうすればいいか、誰も言えない。そういう時、明確な国のビジョンを示せるって素晴らしいことだぜ。楊令は、そのことを考え抜いて示したのだ。ほかに、誰がそれをできるというのだ。とまあそういうことができるやつは、小説では人気が出ないということかな。無口な男だ。もっと喋ってくれと思いながら書いても、なかなか口を開いてくれなかったよ。でも俺は、そういう楊令が好きなんだよ。小説を書いていて、こいつは嫌いだというやつはいない。本気で嫌いなやつなんか、書けないよ。どんな敵役でも、俺は好きな部分を見つける。その時はじめて、筆は動いてくれる。そんなもんだよ。

人生には、思わぬことも時々起きて、人はしばしば自分と向かい合う。君にも、経験あるだろう。俺はそんな時、いつも自分に問いかけていた。卑怯《ひきょう》なことはしていないか、友だちを裏切っていないか、傲慢になっていないか。いまではもうひとつ増えている。自分に嘘《うそ》をついていないか。これがしばしばあるのだなあ。嘘などついていないと、思いこむ、言い聞かせる。思いこめば、嘘じゃない。しかし、いつかそれが嘘だったと気づく。俺は、かなり暗くなるね。なにもかも正直で、まっすぐに生きられるわけではない。現実に取り囲まれているんだからね。それでも、前向きな嘘だと、暗くなるのはわずかな時ですむ。俺はいま、そう思っているよ。他人につく嘘より、ずっといいと思う。

俺は原則、明るく、他人に不快感を与えないように、生きている。暗くなった時は、ひとりになり、日本刀を腰に差す。切腹しようってんじゃないぜ。居合抜きをやっていて、巻き藁《わら》と向かい合っているのさ。巻き藁が自分に見えたとき、俺は居合を放つ。気づくと、巻き藁が三つにも四つにもなっていることがある。それで、俺は明るさを取り戻す。生きていることはつらく、切なく、時に悲しいけれど、それもきちんと受け入れて、自分らしく生きる。この歳で、俺はどうにかそれが出来るようになった。楊令だってできる。そして君も。痛い思いを心に抱えても、ほほ笑むことができる自分になれよ。できれば、声を上げて笑ってしまおう。声の裏側に、君の悲しみがあることが、俺にはわかるから。

また逢おう、ほほ笑みを浮かべながら。

二〇一二年七月

まったく時というやつは。そんなことを、呟いてみたくなる。早いな。この歳になると、実に早い。ありきたりの感慨なのだろうが、若いころと較べると、ほんとに嫌になるほどだよ。君はどうだ？

こんなことを考えたのも、第十四巻が発売になったからだ。このメールも、十四回目、いや最初の挨拶まで入れると、十五回目になるのだ。文庫第一巻が出た時、遂に出たかと、目の前に置いてウィスキーをちびちび飲んだものだ。それがもうここまで来て、『岳飛伝』の単行本の第一巻まで出ているのだからね。

第十四巻が、出たぞお。思わず、もう一回言ってしまう。これを書いていたころ、俺はいまよりいくらか若かったのだろうか？　心も、若かったのだろうか？　俺はひどく歳をとって、書く体力も気力も衰えてきた、などと思っていなかっただろうか？　思い出せない。なにか大きくコーナーを回ったような気がしたが、あれは還暦などと言うものを、いつの間にか過ぎてしまったと気づいたからなのか。

第十四巻を手にして、俺はいま、酒など飲まず、ただ時の早さに驚いている。酒は飲まんよ。『水滸伝』のころから、誰かが死ぬと、俺は飲んだくれていたものさ。そう、明け方の独り酒を自分に許したのは、長くつき合ってきたやつが、死んだ時だけだったじゃないか。

ひとつひとつ、歳が増えていく。そりゃ仕方があるまい。しかし、心まで老いてたまるか。穏やかな日差しを眺め、ふとふり返り、自分の軌跡のありようを思って、諦念《ていねん》と充足の入り混じった微笑《ほほえ》みを浮かべる。俺は嫌だ。そんなのは、十年早い。俺はまだ、書き続ける。若いころよりも、もっと心を燃やして、書き続けるぞ。それが生きてるってことじゃないか。俺の心は、絶対に老いない。俺の心は、絶対に折れない。だから、君もつき合え。つき合ってくれ。俺は、手のかかるやつらを、それこそ何十人も抱えていて、そいつらの人生にとことんつき合っていくのだ。気を抜くと、俺を打ち倒し、食らい尽くしてしまうやつらさ。いいねえ。そんな人生って、ひりひりするぞ。いま以上に、俺は闘う。爆発する。

ただ、時々、君に会いたい。そして、なにかを語りかけたい。自分が孤独ではないと、信じられる瞬間が欲しいのだ。俺を見て、なにかを言ってくれ。

君はここまで、俺を見守ってくれた。このメールが、わずかだが君に力を与えたことも、あるかもしれない。もしそうなら、対話は成り立っていたね。もっと語りたい。生きることがつらいと思った夜に、このメールを思い出してくれ。俺は、君という存在そのものを、思い出すことにする。

また会おう、友よ。

続・北方水滸『楊令伝』ニュース

発行所 集英社 2007年4月1日(日)
〒101-8050 東京都千代田区一ツ橋2-5-10

号外

壊滅から3年

替天旗ふたたび

生き残りが伝えられる面々、続々判明

生還した あの男激白!!

「その男」が、梁山泊頭領にふさわしい成長を遂げたかどうか、わからない。だが、漢たちの誰もが「その男」の戦線復帰を待っている。そこで、専ら頭領の如き振る舞いが目に余るあの男に、「その男・楊令」について聞いてみた。【以下インタビュー全文】

なに。なになになに。

楊令のことを聞きたいじゃと。どこの週刊誌か黒新聞か。続・北方水滸『楊令伝』ニュース？ 知らぬのう。青蓮寺の出しておるPR雑誌「青蓮獣読書」増刊だったりして。ぬはぬはぬは。ブリザードの如き寒きギャグよのう。

ま、ええわい。楊令という餓鬼はじゃのう、3歳か4歳、文庫版では5歳か6歳で青面獣・楊志が二竜山に連れてきた養子じゃ。これはギャグではないぞ。なんでも本当の両親が山賊に惨殺された時に言葉を失って口がきけなんだ。それをだのう、楊志と楊志のカミさんが可愛がってやっと口をきき始めた時に、楊志たちは憎き青蓮寺の刺客の手にかかって殺されたわけじゃよ。楊志は宝剣・吹毛剣をふるって百人ばかりぶった斬ったもののあわれあっぱれな最期を遂げたわけじゃが、楊令は顔に養父そっくりの痣を作りながら、生きのびたわけじゃ。

梁山泊では霹靂火・秦明の子供になって育てられ、あの豹子頭・林冲に剣技を教わりながら育っていったのじゃが、剣の天稟、将の才能については、栴檀鳳雛のたとえの如き優れた餓鬼じゃったわ。そのうち子午山に隠遁するトツカ山岳教室の鬼教官、王進のもとに送られてそこで青年になっていったわけじゃい。

その間に梁山泊と官軍の間の緊張は高まり、9500枚を7字でまとめると、いろいろあって、ついにあの憎き童貫元帥の前に梁山泊はゆうらりゆらりと風前の灯となっていったわけじゃが、そこに子午山から下山して合流してきた楊令、まだ推定17歳じゃというにめっきりめきりと頭角を現し、林冲戦死のあとに無敵の黒騎兵を率いるまでになったのじゃ。童貫元帥に単身挑みかかってその兜を父譲りの吹毛剣で吹っ飛ばした時には身が震えたもんじゃ、見てないけど。

しかしのう、天運これなく梁山泊は、陥落炎上、同志はばらばらになってしもた。そうはいっても、天才たるわしは前もって敗戦を予測しておって、そっち方面の準備も怠りなく粛々と進めておったわけじゃよ。

そして、北方謙三めさえも死んだと思っておったに、「梁山泊の会」のファン投票という裏技で復活したのが、わし、智多星・呉用IQ200。生き残った同志があたこなたに潜伏するというところで、この『楊令伝』（全10巻予定）のスタートとあいなったわけじゃ。

当然、次の生存者の中では聚義庁の主は比例代表名簿順位1位のわし、智多星・呉用IQ220。と思っていたのはわしひとりであってわしはIQ240なのじゃが人望偏差値20、みんながわしではいやじゃというでのう、もうやけくそで「続替天行道」を執筆して支持率を上げようと思ったのじゃが、わしは書を読むのは得意じゃが書くのは苦手なのじゃよ。

で、クソの史進、呼延灼をはじめ、皆が楊令はどうした、楊令はどこじゃ、そもそもタイトルは『楊令伝』じゃろがと騒ぐので、しょもない、北方におるはずのアホの楊令探索に戴宗の飛脚屋だの公孫勝の致死軍の残党なんぞを使って調べたところ、こりゃまたえらいことになっておった。

ぶっちゃけ強いうえに残酷なことこのうえなしの山賊群がおる。襲われた熟女真や遼の土地は徹底して虐殺され略奪され、しかも女どもは連れ去られてオカされておるというではないか。悪逆非道のあの青蓮寺でもそこまでせんぞ。その山賊がアホの楊令だとしたら、とんでもないこっちゃ。

というわけで、このわし、智多星・呉用IQ260にも梁山泊頭領のアトメがあるかもしらん、と賢察しておる今日このごろなのじゃわい。

宋江に旗と志を託され、北へ向かったと伝えられる楊令は、その後の消息がつかめない。

殺戮鬼「幻王」とは楊令？

北方帝 独占インタビュー（3面）

※『楊令伝』単行本刊行開始時に作成された宣伝用チラシです。

「梁山泊」の夜明けを待つ

敗れざる漢《おとこ》たち!

呼《こ》延《えん》灼《しゃく》 代州将軍だったが、帝への不信感から梁山泊へ。元本隊総隊長。二千の部下を十隊に分けて目立たぬよう行動している。

武《ぶ》松《しょう》 虎を撲殺。兄嫁を犯し、死なれた。宋江に死なれた。強すぎて死ねない自分を持て余す。楊令を探し、国境の北へ旅立つ。

張《ちょう》清《せい》 傭兵稼業から梁山泊に。百八人目の最後の大物、緑衣の将軍。飛礫の名手。歩兵を中心とした二千を率いる。妻は瓊英。

戴《たい》宗《そう》 致死軍の現場指揮を執っていた。非常に用心深い性格。手腕を発揮した情報網は敗戦後も壊滅を免れ、役立っている。

史《し》進《しん》 林冲亡き後は梁山泊騎馬隊の中心的な存在で、童貫をも脅かした。二千の騎馬を率いるが、その存在は宋軍も察知。

李《り》俊《しゅん》 豪放な性格も屈強な体も海が作った。水軍を指揮したが、宋水軍の物量に圧倒された。梁山泊からの撤退のほとんどを担う。

張《ちょう》横《おう》 二男・張平の盗癖に悩み、王進に預けた。武闘派ではない。通信を整備し直し、数千人の同志たちの動向をつかんでいる。

燕《えん》青《せい》 体術をきわめ、死域から帰還。父親と思い定める盧俊義から塩の道のすべてを受け継いだ。女真の地に店を開き、楊令を探す。

宣《せん》賛《さん》 塾の講師をしていたが、捕らえられ顔を壊された。雄州郊外で晴耕雨読の日々を送っていた。軍師としての才を呼延灼は認める。

扈《こ》三《さん》娘《じょう》 海棠の花と称された美女で馬技に優れた戦士。男装し、互いに王英の子を産んだ白寿と〈夫婦〉を装い、二人の子供を育てる。

鮑《ほう》旭《きょく》 十代は盗みと殺人で明け暮れた。王進のもとで生まれ変わり、歩兵部隊の大隊長として童貫に挑んだ。再び兵を鍛えている。

馬《ば》麟《りん》 賞金稼ぎの頭目だった。王進のもとで楊令と暮らしたことがある。剣を使う騎馬隊隊長として童貫と戦い、右足を失った。

杜《と》興《こう》 親を知らず、李応の父に育てられた。年齢を重ね、味のある人柄が光る。杭州に入る荷を扱う商人を装い、残党狩から逃れる。

顧《こ》大《だい》嫂《そう》 顔も体も肝もすべて大きい。男勝りの力持ち。料理の腕は抜群で、決戦前に女子供を連れ出し、揚州で食堂を経営している。人殺しが得意。

孫《そん》二《じ》娘《じょう》 愛する張青に「銀の首飾りが欲しい」と言って彼を賭博に走らせたことをいまも悔やむ。杭州に脱出、長江近くで運送屋を取りまとめる。

白《はく》勝《しょう》 安道全と林冲に命を助けられた元コソ泥。志など信じないタイプだが、密かに安道全から医術を学び、医師としてひとり立ち。

公《こう》孫《そん》勝《しょう》 特殊部隊、致死軍の総隊長。反国家思想の持ち主で、感情は顔に出さない。致死軍、飛竜軍の生き残り二五〇名を率いている。

呉《ご》用《よう》 元梁山泊の軍師。片目が潰れ、鼻や頬も焼けただれ、奇跡的に生き残った。一年半ほど前から、各方面に命令を出し始めている。

「父のように働きたい…」

熱き血を継ぐ遺児たち

秦《しん》容《よう》 霹靂火・秦明と公淑の間の息子。父のように働くことを自分に課しているが、まだ幼く活躍するのはこれからであろう。

花《か》飛《ひ》麟《りん》 小李広・花栄の息子。父譲りの強弓を引く。剣も馬術も得意で、扈三娘に挑む。童貞。しかし大物感漂う若者である。

王《おう》貴《き》/王《おう》清《せい》 矮脚虎・王英の遺児たち。片方の母が扈三娘。もうひとりの母が白寿。現在の情報はそれだけである。

蔡《さい》豹《ひょう》 女真の地で生まれた蔡慶の遺児。伯父の蔡福に育てられている。まだ幼く、本格的な活躍は今後のこととなろう。

韓《かん》成《せい》 百勝将・韓滔の遺児。成人なので、活躍は近い。父に似ず武術に優れた将校。

侯《こう》真《しん》 侯健の遺児。天性の体術の才があり、燕青の厳しい指導を受けて、成長著しい。

郝《かく》瑾《きん》 郝思文の遺児。早くから楊令と行動を共にし、副官的存在。女真の土地に詳しい。

国境周辺情勢

梁山泊との戦が終息した後も、宋軍は外敵に備えて強化されていた。

中国では歴史的に北方諸民族との抗争が絶えず、しばしば進入を受け、部分的に支配されてもきた。東北部で繁栄を誇った遼だが、国運にかげりが見え始め、代わって女真族の台頭が著しかった。

その首長阿骨打が挙兵して熟女真の本拠・黄竜府を陥し、遼軍を追い払った。西暦1115年、金と称し、すでにひとつの国となっていた。兵力では宋に遠く及ばないが、金がどう国家としての基礎を築いていくか、宋も注視していた。それと別働隊と思われる軍の苛烈な戦が、宋軍には気になっていた。指揮官は幻王と呼ばれていた。

本紙独占

北方帝インタビュー

楊令って泳げたの？ 本当に全10巻？

担当（以下、担） これはこれは帝におかせられましてはご健勝のこと恐悦至極に存じます。つきましてはこのたび刊行の『楊令伝1 玄旗の章』（全10巻予定）についてうかがいたき所存でございます。

北方帝 諾。

担 あの楊令が帰還するという噂でござりまするが、愚考しますに、楊令は『水滸伝 19』の末尾で梁山湖に飛び込んで溺死した、という説もございますが。

北方帝 問。

担 つまりでございます。楊令は子午山の山育ち。浅き渓流はあっても深き淵などこれなく、水練の場所などござらん、と言う者がたくさんおるわけですよ、カルト読者の中には。

高俅 ほほほほほ。それは、あさはか。文庫版ではなぜか現出した深き淵ですいすい泳いでおったわ、楊令は。梁山湖のごとき浅き沼を泳ぎわたることなぞ董卓を斬る呂布の如し。

北方謙三（きたかた・けんぞう） 1947（昭和22）年、唐津市生れ。中央大学卒業後、81年に『弔鐘はるかなり』でデビュー。83年『眠りなき夜』で吉川英治文学新人賞受賞。91年『破軍の星』で柴田錬三郎賞受賞。2006年、『水滸伝』全19巻で司馬遼太郎賞を受賞。著書多数。

担 そうっすか。では次の質問に移ります。梁山泊で死んだ宋江は影武者。呉用も死体がないから生存。林冲も安道全と友達だから生存。じつは108人全員生存説が一部で流布しておるわけですが。

北方帝 朕聞全滅。

李師師 浪子の燕青殿さえ生きていればいいのですよ。

童貫 林冲の首は見たような気がする。

高俅 ほぼ全滅、といっていいと申しあげても過言ではないという状況にほぼ近いと。

担 はいはい。じゃ次。『楊令伝』全10巻はどういうペースで出ていくのでしょうか？

北方帝 快。

高俅 ほほほ。なか二ヶ月、三ヶ月に一冊刊行予定。沛公立ちて厠に行くが如し。

担 ほほほほほほ。では、全10巻というのは？ 『水滸伝』のときも13巻が19巻になっちまったようですが。

北方帝 怒。人生は歩く影法師。

童貫 それは、わしの動き次第じゃな。わが軍扇をすぐさま返してわが軍団を動かさば、6巻ぐらいで終わってしまうだろうのう。しかし、わしは相手が巨大になるのを俟っておるのだよ。

担 ところで、王進の母って、いくつになりましたっけ。

北方帝 〈双掌頭上乱舞〉

担 ははあ⁉

聞煥章 われらが帝におかせられては、絵画、書、石にはお詳しいが、数学にはお強くない。両手を頭のうえでひらひら、というのは、1、2、3、の次でいっぱいということなのですよ。

担 おう。いたのか聞煥章。ひひひ。聞の字には別に聞きたき儀があったんじゃい。あんたの海棠花、一丈青・扈三娘に対する劣情はまだふつふつと継続しておるんかいのう？

北方帝 邪。

高俅 昔のTVドラマでは佐藤慶のわしが土田早苗の扈三娘に劣情しとったけど。

李師師 佐藤允の楊志と中村敦夫の林冲の決闘も扈三娘の取り合いでしたわねえ。

担 わはは、李師師さまも、年齢頭上双掌ひらひらですなあ。わはは。最後にひとつ帝にうかがいます。史実では、北宋は金国に滅ぼされてしまうわけですが、どの資料を読んでも帝とその側近たちが無能であほで、ぜーんぶこいつらが悪いんだと書いてあるんですが、どう思いますか。

李師師 無礼もの。

童貫 許せん。

李富 すみません。遅刻しました。

高俅 こやつをひったてよ。首を打て。

聞煥章 死ね死ね死んでしまえ。

北方帝 豚に食われて死んでしまえ。

反梁山泊な人々

童貫《どうかん》 禁軍元帥にして最強の軍人。宦官。梁山泊を陥落させた男。副官に畢勝。

蔡京《さいけい》 王安石の流れを汲む宰相。文官の最高位。宋の政治を思いのままにしている。

李富《りふ》 闇の軍団「青蓮寺」の総帥。愛人の死で傷を受けるが怒りを梁山泊に向ける。

李師師《りしし》 李富の愛人で宮廷にも深い絆を持つ。もうひとつの間諜組織の長。

高俅《こうきゅう》 皇帝の側近で皇帝を動かせる力は持っている。蹴鞠の名手。小物感漂う。

聞煥章《ぶんかんしょう》 李富に次ぐ青蓮寺の謀官。隻脚。扈三娘に邪恋を抱く。

徽宗《きそう》 皇帝。超一流の文人だが、政治に興味はない。石と書と絵が好き。

岳飛《がくひ》 いずれ出てくるであろう英雄。童貫、楊令とどうからむか。

執筆者紹介

池上冬樹（いけがみ・ふゆき）
一九五五年山形県生れ。文芸評論家。「週刊文春」「本の雑誌」「小説すばる」ほかで活躍。著書に『ヒーローたちの荒野』など。

石橋聡（いしばし・さとし）
一九六四年福岡県生れ。九州朝日放送東京支社ラジオ部部長。ラジオ活劇「北方謙三 水滸伝」プロデューサー。

岡崎由美（おかざき・ゆみ）
一九五八年香川県生れ。早稲田大学教授、中国文学者。金庸などの中国武俠小説の翻訳、紹介に務める。

北上次郎（きたがみ・じろう）
一九四六年東京都生れ。文芸評論家。著書に『冒険小説論』『ベストミステリー大全』など多数。

小久保裕紀（こくぼ・ひろき）
一九七一年和歌山県生れ。プロ野球選手。福岡ソフトバンクホークスの主将としてチームを引っ張る。二〇一二年、二千本安打達成。

児玉清（こだま・きよし）
一九三四年東京都生れ。俳優。人気長寿番組の司会や書評家としても活躍。著書に『負けるのは美しく』など。二〇一一年没。

高井康典行（たかい・やすゆき）
一九六七年東京都生れ。早稲田大学文学学術院・日本大学文理学部非常勤講師。十～十二世紀の東アジア・北アジア史を研究。

武田双雲（たけだ・そううん）
一九七五年熊本県生れ。書道家。『楊令伝』や、NHK大河ドラマ「天地人」などの題字を揮毫。著書に『たのしか』『絆』など。

張競（ちょう・きょう／ザン・ジン）
一九五三年中国上海市生れ。明治大学教授。『恋の中国文明史』で読売文学賞を受賞。著書に『海を越える日本文学』など。

西のぼる（にし・のぼる）
一九四六年石川県生れ。挿絵画家。時代小説の挿絵、装丁を多く手がける。著書に『さし絵の周辺』。二〇一〇年、中日文化賞を受賞。

吉田伸子（よしだ・のぶこ）
一九六一年青森県生れ。本の雑誌社勤務を経て、書評家に。著書に『恋愛のススメ』。

山田裕樹（やまだ・ひろき）
一九五三年東京都生れ。北方「大水滸伝」シリーズの担当編集者。

本書は、文庫版『楊令伝』全十五巻完結を記念して制作した、文庫オリジナル作品です。

集英社文庫

吹毛剣《すいもうけん》 楊令伝読本《ようれいでんどくほん》

2012年8月25日　第1刷　定価はカバーに表示してあります。

編著者　北方謙三《きたかたけんぞう》

発行者　加藤　潤

発行所　株式会社　集英社
東京都千代田区一ツ橋2-5-10　〒101-8050
電話　03-3230-6095（編集）
03-3230-6393（販売）
03-3230-6080（読者係）

印　刷　凸版印刷株式会社

製　本　凸版印刷株式会社

フォーマットデザイン　アリヤマデザインストア　マークデザイン　居山浩二

ISBN978-4-08-746866-3 C0195